文典古籍丛书

杜甫诗话校注

安徽省2016年哲学社科规划项目『明清时期安徽杜诗学研究』（编号：AHSKY2016D153）成果
安徽师范大学中国诗学中心出版资助

［明］方弘静◇撰
金生奎◇编注

安徽师范大学出版社
ANHUI NORMAL UNIVERSITY PRESS
·芜湖·

图书在版编目(CIP)数据

杜甫诗话校注 / (明)方弘静撰; 金生奎编注. — 芜湖 : 安徽师范大学出版社, 2022.12
ISBN 978-7-5676-5717-5

Ⅰ. ①杜… Ⅱ. ①方… ②金… Ⅲ. ①杜诗—诗话—注释 Ⅳ. ①I207.22

中国版本图书馆CIP数据核字(2022)第220244号

杜甫诗话校注 (明)方弘静◎撰 金生奎◎编注
DU FU SHIHUA JIAOZHU

责任编辑: 潘 安
责任校对: 翟自成
装帧设计: 丁奕奕
责任印制: 桑国磊
出版发行: 安徽师范大学出版社
芜湖市北京东路1号安徽师范大学赭山校区 邮政编码: 241000
网 址: http://www.ahnupress.com
发 行 部: 0553-3883578 5910327 5910310(传真)
印 刷: 苏州市古得堡数码印刷有限公司
版 次: 2022年12月第1版
印 次: 2022年12月第1次印刷
规 格: 700 mm × 1000 mm 1/16
印 张: 15
字 数: 230千字
书 号: ISBN 978-7-5676-5717-5
定 价: 68.00元

序

古有千家注杜，亦有千家评杜，围绕杜诗的话语，可谓汗牛充栋，难以穷尽。而杜诗作为诗歌研究之显学，考述者或宏观，或微观，又力争寻前贤之未见，发古人之未发，金生奎博士新著《杜甫诗话校注》以摭拾辑佚之功，考订校勘之用，实为杜诗研究开一新资源，探一新矿场，提一新问题，作一新解读。然则杜公为诗，爱国恤民，集思于用，生奎辑前贤之评杜，校文本之得失，亦见于用。略述其要，宜为三端：一曰用心。浦二田撰《杜诗心解》，发凡起例，首引毛西河“在心为志，发言为诗，声成文谓之音。是故诗之兴也，心声之；其传也，心宅之”，故以“心”解“杜”，成兹巨帙。方弘静虽享声誉于明万历间，但于杜诗之评语，皆散见于其撰《千一录》及文集中，非用心发现，用心辑佚，何以能成此专书，为读者别开生面。二曰用功。杜公诗云“读书破万卷，下笔如有神”，又云“毫发无遗憾，波澜独老成”，此乃诗功。生奎治学广泛，由唐及明，撰述甚多，前此有《明代杜诗接受研究》书稿问世，于明代文学、杜诗研究均不无献益，而享名于学界。正因他旁涉穷搜明代杜诗学文献，研诗功勤，故有此得，嘉惠学林，诚为幸事。三曰用智。先君子有《读杜诗六绝句》，其二云“承先启后后为先，试看新开自在天。一代江山一风雅，春来放眼万枝鲜”，其毕生和杜、研杜、解杜，要在“自在天”的智慧。生奎整理方弘静论杜诗话七卷近八百条，并将其置于三大视野，即徽州文化、明代杜诗学、明中后期诗学风尚，加以认知辨析，亦自开一风雅之境，而得万鲜一枝之趣。

许　结

2021年11月9日午后

编校说明

一、方弘静并无杜甫诗话之专门著作，本书所呈现之杜甫诗话，来源于编者对方氏存世著作中涉杜文字之收集、整理后的合编。方氏论杜文字主要散见于其晚年杂著《千一录》26卷之中，尤其以第9—12卷为多。

二、方氏是明中后期徽州地区颇有影响力的政治人物、学者、诗人，与其时文坛领袖人物如王世贞、汪道昆、吴国伦等多有往来，其论杜文字不但是徽州地区明代杜诗学的一个突出成果，也与其时学风、诗风之所向紧密关联，涉及诸多诗学热点。故而，编校此书便具有了保存乡邦杜诗学文献、呈现一代诗学风尚等多重价值。

三、方氏论杜文字作于晚年，随写随记，并无纲目体例，虽可多见活泼生动之态，但亦难免饾饤杂乱之憾。加之晚年精力衰退，文字故实疏于点检；子孙不肖，刻印校对难称精细，故相关材料错讹所在非少。重新加以编校，实有必要。

四、编者于本书之编辑工作主要体现在：以方氏论杜文字所涉杜诗之诗体将全数收集的778条材料分为六卷，即五古、七古、五律、七律、排律、绝句等（其中，五律因所收条目较多析为两卷，绝句所涉条目较少，与排律合为一卷）；又将泛论杜诗不具体涉及某些杜诗作品或涉及多首杜诗作品者，汇集为“杂论”一卷；为见方氏整体之唐诗学观念，更好理解其杜诗评说，又将其论唐代其他诗人之文字收集、整理为“方弘静唐诗话汇编”一卷共计140条，附于正文之后。每卷材料之顺序安排，主要以浦起龙《读杜心解》之杜诗分体编年为准，并参考《钱注杜诗》《杜诗详注》《杜诗镜铨》等诸本之观点；凡诸家歧异处（包括诗体、编年等不同方面)，编者尽量较其优长，参以己意。方氏之论杜文字原本未称引相关杜诗作品之原文，为便于观览，加深对方氏评杜文字之理解，全书每条方氏论杜材料都以附见于杜诗相关作品之后的形式呈现；凡是多次评说一首杜诗作品的材料，则全部搜集于同首杜诗条目之下，并以“又”字领出。

五、编者于本书之校注工作主要体现在：版本依循上，以万历三十九年《千一录》为底本，参校中国基本古籍库等电子资源；关涉杜诗异文之处，则以蔡梦弼《草堂诗笺》、黄鹤《补注杜诗》诸宋本与《钱注杜诗》《杜诗详注》诸清本互相比校。校注方向上，一为校对并注释普通之文字错讹，包括方氏论杜文字及所称引杜诗文字之错讹；二是文中出现的简单引用的诗文，不适宜将其关涉的作品全文录入本书正文里的，标注其出处；三为杜诗文本异文影响到所涉方氏论杜文字之准确理解时，给出注释；四是杜诗之传播史、阐释史、接受史绵延千余年，自宋金时期便有杜诗学之名目，故而书中所收方氏论杜之某些文辞可能会牵涉过往较复杂之杜诗学公案，必要时加以注释。

目　录

绪论　论方弘静杜甫诗话的三重价值 ……1

卷一　五言律诗　上 ……21

卷二　五言律诗　下 ……48

卷三　七言律诗 ……72

卷四　绝句与排律 ……97

绝　句 ……97

排　律 ……100

卷五　五言古诗 ……122

卷六　七言古诗 ……157

卷七　杂　论 ……173

附录　方弘静唐诗话汇编 ……206

后记 ……228

绪 论
论方弘静杜甫诗话的三重价值

方弘静（1517—1611），一名主静，字定之，号采山，晚年自号补斋翁，又号补斋居士，安徽歙县人。方氏乃徽州望族①，方弘静所属的歙县岩镇（今岩寺镇）方氏以商贾之事而起，“世以货雄，不恃文史”②。至其祖父方泰孙，经商山东青、齐之间，“累金至巨万”。富而好儒，手不释卷，结交当地文士缙绅之徒，“青、齐间冠绅之会,必推公为祭酒”③，后“挟重资”回乡，教育子弟，子孙从事于儒学文墨之事者遂多，方氏此一脉便由商贾之家一变为书香门第。至方弘静一代，弘静与长兄敦静、仲兄颐静皆以好学颖悟名乡里，为歙令郑玉所重，目为“三凤”。尤其是长兄敦静，天资特异，淹博诸经，尤好古文辞，人称中川先生，是方弘静幼年学业的启蒙者④。

方弘静14岁为秀才，30岁以乡试亚魁为举人，34岁以二甲第八名进士及第。其间，除了举业之外,又醉心于古诗文,常至废寝忘食。与诗人王寅等订交，结天都诗社。入仕以后，先后知山东东平，按察江西、广西等地兵备学政之事，升迁广东左布政使，巡抚浙江等地，73岁时以南京户部右侍郎致仕。这期间，方弘静政事干练，“历试诸藩，多所建树”⑤。同

① 据叶向高《苍霞续草·通议大夫南京户部右侍郎方公墓志铭》及环岩《方氏族谱》等所载,西汉末方氏一族自河南避乱南迁至淳安东乡,故有“自古淳安无二方”之谚。东汉初方储葬在黟县,子孙守墓而居,是为徽州方氏之始。北宋前期,方希道迁至环山,其孙念五公又迁居岩镇,后世遂家焉,是为徽州方氏环岩一派,即方弘静所属之方氏支派。

② 方弘静《素园存稿》卷十六《上族叔祖石严翁书》,明万历刻本。

③ 方弘静《素园存稿》卷二十《谱略·谱传述论》。

④ 方弘静《〈素园存稿〉自序》云:“余总角从先兄习举子业。举子业在章句、训话,不得泛及艺苑,乃元兄所诵习者,皆周汉以前古文词也。余时窃窥而喜之,时美翰焉。”

⑤《神宗实录》卷五〇七。

时，这也使他走出徽州一隅，将文学交谊圈扩大到了全国，与其时文坛一些主流人物发生紧密的关联：早期在北京应试及后来升转待选期间，结识了吴国伦、欧大任等人；后期在南京为官及退养期间，与王世贞、汪道昆、顾起元等人诗酒相交。致仕以后，方弘静悠游林下20余年。此阶段因解除了政事的牵绊，作为诗人和学者的方弘静进入自己创作的鼎盛期：其文集《素园存稿》中有近一半诗篇，以及作为其学术之代表的《千一录》都产生于此时[①]。其间，方弘静交往名贤，主持或参加本地各类文社，扶持后学，成为万历年间徽州地区文坛与学界的核心人物之一。

方弘静一生笔耕不断，加上年寿悠长，故而著述颇丰，存世作品有文集《素园存稿》、杂著《千一录》、文学选本《文选拔萃》等，轶失未传的有《复古编》《史诠》[②]等。《千一录》一书是方弘静作为学者的标志性成果，内容驳杂，包括经学、子学、诗学、史学、谱牒家训之学等。方弘静的杜甫诗歌评注主要见于《千一录》卷九至卷十二的“诗释”部分，其中卷九、卷十专论杜甫，卷十一杜甫与李白交杂而论，卷十二合论唐人诸家兼及杜诗；而从卷二“经说”到卷二十六“家训”等其他卷次之中，也零星可见涉及杜甫诗歌之评说[③]。按，方氏的这些杜诗言说，总体上看，其撰述前后无序，随笔而录，无通常诗话之作的体系与条理；其编刻亦难称精严，错讹所在多见。故而其评说虽然不乏真知灼见，但隐杂于《千一录》之中，很少为治明代诗学或杜诗学或徽学者提及[④]。笔者甚以为憾，以为方氏之论杜诗，与明后期徽州文脉学风相关，与千年杜诗学之传承有关，与明中后期诗学风尚有关，值得整理成书，以见明清时期安徽杜诗学之延续、承接，以及其与整个诗学潮流、学术风气之关联。遂以万历三十九年（1611年）版《千一录》为据，辑出关乎杜甫其人其诗之文字共计778条，以所涉杜诗分体编为七卷，而卷内条目之排比顺序以杜诗系年为

①《千一录》始于巡抚郧阳期间，补充、完成于致仕之后的乡居时期。

②《史诠》乃从《千一录》“客谈”中析出补充而成，究竟是否曾刻板印行，已不可知。

③ 其文集《素园存稿》中只有寥寥数条涉杜之言，本书收录于卷七“杂论”之最后。

④ 只是近三五年间才偶有硕士论文及之，但其文只是总述大略，缺少足够的宏观诗学视野下的比较与分析，文辞多属于泛泛而论，未能发掘方氏杜甫诗话之精髓所在。

准；又辑有“方弘静唐诗话汇编”附于正文之后，以见方氏唐诗学之整体风貌。

今方弘静杜甫诗话之编辑校注已初成，稍稍论述其价值之所在，冠于书稿正文之先，以为全书之前言。

一、明代徽州区域文化视野下的方弘静杜甫诗话

近六百年间，安徽地区的区域文化中心有二，一为徽州，二为桐城。以徽州论，作为一个属性明确的地方性文化中心，初见于宋元之间，以新安朱子学为标志；成熟于明中后期，以新安文学为显征；繁盛于有清，以皖派朴学见称[①]。具体到明中后期的徽州文化而言，因汪道昆、王寅等人的结社交游与自身创作的影响，促使新安文学群体崛起于斯时，影响于东南，成为当时一个重要的区域文学中心，“海内之山人词客望走嗽名者，不东之娄东，则西之褀中”[②]。方弘静早年苦读和晚年致仕期间，有大段时间生活于家乡徽州，与徽州籍的王寅、许国、江珍、汪道昆等名公巨子诗文酬酢，积极参与这一群体的各种集会与结社活动[③]，成为明代新安文学群体的重要一员，其文学创作也带有较明显的新安诗人群体的特点。作为此时徽州文化圈的重要一分子，在文学活动之外，他的杜甫诗话等诗学批评活动也属于其时徽州学术的构成部分，与当时本区域内学术风尚之间有明显的同频共振之色彩。

首先是明中后期徽州考据学风的兴起，极大地影响到了方弘静杜诗批评的方式。按，明初以来新安理学稍有衰歇，故而明中期王阳明心学盛行天下之时，徽州学子也景然而从之。同时，区域内的正统学者，不满于王氏心学对朱子理学的遮蔽，想续起宋元新安理学之余脉，以与心学争胜。

① 参见周晓光《徽州传统学术文化地理研究》，安徽人民出版社2006年版，第75—128页。

② 钱谦益《列朝诗集小传》丁集卷六“汪侍郎道昆”，清顺治九年毛氏汲古阁刻本。又，“褀中”乃汪道昆在徽州的祖居之地。

③ 参见耿传友《明代徽州文人结社综论》，《安徽大学学报（哲学社会科学版）》2012年第3期，第106-115页。

遂秉持朱子的“求真是”之义，希望以考据之功助义理之辨，重新赢得属于新安理学的辉煌[①]。流风所及，徽州学者一时多尚考据：程曈首开其端，著有《闲辟录》《阳明〈传习录〉考》《〈朱子晚年定论〉考》《新安学系录》等考据之书；汪禔“考古证今，著《宗法议》以晓当世”，并用心“考订朱文公冠婚丧祭仪节”[②]；程汝继的《周易宗义》以汉、魏、晋注疏为据，训诂“文公先生《本义》”[③]；程巢父其人“考古固实’“好古甚力”，热衷于史学辑佚、会通训话，著《史诊》等书；吴士奇著有《绿滋馆考信编》《绿滋馆征信编》《史裁》等书，考证宏富，几于无所不及，“以备博古通今者取裁”[④]。其他，金瑶《周礼述注》与《周礼二氏改官改文考》、姚应仁《檀弓原》、程明哲《〈考工记〉纂注》、吴元满《六书正义》、詹景凤《字苑》、汪砢玉《古今鹾略》之类著述，在礼学、小学、典章制度等方面积淀了不少内容，具有明显的考据色彩。

作为明中后期徽州文化圈的代表性人物，方弘静的学术活动是其时其地考据之风的产物，同时也是其表征。他以考据为法，著《千一录》等书，“为六籍鼓吹”[⑤]，凡经学、子学、史学都有涉及，尤以经学为核心。方弘静的杜诗言说与他的整体治学风格一样，具有鲜明的考据学色彩。其相关文字固然也涉及大量的诗学批评层面的内容，但是其主体还在于杜诗字句的辨疏、典故出处的考证等考据学层面的内容，主要属于杜诗阐释学的范畴。约略而计，至少有三分之二的内容与诗学批评领域关联不大。方弘静以考据论杜，包括以下几个方面的内容：

一是杜诗文本层面的考证辨析。或分析杜诗遣词用字之精妙，如评论《遣闷戏呈路十九曹长》一诗时云：“‘晚节渐于诗律细’，莺‘交愁’，鹭‘太剧’，其咏物可谓细矣，……故云“戏”“遣闷”。莺枝栖也，故湿而交

---

① 参见刘成群《“求真是”与新安理学、皖派考据学间的学术演变》，《北方论丛》2011年第6期，第66页。

② 汪禔《檗庵集》，见《四库全书存目丛书》集部第146册，齐鲁书社1997年版，第11页、第336页。

③ 程汝继《刻〈周易宗义〉凡例》，见《续修四库全书》经部第14册《周易宗义》第25页。

④ 吴士奇《绿滋馆稿》，见《四库全书存目丛书》集部第173册，第646页。

⑤ 司马朝军《续修四库全书杂家类提要》，商务印书馆2013年版，第57–58页。

愁；鹭水鸟也，故干而太剧”[1]；或斟酌杜诗字词之不妥当处，此层面之论述尤其多。稍举三例：评《玉台观》诗中有“遂有”“更有”词语，云：“颇犯，必一字误耳。今曰大家不拘，恐未然也。”又，评价杜诗“风林纤月落”一诗，认为“（风林）作‘林风’觉更佳，‘林风’‘衣露’当读”[2]。又，评杜诗“大家东征逐子回”一句，云：“杨升庵以‘逐’字未雅，拟‘将’字，不若赋中‘随’字佳耳。然杜用‘逐’字，盖以平声不响也”；或是行文中特地标举杜诗异文，不用通行常见之版本，如“弃我忽若遗”作“弃我若遗来”，“行迟更学仙”作“行迟更觉仙”，“醉客沾鹦鹉”作“醉客拈鹦鹉”等。

二是笺释字句，着意反驳既有之说，竭力试图别立新解，大体上都言之有据[3]。其笺注文字中“注非”“注未达”“注谬”“注陋”等措辞，比比皆是。稍做胪列，以见其一端：

> “浮云连阵没”，万匹如云，今无存矣。赵注非。所谓如浮云者，岂以拟马乎？
>
> “王母昼下云旗翻”，用周穆王事：会于瑶池，云旗霓裳簇拥自天而下也。乃以为鸟名，正可与子规对，陋甚。子规王母，其对自工，然工不以此。
>
> “杖藜妨跃马，不是故离群”，用公孙跃马事。时蜀中有乱，故杖藜避之。注乃以“杖藜”为贫贱，“跃马”为富贵。鄙陋如此，何能知作者意？
>
> “死别已吞声，生别常恻恻”，悲生别也。中云“逐客无消息，将老身反累”，其义显矣。“魂来枫林青，魂返关塞黑”，谓梦魂。注乃以“死别”“吞声”为太白死后作，而以“水深波浪阔”“舟楫恐失坠”证捉月之事，

① 本部分所引方弘静论杜文字，均见于后面正文之中，称引甚多，不再一一注出具体出处，特此说明。

② 后来“林风”说竟然成为清代以后的常见杜诗异文，方氏乃其始作俑者。详见后面正文该条目之注释。

③ 但也有言说无据之例。比如，杜诗“万里戎王子”之“戎王子”一词，自宋以来注家都言是花名，方氏则云“谓比安禄山”，未做任何引证，纯属想当然耳。

其陋至此，何以解杜诗哉？

"汉庭和异域，晋史拆中台。霸业寻常体，宗臣忌讳灾"，后二句与前相承，汉业王伯之间，"宗臣"指时事。评解谓"出孙于外，此宗臣所甚讳"，谬。

"门鹊晨光起，樯乌宿处飞"，言晓景耳。乃以门鹊为鸡鹊门，樯乌为刻乌于竿上，大谬。

按，到方弘静的时代，杜诗学沿传已经700余年，两宋又有千家注杜之局面，举凡杜诗之字句训诂皆有一定之见、习传之解，后世学人研究杜诗几乎是别无可着眼用力处。故而研习者于杜诗笺注考据一道若想有所树立，往往从置疑、批驳旧有之说出发，以期别有"新见""新解"[①]。从价值评判上看，方氏此类文字虽属于一家之言，但大体都能言之有据，自成其理。即便偶亦有牵强之处，但总体上看瑕不掩瑜。

三是考证事典，辨析字句出处。自宋黄庭坚杜诗"无一字无来处"之说出现，寻找杜诗字句背后的故实便成为历来注家的无上乐趣，总是力图推陈出新，希望能发现杜诗字句之来源别有所出。方弘静之注杜诗典故，往往是统合宋人诸说，参以己意，能很好地与杜诗之诗情诗意相贴合。比如，笺释杜甫《九日蓝田崔氏庄》"羞将短发还吹帽，笑倩旁人为正冠"一句，云："'吹帽''正冠'，冠帽似叠，杜宁犯此。盖'九日落帽''李下正冠'二事也，各有出处耳。"将该句杜诗之用典与诗句措辞之间的关联揭示无疑。方弘静对杜诗典故之来源的追寻，首先是从文学传承的角度，重在先唐文学作品里发现缘起，所以文中多有"自乐府来""从《骚》《选》来"这样的判断。这一点正好和杜甫"转益多师是吾师"的学诗门径是相一致的，也遵循了中唐以来杜甫"上薄风骚，下该沈宋"[②]的诗学集成者的评价传统；其次是与方弘静自身浓厚的理学气息相适应，尽量从儒家典籍《诗经》《左传》等书中发现杜诗出处，故而其论杜之文中多有

① 拙作《明代杜诗接受研究》（安徽大学出版社2019年版）第五章第二节对此有举例论述。

② 元稹《唐检校工部员外郎杜君墓系铭并序》，见《元氏长庆集》卷五十六，文渊阁四库全本。

关于杜诗"用经语"的说法。据笔者统计，"用经语"之类的措辞共计有13次；再加上其他对儒经作品的具体称举之例，方弘静杜甫诗话从经学著作中寻求事典来源的条目有近40条；再次是方弘静又偏爱从子学著作来训释杜诗，尤其是《庄子》《列子》等书，其例如：

> "前村山路远，归醉每无愁"，用意在"醉"字，暗用《庄子》"醉者之坠车全于酒"也。
>
> "萧萧白杨路，洞彻宝珠惠"，用庄子口中珠事，言含以珠不若谒其碑也。
>
> "有时自发钟磬响"，庄子所谓地籁者也，非谓法器。
>
> "荡胸生层云"，"荡胸"用《庄子》"此四六者不荡胸中"。谓不必可解，亦未达耳。
>
> "老去悲秋强自宽"，用《列子》"善自宽"语。曰强则非能善也，此等不知注，则何以称佳。

方氏此种偏好，显然和他本人熟悉子学的学术背景有关。

其次，徽州地区的理学传统塑造了方弘静学术取向上以经学为核心的基本态势，同时也就决定了方弘静在杜甫笺注与批评上以儒家诗学观念为审美鹄的之特征。方弘静学术取向上的理学偏向，可以从其所著《千一录》卷一至卷八"经解"得以佐证。在明后期徽州地区的学者"抵抗"心学、向朱子学之传统"回归"的势力中，方氏也可以算是一员干将。这种乡邦文化传统对方弘静杜甫诗歌的言说影响至大，至少有两点特别突出。

一是书中在杜诗文辞溯源上与经学著作发生关联，反复道及，一再辨析之。其议论要点，或是批驳时人视杜诗用经语为头巾气的说法，如云："今人见经语辄云头巾，而效之者乃不免头巾，知《三体》不知'六经'，……（不知）杜句中从六经来者甚多。"又云："后人见经语辄以为大忌，非经语害之，自其风韵不佳耳。"或是强调杜诗用经语之妥帖，乃唐人常调，如云杜甫"用经语自工"，又云："以经语入诗，杜擅美耳。"又云："唐人诗中用经语，未尝不工也。……老杜用经语，颇多从容，而诗中之圣者也。”间或也辩证地指出杜诗“用经语”的缺憾所在，比如：“‘求饱或三鳣’用经语，亦未警。”又如：“杜诗用经语亦有着相处。如‘恐泥窜蛟龙，登危聚麋鹿’，‘恐泥’‘登危’俱未工。‘恐泥’屡用之，颇觉未惬。”由以上举例可以看出，方弘静对杜诗“用经语”的肯定，从小处言是个人的学术偏向所致，从大处言则是来源于徽州一贯的学术传统；方弘静批驳时人对杜诗“用经语”的非议，则当是对心学畅行后之诗学观念的反动；方弘静能客观辩证地评价杜诗“用经语”之长短，则是由其自身丰富的诗歌创作实践经验及明后期多元包容的诗学认知态势（详见后文论述）所双向决定的。

二是以“风雅”概念关联杜诗缘起，并作为评价杜诗优劣之标准。把杜甫诗歌创作与《诗经》以来之“风雅”传统连接，多见于方氏之杜甫诗话中。如：“《三百篇》后能留心于风雅者，惟杜子耳”，“杜自有自风雅来而媲美建安者”，“杜子美志于风雅哉”，“杜五言古有从风雅来者”。按，风雅之说，原是汉代以来儒家诗学观之基本概念，惟使用者所处之地位、视角有别，对“风雅”一词之具体内涵的界定与使用上其实也各有偏重，不同时代不同人群使用此概念时虽然大抵都是以儒家学说为支撑为底蕴，但其所论就其实而言，往往并不能归为一事，其间之种种差异、变化，这里姑且略而不说。单说方弘静杜甫诗话中使用“风雅”概念之例，其所强调偏重者有三：首先，是对杜诗内容上的写实性、讽喻性特征的肯定，如，认为杜甫有“忧国之心”，所以才“语意俱挟风雅”；认为杜甫“不复知天大”“空余见佛尊”二句诗“似赞似讽”，所以“可追风雅”；认为杜甫“其称人也不溢美”，是由于他“志于风雅”。又有云：“李、杜集中其从风雅来者，不啻建安风骨也。”所谓建安风骨之核心之一就是以乐府旧题写时事，坚持咏叹乱世的现实苦难，以之比附杜诗，着眼点显然在于杜诗的纪实性特征。其次，是在诗歌形式上崇尚自然古朴，反对声律音韵上的人工精巧。方弘静认为杜诗“不徒工于辞”；评价杜甫《东狩行》重用同字韵，赞美其“出入风雅，……无古诗、近体分别”，其依据就是该诗“无后人拘忌限韵例也”；评论杜诗“受谏无今日，临危忆古人”等句，认为“可继风雅”，而其他词人则不行，原因是他们的创作“多胜质而失实”，即对诗歌外在形式的追求压抑了诗歌内容的自然呈现。最后，是从创作效应的角度，肯定杜诗趋向风雅的诗史影响。方弘静认为，杜甫诗歌创作上因为追步风雅，诗歌中“无邪辞”，所以“乃可名家”“乃成大家”，才能“独步辞场”，他人“苦心故不能及”，杜甫也最终成就其“诗之圣者”的诗史地位。

以上是第一重视角下，方弘静杜甫诗话的特点与价值之所在。

二、明代杜诗学视野下的方弘静杜甫诗话

杜诗学发端于中唐，韩愈称“李杜文章在，光焰万丈长”[①]，开启了以李杜标举盛唐诗歌之两种典范的唐诗学批评传统；元稹在《唐工部员外郎杜君墓系铭并序》中首次得出了杜诗“兼人人之所独专”的集大成诗歌史地位的判断。晚唐，孟棨则提出了杜诗“诗史”说[②]，对杜诗的强烈纪实性给予特别褒扬。是为杜诗学之草创阶段。及至两宋，则是杜诗学发展的全盛期，杜诗学的文本基础、审美范式及核心概念等得以确立。一是通过校勘、编年等，完成了杜集的整理编定工作，确立了宋以后杜诗接受的文本基础。二是以笺注杜诗字句出处、阐释杜诗大意为主的杜诗接受方式，完成了杜诗经典化的进程。其高涨阶段，形成了所谓的“千家注杜”的局面。而南宋后期刘辰翁的杜诗评点，开创了后世杜诗接受的新形式，对杜诗的通俗化、大众化传播贡献良多。三是在诗学批评层面，以王禹偁、王安石、苏轼、秦观等人为代表，“发掘”并强化了元稹杜诗“集大成”说中原本潜含的伦理意味，确定了后来杜甫“诗圣”说的基本内涵；晚唐“诗史”说得到进一步的充实，成为宋以后杜诗学的一个核心概念；严羽等人的杜诗评说，成为格调论杜诗学的最早源头，也是杜诗“变体”之说的缘起之处。四是在诗歌创作层面，以黄庭坚等江西诗派作家为代

① 韩愈《调张籍》，见《昌黎集注》卷五，文渊阁四库全本。
② 孟棨《本事诗》之“高逸第三”，明顾氏文房小说本。

表，以杜诗“无一字无来处”相号召，以模仿杜诗的技法为能事，形成了一股学杜、仿杜的热潮。此时，杜诗研究成为专门之学问，北方金朝大诗人元好问甚至特意编著了名为《杜诗学》的专著[①]。

有明一代，从杜诗学的演变历程来看，属于1200余年杜诗学历史中的发展变化阶段，在继承前代确立的接受范式与诗学观念的同时，还更多地受到明代独特的政治经济、思想文化等诸多外在因素的影响，相关的概念与判断都获得很大的深化、延展，极大地丰富了杜诗学在诗学理论层面的建树。以杜诗“诗史”说为例，此概念在明前期几乎无人涉及。至明中期，杨慎在其文集中前后7次提及，其核心主张是强烈反对宋人杜诗即唐史的判断[②]。杨慎对宋人杜诗“诗史”说发难之后，在明中后期诗学批评领域引发了一场持续一百余年的关于杜诗“诗史”说的辩论，程敏政、游潜、王世贞、方弘静、胡应麟、许学夷、郝敬、王嗣奭乃至兼跨明清两朝的钱谦益、王夫之、黄宗羲、屈大均等都加入了论争，使得“诗史”说成为明中后期乃至清初诗学舆论场的热点话题之一。再如杜甫“诗圣”说，前文说杜甫“诗圣”说的内涵在两宋时期已经形成，但其作为杜诗学中的一个专门性的诗学批评概念的建立，是在明代逐步实现的。明前期，杨士奇、陈献章等提出了杜甫是“诗之圣”的说法；明中期，“诗圣”从泛称诗坛名家最终确切地变为专指杜甫一人，其论述先后见于游潜、陈沂、孙承恩、来知德等人文集中；隆、万以后，杜甫“诗圣”说则比比皆是也，无须一一列举。总体来看，明代杜诗学在杜集整理、笺注层面，成绩相对较弱，杜诗学上的经典杜集版本多见于明前明后的宋、清两朝；但在杜诗批评层面，明人则成绩突出，贡献巨大——从高棅《唐诗品汇》独标杜甫为“大家”的创举，到胡应麟、许学夷等人诗话著作中杜诗批评的严谨

① 元好问《杜诗学引》，见《遗山集》卷三十六，四部丛刊影明弘治刻本。文中有云：“乙酉之夏，自京师还，闲居崧山，因录先君子所教与闻之师友之间者为一书，名曰《杜诗学》，子美之传志、年谱及唐以来论子美者在焉。”据此，元氏此书当是历代杜诗学资料汇编。惜其书未传，不知其规模究竟若何。

② 杨慎的杜诗“诗史”说意在一反宋人之论，其背景有二：一则与明中期思想文化领域的非宋思潮有关，二则与明代中期文学复古思潮兴起后文学界辨体意识强化有关。详见拙作《明代杜诗接受研究》第二章第二节相关部分。

性、深刻性，都不是宋人相关的杜诗批评文字所能媲美的。

方弘静的杜甫诗话就是诞生于明代杜诗学发展演变的后期①，有明一代杜诗学的各种争论热点与理论创见，大都可以在方氏的杜甫诗话中找到或是肯定或是反对的回响。要而言之，体现在以下几个方面。

首先，方弘静的杜甫诗话对明代杜诗学进程中的一些关键节点多有介入，是明代杜诗学进程的有机组成部分。任何文学作品的传播、笺释与接受的历史都会存在一些具有重要影响力的节点，于明代杜甫诗歌接受而言，亦是如此。所以，凡是有见识、有追求的治杜诗者，往往会参与其事，在尊重基本的学术逻辑的条件下，在杜诗学的过去与未来之间构建起自己的关联与呼应，使其自身之杜诗学研究能够在杜诗学史的某一隅刻下自我的痕迹，在建构完整杜诗接受之链条的宏观目的下，最终确保了自我的杜诗学成果得到呈现。下面以方弘静对杨慎相关杜诗言说的介入为例，稍作展开说明。

按，杨慎实为明中期杜诗学之关键人物，其人学问广博，著述极多，又好为惊人之论。其对杜诗相关之笺释与评说，一直是明中后期杜诗学领域的热点，在诗史说、杜甫绝句别体说、杜诗字句的笺释等方面，都曾引发长期的争论与辨析。比如王世贞在《艺苑卮言》中就杨慎"诗史"说的相关判断，又做另一层的扩展②；胡应麟特意著《艺林伐山》一书，来专门辩驳杨氏杜诗笺释方面的内容。对于杨慎这个明中期杜诗学史上的节点，方弘静的杜甫诗话里有不少条目的内容都与之产生了"链接"，稍举其例如下：

> 杜"青青竹笋""白白江鱼"，"白白"字疑有出处。即无出处，句未尝不佳。用修以为大不如韦，近俗，过评耳。
>
> 用修谓杜"'骥子莺歌、高凤聚萤'为偏枯"，殊不

① 据《千一录》中方氏的自序和书中的有关记录，其评说杜诗大约始于万历十二年(1584年)巡抚郧阳时，一直持续到万历三十九年(1611年)去世前。

② 参见张晖《中国"诗史"传统》相关章节，生活·新知·读书三联书店2012年版。

然，杜正以假对为工耳。羊肠熊耳，九坂双峰，恐骥子知之，杜集中岂少此等语？

药栏，右丞、工部皆谓花药之栏，用修以为不通，以今花栏票为证。余意花栏票之义，正以栏之刻画文饰加花字耳。王、杜非误也。

杨用修以议礼谪戍滇中，不能多蓄书，借阅过目，自难复检，《丹铅》所录多误，须后人为正之耳，无庸以为疵也。乃其于诗则喜右李而抑杜，论理学未得朱子之意，轻肆讥驳，则其蔽耳。朱集儒之成，杜集诗之成，论定久矣，即百用修不能易也。

用修以“诗史”二字误人，以史为诗则误矣，而谓诗不可以陈事亦误也。“千家今有百家存”，即诗之“靡有孑遗”也；“哀哀寡妇诛求尽”，即诗之“杼柚其空”也；“慎莫近前丞相嗔”，则汉、魏以来乐府余音也。用修所引诗皆兴也，而杜则赋体。诗固有六义，非相戾也。词人之作多胜质而失实，杜则不然。如“受谏无今日，临危忆古人”等句可继风、雅，《八哀》等作史多可稽，故曰“诗史”，言录实而不溢也。鄙哉之诮，亦近于作丑矣。

由以上所举条目，可见方氏对杨慎杜诗言说的介入主要表现于两个方面：一是对杨慎杜诗字句笺释方面的内容进行辩驳，能够与杜诗文本相结合立论，言简意赅，点到即止；二是对杨慎某些杜诗批评观念的商榷，则是稍稍扩展文辞，尽量说尽说透。一些看法，虽言语并不繁复，但牵涉的诗学内容其实关涉颇广。比如方弘静认为杨慎重李轻杜，喜欢轻加讥讽，是其评说杜诗的一个弊端。方氏的这个判断，其实正好与杨慎崇尚六朝诗之辞藻才情、讨厌宋诗之议论学究气的整体诗学偏好相暗合，可谓论断合情。又如，方弘静参与“诗史”说之争，认为宋人以史为诗是谬误，而杨慎“诗不可以陈事”也是不对。按，明代格调论诗学思想盛行，辨体意识高涨，杨慎从文体学角度出发坚持诗、史有别，反对宋人以杜诗为史实的看法，自有其合理性；但杨慎同时也是明中期“非宋”思潮中的主力，他在“非宋”心理之下走向宋人诗史说的绝对相反方向，否认诗可以“陈事”，这就完全无视杜诗的文本事实了。方弘静的诗史说评议，当算公允之论。所以总的来看，方氏之“diss”杨慎，大都议论有据，判断入理，可称杨慎在杜诗评说之事上的异代诤友。

其次，方弘静的杜甫诗话对明代杜诗学的诸多批评概念或理论都有比较深入的论述，是明代杜诗学相关概念或理论之接受史、传播史的重要参与者。

若论明代杜诗学于诗学批评层面最大的建树，当数明初高棅在《唐诗品汇》中提出的杜诗“大家”说。高棅编撰《唐诗品汇》一书，上承元末杨士弘《唐音》的唐诗学观念，从格调论的诗学理念出发，区分四唐，确定九品，是唐诗学领域前所未有之论。但他又发现将杜诗置于盛唐诸诗家之中，大不能相类，“正宗”“名家”等品次难以尽言其诗，遂创“大家”一品以概括杜诗之内外特征。在“大家”说出现之前，关于杜甫诗歌整体特征与艺术地位的判断主要来自元稹《杜甫墓志铭》中那一段著名论断，其核心含义便是杜诗“集大成”。“集大成”来源于儒家话语系统，天然地包含着伦理方向的诉求，宋人发挥这一方向的内涵，强调杜甫的所谓“一饭不忘君恩”，把杜甫诗歌的接受推向忠君爱国的圣贤语境里，从而在事实上遮蔽甚至贬抑了杜诗在诗歌艺术层面的价值。高棅“大家”说侧重于杜诗诗歌内容的博大和艺术风貌的多样，扬弃了宋人集大成说在政治伦理方向的过分偏移，是对杜诗文本事实的更客观的概括。一经提出，很快代替了之前的集大成说，成为明代杜诗学舆论场的核心概念。在之后的近三百年间，明人对杜诗“大家”说的内涵与外延不断加以细化、深化[①]。尤其是在明后期以王世懋、胡应麟、屠隆、许学夷等人为代表的诗学批评界，杜诗“大家”说得到了最具有理论性的辨析与界定。方弘静生逢其时，其相关论述共计有11条，是明后期“大家”说热潮中参与度最高的

①相关详细论述见拙作《明代杜诗接受研究》第四章第一节。

数人之一。方弘静对“大家”概念的研判，主要是在于对杜诗艺术风貌的概括，认为匠气俗套，“惟语之工而神意不符”，都不是“大家”做派；认为诗歌作品要“须从风雅来，乃成大家”，这样才能“华而不诬”“无邪辞”；认为杜甫“秋水清无底”一诗，“自是大家语”，并进而申言云：“语无不工者而评无可取，未可言诗。”按，“秋水清无底”出自《刘九法曹郑瑕邱石门宴集》，全诗云：“秋水清无底，萧然静客心。椽曹乘逸兴，鞍马到荒林。能吏逢聊璧，华筵直一金。晚来横吹好，泓下亦龙吟。”此诗一向未被视为杜诗名篇，方弘静这里特意拈出，视为大家做派。探其缘由，一是此诗于内容上写的是秋日水边雅集的闲适自在之情境，与晚年方弘静悠游林下之生活状态很容易产生情感共振；二是此诗的表达上洒脱闲淡，不是一味追求“语工”而“别无可评”者，在审美风格上和前面所言方氏对“大家”说之体认完全相符合。

方弘静对杜诗“大家”说的贡献，尤其在于他第一个明确地提出了杜诗“大家不拘”的特点。

> 《玉台观》诗“遂有”“更有”，颇犯，必一字误耳。今曰大家不拘，恐未然也。
>
> 《柴门》诗，两用“回首”字，非谓大家不拘，偶未润耳。
>
> 岑嘉州“满寺枇杷”“回风细雨”二首，一例近套，虽语意并工，然非大家所宜，杜无是也。

方氏前两例谈论的是诗歌文辞细节方面的忌犯问题，其表层意思是说这两例杜诗确实“未润”有误，但背后隐含的诗学判断是杜甫作为大家在诗歌创作上不用过分拘泥于一切陈套旧规。第三例批评岑参的两首诗是“语意并工”，但却“一例近套”，不是大家应有之态；而杜甫无之，故为大家。要其核心意思，与前面两例所论无二。又有云：“《简吴郎》二首以诗代简，大家集中自不厌。”此条文字实际上谈的是杜诗在诗体形式与功用上，可以随机而动地灵活处理，但并无害其大家品质。总的来说，在方弘静看来，杜甫作为唐诗大家，其核心特征之一便是“不拘”。纵观有明杜诗学史，人们使用“大家”一词评说杜诗时，普遍地涉及了杜诗精熟诗家规范而又不为规范拘束的现象①，做出与方弘静相类之判断的远不止一人，但从未有人概括、总结得如方弘静这般明确清晰。

除了杜诗“大家”说之外，方弘静的杜甫诗话对杜诗“变体”说、李杜比较论等其他明代杜诗学的热点话题都积极参与。比如关于李杜话题，方弘静的杜甫诗话里涉及李杜交谊的有6条，涉及李杜诗歌比较的有14条。后一方面的内容最能反映方氏的诗学认知水平，体现方氏对李杜诗风差异的区分精读。比如：

陈子昂力振六朝之衰，五言古诗质而不俚，李、杜集中其从风雅来者不啻建安风骨也。此三家者未可谓非古诗，李于鳞谓“唐无五言古诗”，此由汉无骚、唐无赋之论而广之者也。然贾谊、扬雄之拟骚，不可谓非骚。唐之赋未有入室者，其然矣。太白七言古诗豪宕之态，有不自知其所至者，非长语也。盖有之亦其兴至泉涌，偶未及精耳，非不能精而欺人也。子美节制之兵，太白飞将也，正不容横加优劣。七言律取王、李，是矣。然二家风韵之美，杜集中具之；而杜之变态，色色具足，王、李或未尽也，七言律竟当以子美为宗耳。且于鳞所选中犹有可评者，辄谓“唐诗尽于此”，何其自矜而轻忽古人也！

按，自中唐韩愈首度李杜并提以来，二人诗歌孰优孰劣，一向争执未已。直至明中期，在谢榛、王世贞等“后七子”人物的推动下，李杜话题的焦点开始转移，从区分高下演变成辨别差异，李杜之争变成了李杜之辨。自此以后近百年的杜诗学中，言及李杜者大都用力于详拟二者之差别，甚少作优劣之论。方弘静此段文字，诗学视野十分阔大，向上旁及陈子昂，乃至汉代骚体；向下言及明人李攀龙“唐无五言古诗”说这一诗坛公案。中间一段论及李杜二人诗风诗体差异之比较，以譬喻作形容，归纳

---

① 明初杨士奇在《杜律虞注序》中说：“不局于法律，亦不越乎法律之外，所谓从心所欲不逾矩，为诗之圣者，其杜少陵乎。”明中期朱谏认为杜甫、李白等成为大家，在于能够“脱略小疵”，不会“拘忌太深”“泛泛于形影之间”(《李诗选注》卷七《经乱离后天恩流夜郎忆旧游书怀赠江夏韦太守良宰江夏岳阳》)。明末王嗣奭认为，杜诗之所以“后人必不能至”，就在于其“有在绳尺之外者”没有“世俗之矩镬”，创作中能“穷变极化”(《管天笔记外编》卷上“文学”)。

精当，可与胡应麟之相关论述相匹敌。

由以上分析来看，方弘静虽然只是一个具有区域性影响力的诗人与学者，但就明后期杜诗学舆论场而言，他应该算是一个合格的在场者了。

三、明中后期诗学风尚与方弘静杜甫诗话

在以上两个角度之外，关于方弘静的杜甫诗话，还可以有一个更大的审视角度：明中后期诗学风尚对方弘静审视杜诗时的兴趣所在及方式的影响。

明代是一个诗学批评特别发达的朝代，明中期文学复古思潮形成之后，相关诗论更是蓬勃异常地呈现出来，与当时的文学创作活动相呼应，也与以杜诗学为核心的唐诗学诗论发展相呼应。方弘静一生仕履所及甚广[①]，因乡谊、同榜、共仕一地等因素的影响，交游遍天下，和当时大明文坛的代表性人物或徽州籍的名公巨子如王世贞、吴国伦、汪道昆、欧大任、袁宏道、胡应麟、许国、王樵、汤宾尹、江珍、王寅、潘之恒、顾起元等[②]都有来往，或是诗酒唱和，或是结社雅集。特别是王世贞、吴国伦等“后七子”巨擘，从嘉靖后期方氏与之订交到万历十四年方弘静任南京户部右侍郎期间，相互诗文酬酢赠答，二十余年未曾断绝[③]。所以，方弘静从文学影响力看虽然更多地还只能算是一位地方性的诗人，不是主流诗人群体成员，但因和其时文坛主流比较紧密的交游互动，使得他的诗学观念自然地与风尚所在产生频谱相当接近的共振。作为时代潮流的参与者，方弘静的杜甫诗话之中可以明显地发现文坛风尚的驳杂投影，他的杜诗言说往往与明中后期诗学热点紧密关联。

比如，明中期文学复古大潮一起，以“前七子”为代表的文坛新锐，

---

① 历任山东东平知州、南京户部员外郎、户部湖广司员外郎、四川按察司佥事、山东布政司参议、江西按察副使、广西按察司提学副使、江西布政司左参政、广东左布政使、太仆寺卿、浙江巡抚、郧阳（湖北）巡抚、南京户部右侍郎等，几乎足迹遍天下。

② 参见韩开元《诗人方弘静研究》第二章，安徽大学2005年硕士学位论文。

③ 相关作品见于三人文集之中。材料稍多，不一一介绍。

从追寻诗家“第一义”的角度出发，提出了“文必秦汉，诗必盛唐”[①]的主张；“后七子”承其余绪，继续高举其大旗。因而，从弘治年间延续到万历前期近百年间的明人唐诗批评话语系统之中，区分四唐格调，推重盛唐风度，成为主调和最强音。这“主调”与“最强音”之于方弘静有绝大影响，单以《千一录》中方弘静对前后七子代表人物的称引频率上看，就可一见端倪：据笔者不完全统计，全书提及“前七子”的李梦阳、何景明分别是21次、8次，“后七子”的王世贞、李攀龙分别是44次、14次。具体到方弘静的杜诗评说而言，能看到他区分初、盛、中、晚，以盛唐为标准的诗学取向：

> “帖石防隤岸，开林出远山”，评者以为晚唐之祖。夫晚唐何必不佳，如此句自是妙境耳。初、盛、中、晚之别，乃在风韵格调，非一联一句间也。
>
> 山谷云“拾遗句中有眼”，篇篇有之。非独拾遗也，句之工在一字，凡唐音皆然。然有无字可摘者，乃诗之化境，更为高古耳。“云薄翠微寺”“孤村春水生”“厨人具鸡黍”，盛唐如此等句甚多，所以过于中、晚也。
>
> 七言律结构之精，变化曲中，老杜至矣。……钱、刘密矣，而格力盛、中之间，故当逊杜擅场耳。

此处第一例评点杜甫五律《早起》中两句是“妙句”，反对此联为“晚唐之祖”的旧有说法。按，《早起》全诗为：“春来常早起，幽事颇相关。帖石防隤岸，开林出远山。一丘藏曲折，缓步有跻攀。童仆来城市，瓶中得酒还。”首联言因“幽事”而早起，二三联承首联而来，言远近两层幽兴所在，尾联又别换一意。而“晚唐之祖”云云，则出自方回《瀛奎律髓》，说杜甫此诗第二联字句上千锤百炼，大是精工，是晚唐苦吟者先声。方弘静反对此说，认为评价诗歌不能只看一句一联之精工与否，而是在于全篇“风韵格调”之有无，杜诗第二联固然对偶精细，但其要不在于此，而是此联能与全诗融合无间，构成了一个别具“风韵格调”的完整作

① 纪昀等《四库全书总目》卷一百七十《怀麓堂集》提要。

品，这正是杜甫这样的盛唐诗人有别于其他诗人的关键所在。第二例则是从批评宋人之说出发，指出诗句中用字工致醒目是唐诗的普遍特点，杜甫等盛唐诗人超越中晚唐诗人处，在于格调高古，诗中用字达于化境，“无字可摘”。第三例是称赞杜甫七言律诗结构精妙，又用中唐诗人钱起、刘长卿作比较，认为他们的七律之作或许律法严密，但整体的审美格调逊于杜甫，这种差异正是反映了盛唐与中唐审美之差距。由上可见，方弘静评说、推扬杜诗的标准，就在于杜甫是所谓盛唐格调的象征，这显然是和前后七子诗学观的核心观念是同步的。当然，也必须指出，就像前七子的何景明在某些方面曾推崇初唐一样，方弘静很多时候也是能从唐代诗歌的实际出发而立论，其云：“唐诗盛、晚之分乃在风韵，不专以句法也，盛有似晚者，晚亦间有似盛者。”又云：“柳柳州寄四川刺史诗，不减盛唐。”唐诗是一个特别丰富庞大的存在，有盛唐与晚唐之间互有类似者、柳宗元诗作有不让盛唐者等少数性的、个别化的案例，也是合乎逻辑的。不过，方弘静的这类条目之立论的背后，归根到底还是推尊盛唐观念的再现，毕竟其称扬中晚唐某些诗作时其实还是以盛唐为衡量的标准。

又如，方弘静杜甫诗话中有大量的“正音”“变体”等概念出现。按，正音、变体等概念来源于格调论诗学观。明中期复古诗学兴起，格调论大行——因为诗歌之复古，其最便于学习、操作的层面，还在于对前人诗歌外在形式的借鉴与模仿，包括音韵声律、字法句法等，从最早的李东阳，到李梦阳，到谢榛，其诗论中都很容易见到关于这方面内容的论述与强调。而李攀龙尤其激进，编选《诗删》一书的唐诗部分时，以达不到他心目中最严之“格调”标准的原因，大肆黜落名家名作，更提出惊人的“唐无无言古诗”之论[1]。再具体到杜诗评价而言，明初，格调论信奉者高棅已经不把杜甫绝句视为唐诗正音；明中期，杨慎屡辞贬责杜甫绝句之作，何景明以杜甫七言歌行之作为着眼点而提出了杜诗“变体”说；明后期，胡应麟、许学夷等诗话著作中关于杜诗正、变问题的探讨更是多不可数。方弘静深受前后七子格调论诗学观影响，其杜甫诗话中明确涉及正音、变

① 详见陈国球《明代复古派唐诗论研究》第三章，北京大学出版社2007年版。

体等概念的地方共有11处。比如：

“晚节渐于诗律细”，莺“交愁”，鹭“太剧”，其咏物可谓细矣，本非大家正音，故云“戏”“遣闷”。

杜绝句非谓不佳，然非正音也。……第刳心变体者，当不能使宋调为唐、晚为盛耳。

黄太史深于杜，故云“不烦绳削”，然杜自有正音有变体，所当知耳。

鲁直谓夔州后诗“不烦绳削而自合”，深于杜者也。朱子取其以前诗，自有见。盖前多正音，后多变体，学诗从正音入则不失。

老杜八句，无一字可疑者，集中叠出，故当擅场。然学杜者效其正音，勿遽好变体

以上这些论述表明，在方弘静看来，杜诗有正音有变体，学变体则很难做到“不失”，会落入“宋调”或晚唐格局；而有些杜诗之所以沦为变体，是因为“烦绳削”“刳心”，过于求“细”。这些判断，与方弘静总体的诗学审美取向是一致的，是明中期以来格调论诗学观下形成的杜诗“变体”说话语体系中的一个组成部分。与此同时，方弘静又将杜诗正变说与其时的学杜习气相关联，最早地对当时前后七子的文学复古模拟之风作了反思。他在评说杜甫五言古诗《哭李常侍峄二首》其二“短日行梅岭，寒山落桂林”一句时，称赞是“十字奇”，随后却语意一转道：“杜晚年律细，非正音也。……今学杜者宜择其正，毋效其颦。杜圣于诗、僻于诗者也，变化出入，从容规矩之中，疾徐自得，风韵故殊。苟不得其妙而袭其句，往往硬涩失和平之旨，而自以为杜体，未深晓者亦曰此杜体。非杜误人，乃人不善学杜耳。”这段话的前半段说的意思，同前面几条的说法大体一致。后半段则是针对前后七子及其末流秉持格调论诗学观去学习、模仿杜诗的情况，做出了批评：认为他们学杜往往是“袭其句”而不能“得其妙”，字比句拟，剽窃剿袭，是“不善学杜”，其结果是“硬涩失和平之

旨而自以为杜体”，自误误人[①]。这种批评，显然是方弘静的诗学见识乃至批评勇气的表现。从诗学大势的趋向上讲，格调论盛极而有异议生，其时以七子反对派的面貌出现的公安派诗人，反对师古模拟，方弘静之论同属于此一诗学新动向。到了方弘静身后的明末阶段，相类的批评则比比皆是也。如赵士喆《石室诗谈》卷下云：“献吉之才，自能学杜。但当探其神髓，而不必袭其皮毛。乃献吉多用杜诗，甚者至抄其全句。又有不必拟而拟者。如杜诗云：‘负盐出井此溪女，打鼓发船何处郎。’有何佳处？空同乃云：‘卖鱼沽酒此村口，打鼓鸣锣何处船。’不几令人捧腹乎？”[②]邓云霄亦云：“诗贵谦冲温厚，风韵自然可挹，如老杜云：‘白头授简能赋，愧似相如为大夫。’绰有典刑，不堕浮薄。若李于鳞则云：‘主家池馆帝城隅，上客相如汉大夫。’痴蠢之气熏人，真村汉耳！”[③]此时，在没有现实的人际关系的顾忌之后，对前、后七子学杜中生硬剿袭作派的批评，其措辞则几于痛斥矣。

总而言之，方弘静处在明中后期诗学潮流将变未变之际，其杜诗言说所体现的态度也正是承续与批判兼而有之，正是其时诗学风尚的一个具象表征。

以上对方弘静杜甫诗话排比其材料，略加以条理辨析，希望于阅读此书者能有一二助益。

① 详见拙作《明代杜诗接受研究》第二章有关论述。

② 赵士喆《石室诗谈》卷下“论诸家二十二条”之第十六条，见周维德编《全明诗话》第六册，齐鲁书社2005年版，第5157页。

③ 邓云霄《冷邸小言》，见《全明诗话》第四册，第3492页。

卷一　五言律诗　上

1.《题张氏隐居二首》其二："之子时相见，邀人晚兴留。霁潭鳣发发，春草鹿呦呦。杜酒偏劳劝，张梨不外求。前村山路险，归醉每无愁。"

"春草鹿呦呦"，非喻也。上句"鳣发发"，又何所喻？"杜酒""张梨"，用两家旧事耳。遂以为宴饮惟园果，意勤不必物丰，真是痴人说梦。

又[1]，"前村山路远，归醉每无愁"，用意在"醉"字，暗用《庄子》"醉者之坠车全于酒"也。注非。

2.《刘九法曹郑瑕邱[2]石门宴集》："秋水清无底，萧然静客心。椽曹乘逸兴，鞍马到荒林。能吏逢联璧，华筵直一金。晚来横吹好，泓下亦龙吟。"

"秋水清无底"诗，自是大家语，语无不工者而评无可取，未可言诗。

3.《与任城许主簿游南池》："秋水通沟洫，城隅进小船。晚凉看洗马，森木乱鸣蝉。菱熟经时雨，蒲荒八月天。晨朝降白露，遥忆旧青毡。"

"遥忆旧青毡"，许主簿当是旧与同学者。[3]

---

① 方氏文中系同一杜诗作品之解析、评说的，合并于同一条目之下，以"又"字单独领出一段。

② "邱"或作"丘"。

③ 本诗末句"旧青毡"，向来杜诗评注者都以为典出王献之夜中语偷儿事。《世说新语》载：王献之夜卧斋中，有盗入室，献之语曰："青毡我家旧物，可特置之。"后世往往以"青毡"指代读书人故家旧物，在本诗中也被视为杜甫久游后生了乡思。方氏解为回忆同学旧谊，与整首诗意也大体相合，可视为一家之言。

4.《对雨书怀走邀许十一簿公》："东岳云峰起，溶溶满太虚。震雷翻幕燕，骤雨落河鱼。座对贤人酒，门听长者车。相邀愧泥泞，骑马到阶除。"

"震雷翻幕燕，骤雨落河鱼"，纪实景耳。注以燕为幕上之饰，河鱼为水上之尘，非。"幕燕"无足疑；雨骤波奔，鱼随波落，佳句也，何以不达？"潜鳞输骇浪"①，意同。

5.《画鹰》："素练风霜起，苍鹰画作殊。㧐身思狡兔，侧目似愁胡。绦镟光堪摘，轩楹势可呼。何当击凡鸟，毛血洒平芜。"

"素练风霜起"，谓绢色，是也。然含在秋天意，非徒指绢色。

6.《过宋员外之问旧庄》："宋公旧池馆，零落首阳阿。枉道只从入，吟诗许更过？淹留问耆老，寂寞向山河。更识将军树，悲风日暮多。"

"枉道只从入"耳，"吟诗许更过"乎？以为尊慕前辈者，是也。若谓许我更过一步，此近世浮夸者语，岂大雅之度乎。

7.《天宝初南曹小司寇舅于我太夫人堂下累土为山一匮盈尺以代彼朽木承诸焚香瓷瓯瓯甚安矣旁植慈竹盖兹数峰嵚岑婵娟宛有尘外数致乃不知兴之所至而作是诗》："一匮功盈尺，三峰意出群。望中疑在野，幽处欲生云。慈竹春阴覆，香炉晓势分。惟南将献寿，佳气日氛氲。"

杜"南曹小司寇"，盖员外郎为尚书侍郎之贰，得称小耳。今郎署云分司，亦其义也。

8.《夜宴左氏庄》："风林纤月落，衣露净琴张。暗水流花径，春星带草堂。检书烧烛短，看剑引杯长。诗罢闻吴咏，扁舟意不忘。"

---

①杜甫《秋野五首》其四。

“风林纤月落”，作“林风”觉更佳，“林风”“衣露”当读[①]。

9.《暂如临邑至山湖亭奉怀李员外率尔成兴》：“野亭逼湖水，歇马高林间。鼍吼风奔浪，鱼跳日映山。暂游阻词伯，却望怀清关。霭霭生云雾，唯应促驾还。”

“却望怀清关”[②]，“清关”犹云潭府。别首“清关尘不杂”[③]，明矣。

10.《杜位宅守岁》：“守岁阿戎家，椒盘已颂花。盍簪喧枥马，列炬散林鸦。四十明朝过，飞腾暮景斜。谁能更拘束，烂醉是生涯。”

“盍簪喧枥马”，不知者以为工，颇费搜索耳，非其至者也。

11.《李监宅二首》其一：“尚觉王孙贵，豪家意颇浓。屏开金孔雀，褥隐绣芙蓉。且食双鱼美，谁看异味重。门阑多喜色，女婿近乘龙。”

李令问以异味闻天下[④]，杜“谁看异味重”，盖有讽意：惨毒取物，不欲看之。得此意，乃知语之工。双鱼异味，以《左传》、乐府语为工也。答问。

12.《送韦书记赴安西》：“夫子欻通贵，云泥相望悬。白头无籍在，朱绂有哀怜。书记赴三捷，公车留二年。欲浮江海去，此别意苍然。”

“白头无籍在”：“籍在”非指通籍也，谓无所凭籍。在，语词。《壮游》诗“备员窃补衮”，谓为拾遗也，前后诗意自明，注何云讥时相？

---

① 明以前《夜宴左氏庄》首句都是“风林”。方弘静举“林风”更佳之说后，王嗣奭《杜臆》一书亦持此论。钱谦益《钱注杜诗》卷九“风林”下有注云：“晋作林风”（钱文中之“晋”当是指毛晋版杜集而言）。后清人唯仇兆鳌《杜诗详注》卷一《夜宴左氏庄》据此则直接改“风林”为“林风”（其他清人杜集仍大多是“风林”）。而今，通常所见引用杜诗《夜宴左氏庄》之例竟然有很多都是“林风”（以中国知网全文检索结果言，有64例都是“林风纤月落”，超过检索结果总数的三分之一比例）。溯其缘起，则方弘静氏当是其最初用者。

② 常见杜集皆作“青关”，释为地名。

③ 杜甫《赠特进汝阳王二十韵》。

④ 李令问厚奉养，奢饮馔，炙驴罂鹅，闻名当时。

13.《奉陪郑驸马韦曲二首》其一："韦曲花无赖，家家恼杀人。绿尊虽尽日，白发好禁春。石角钩衣破，藤枝刺眼新。何时占丛竹，头戴小乌巾。"

"白发好禁春"，犹云奈春何，非谓不流荡也。

14.《陪郑广文游何将军山林》其一："不识南塘路，今知第五桥。名园依绿水，野竹上青霄。谷口旧相得，濠梁同见招。平生为幽兴，未惜马蹄遥。"

"未惜马蹄遥""将军有报书"[①]，幽兴洒洒，殊无不轻赴之意。解者每以俗情佞公，公当厌之。

15.《陪郑广文游何将军山林》其二："百顷风潭上，千章夏木清。卑枝低结子，接叶暗巢莺。鲜鲫银丝脍，香芹碧涧羹。翻疑柂楼底，晚饭越中行。"

"翻疑柂楼底，晚饭越中行"，前六句，景情乃合[②]。

又，"鲜鲫银丝鲙，香芹碧涧羹"，宛是越中景耳。"柂楼底""晚饭"五字，觉可商量。

16.《陪郑广文游何将军山林》其三："万里戎王子，何年别月支？异花开绝域，滋蔓匝清池。汉使徒空到，神农竟不知。露翻兼雨打，开坼渐离披。"

"万里戎王子"，谓比安禄山迁[③]。

17.《陪郑广文游何将军山林》其五："剩水沧江破，残山碣石开。绿

---

① 杜甫《重过何氏五首》其一。

② 原文中本条掺入"主家阴洞细烟雾"一条之后，但其实二者全无关系，故而析为两条。又，"柂""柂"皆为"舵"之异体。

③ 原文如此，不知方氏"迁"何谓也。或其后有阙文，则"迁"字指安禄山调官某职。又：古今各家注释，"戎王子"皆作花名。

垂风折笋，红绽雨肥梅。银甲弹筝用，金鱼换酒来。兴移无洒扫，随意坐莓苔。”

“剩水沧江”，引为池也；“残山碣石”，累为山也。语意甚明，何云几不可通？

又，“剩水沧江破”，“破”字难下，挹彼注兹可以言破。庄子：“日之过河有损，风之过河有损。”①宗悫：“愿乘长风破万里浪。”

18.《陪郑广文游何将军山林》其六：“风磴吹阴雪，云门吼瀑泉。酒醒思卧簟，衣冷欲装绵。野老来看客，河鱼不取钱。只疑淳朴处，自有一山川。”

“风磴吹阴雪，云门吼瀑泉。”飞瀑之溅乍疑吹雪，非实非譬，解者失之。

又，“野老来看客，河鱼不取钱。”十字句。

19.《陪郑广文游何将军山林》其七：“棘树寒云色，茵蔯春藕香。脆添生菜美，阴益食单凉。野鹤清晨出，山精白日藏。石林蟠水府，百里独苍苍。”

《游何将军山林》而云“山精白日藏”，近迂。当时当有所纪也，结句“石林”“水府”乃以相映，而“百顷风潭佳”趣须发之耳。

20.《陪郑广文游何将军山林》其九：“床上书连屋，阶前树拂云。将军不好武，稚子总能文。醒酒微风入，听诗静夜分。絺衣挂萝薜，凉月白纷纷。”

“絺衣挂萝薜，凉月白纷纷”，是萝薜之影纷纷也，而曰月纷纷，写景妙矣。今未有上句，亦曰月纷纷，则不可解。

21.《陪郑广文游何将军山林》其十：“幽意忽不惬，归期无奈何。出

① 见《庄子·徐无鬼》。原文为：“风之过河也有损焉，日之过河也有损焉。”

门流水住，回首白云多。自笑灯前舞，谁怜醉后歌。只应与朋好，风雨亦来过。”

“幽意忽不惬，归期无奈何”，言不欲去耳。“谁能共公子，薄暮欲俱还”[①]，“苑外江头坐不归”[②]，皆可并看。赵注谓久客思归，殊不相蒙。

22.《重过何氏五首》其一：“问讯东桥竹，将军有报书。倒衣还命驾，高枕乃吾庐。花妥莺捎蝶，溪喧獭趁鱼。重来休沐地，真作野人居。”

“真作野人居”，忘其为将军也。

又，“问讯东桥竹，将军有报书”，乃暗翻看竹不问主人事也。注未达，乃云不轻往，殊失作者苦心妙语。

又，“真作野人居“，言将军山林之幽乃似野人居耳。若如注，应第四句，则重矣。

23.《重过何氏五首》其二：“山雨尊仍在，沙沈榻未移。犬迎曾宿客，鸦护落巢儿。云薄翠微寺，天清黄子陂。向来幽兴极，步屣过东篱。”

“犬迎曾宿客，鸦护落巢儿”，以为晚唐所尚，然唐诗盛、晚之分乃在风韵，不专以句法也。盛有似晚者，晚亦间有似盛者，贵自得之耳。

24.《重过何氏五首》其三：“落日平台上，春风啜茗时。石阑斜点笔，桐叶坐题诗。翡翠鸣衣桁，蜻蜓立钓丝。自今幽兴熟，来往亦无期。”

夏月游而曰春风，误也，然未必是“薰”字[③]。

又，《重过何氏》非春也。“桐叶坐题诗”“蜻蜓立钓丝”，皆夏景，以“春风”字误注者耳。

---

① 杜甫《奉陪郑驸马韦曲二首》其二。

② 杜甫《曲江对酒》。

③ 杜诗中有“春风”二字者共19处，然考查其例，无一与夏月游、“薰”字等关联，难以明确方氏所指究竟是何诗。猜测当是《重过何氏五首》其三，一则该诗虽亦无“薰”字，但诗意稍类夏月之游耳；二则此条文字于原文之中，其上、下条皆为《重过何氏五首》之评论。

25.《重过何氏五首》其五："到此应常宿，相留可判年。蹉跎暮容色，怅望好林泉。何路沾微禄，归山买薄田。斯游恐不遂，把酒意茫然。"

"到此应常宿"一首，是四十字文，杜多有之。

26.《与鄠县源大少府宴渼陂》："应为西陂好，金钱罄一餐。饭抄云子白，瓜嚼水精寒。无计回船下，空愁避酒难。主人情烂熳，持答翠琅玕。"

"饭抄云子白"，佛经以稻为云子，《文选》："汶阳之稼如云。""云子"二字自佳。

又，"无计回船下"，用投辖意也。"九日意兼悲"[①]，反举俗，爱其名语也，又用悲秋语。

27.《送张二十参军赴蜀州因呈杨五侍御》："好去张公子，通家别恨添。两行秦树直，万点蜀山尖。御史新骢马，参军旧紫髯。皇华吾善处，于汝定无嫌。"

"两行秦树直"，非俚也。"官柳著行新"[②]，大道之树，成行可咏耳。

28.《对雪》："战哭多新鬼，愁吟独老翁。乱云低薄暮，急雪舞回风。瓢弃尊无绿，炉存火似红。数州消息断，愁坐正书空。"

"战哭多新鬼"，用《左传》旧鬼小新鬼大。"暂止飞乌将数子"[③]，用乐府"乌生八九子"。凡如此类皆非漫尔。

又，"万国兵前草木风"[④]，用八公山草木风声事。

又，"瓢弃尊无绿"，"瓢弃"用许由事，非虚下笔。"垆存"用高阳事。

---

① 杜甫《九日曲江》。
② 杜甫《鄠城西原送李判官兄武判官弟赴成都府》。
③ 杜甫《堂成》。
④ 杜甫《洗兵马》。

29.《一百五日夜对月》："无家对寒食，有泪如金波。斫却月中桂，清光应更多。仳离放红蕊，想象嚬青蛾。牛女漫愁思，秋期犹渡河。"

"有泪如金波"，用汉《郊祀歌》"月穆穆以金波"，金波状其晖也。又"委波金不定"①，尝于江舟玩之，乃见其工。

又，"斫却月中桂，清光应更多"，用《世说》"若使月中无物当极明耶"。

又，"仳离放红药,想象颦青蛾。"当红药放时,人长仳离,对此其无愁思乎？其蛾眉之颦，可想象也。牛女虽愁思，犹有渡河之期耳。但觉句之劲不深也，何至不可解？"斟酌嫦娥寡，天寒奈九秋"②即此意，而此四句胜。说家言羿之妻奔月，固可云仳离，谑而雅矣。

又，"仳离放红蕊"，杜集如此等句多矣，注者辄不可解。若云"对红蕊"，则庸人俱晓，然成庸句矣。非"放"字何以称佳，宁使庸人不可解耳。

30.《春望》："国破山河在，城春草木深。感时花溅泪，恨别鸟惊心。烽火连三月，家书抵万金。白头搔更短，浑欲不胜簪。"

"感时花溅泪，恨别鸟惊心"，常时见花闻鸟则悦，当感恨乃皆搅愁者耳。"溅泪""惊心"，非指花鸟也。"花鸟莫深愁"③，"索共梅花笑"④，又别有义解者，非。

31.《喜达行在所三首》其三："死去凭谁报，归来始自怜。犹瞻太白雪，喜遇武功天。影静千官里，心苏七校前。今朝汉社稷，新数中兴年。"

"影静千官里"，言奔走始息也，注"乍归无友"，非。

---

① 杜甫《月圆》："孤月当楼满，寒江动夜扉。委波金不定，照席绮逾依。未缺空山静，高悬列宿稀。故园松桂发，万里共清辉。"

② 杜甫《月》。

③ 杜甫《江上值水如海势聊短述》。原句作"春来花鸟莫深愁"。

④ 杜甫《舍弟观赴蓝田取妻子到江陵喜寄三首》其二。

32《哭长孙侍御》："道为谋书重，名因赋颂雄。礼闱曾擢桂，宪府旧乘骢。流水生涯尽，浮云世事空。唯余旧台柏，萧瑟九原中。"

杜子语务惊人，当时海内流传。困矣，而选者仅得其《哭长孙侍御》之作。"擢桂""乘骢"，凡进士御史可用，太熟无趣；"流水""浮云"，尽人皆可，可为薤露曲耳。诗书赋颂，赋颂诗也，未宜作对。以唐人选唐诗乃尔，何论《鼓吹》《三体》哉！韩子云："小好小惭，大好大惭。"[①]信矣！所谓惊人句者，乃未必万人传耶。[②]

33.《晚行口号》："三川不可到，归路晚山稠。落雁浮寒水，饥乌集戍楼。市朝今日异，丧乱几时休。远愧梁江总，还家尚黑头。"

"远愧梁江总"，乃春秋法也，迥出词人之作矣。《纲目》书"莽大夫""魏荀攸""晋征士"，盖其例也。

34.《独酌成诗》："灯花何太喜，酒绿正相亲。醉里从为客，诗成觉有神。兵戈犹在眼，儒术岂谋身。共被微官缚，低头愧野人。"

"诗成觉有神"，屡自道，然非诬也。浮夸者拆洗一语，妄自谓神，神未有而鬼见之，李赤是矣。

又，"低头愧野人"，"低头"二字非虚下，盖有折腰之感耳。

35.《收京三首》其一："仙仗离丹极，妖星照玉除。须为下殿走，不可好楼居。暂屈汾阳驾，聊飞燕将书。依然七庙略，更与万方初。"

"仙仗离丹极，妖星带玉除"[③]，叙出狩，已得体矣。"下殿走""好楼居""汾阳驾"，俱非典雅，且近赘。

---

① 韩愈《与冯宿论文书》："时时应事作俗下文字，下笔令人惭，及示人，则人以为好矣。小惭者亦蒙谓之小好，大惭者即必以为大好矣。"见《昌黎先生文集》卷十七。

② 按，唐人《中兴间气集》收录《哭长孙侍御》此诗，题杜诵作。杜诵其人史书文集别无其他记载，生平不明。此诗两属之状况，或源于诵、甫二字形近，"杜诵"乃由"杜甫"讹误而来。

③"照玉除"或作"带玉除"，自宋代以来便有此异文。

36.《收京三首》其三："汗马收宫阙，春城铲贼壕。赏应歌杕杜，归及荐樱桃。杂虏横戈数，功臣甲第高。万方频送喜，无乃圣躬劳。"

"杂虏横戈数，功臣甲第高。"匈奴未灭，何以家为！今杂虏数横戈而功臣甲第已高，此以霍骠骑激诸将也。注以为唐诸将之跋扈，非。

37.《春宿左省》："花隐掖垣暮，啾啾栖鸟过。星临万户动，月傍九霄多。不寝听金钥，因风想玉珂。明朝有封事，数问夜如何。"

"星临万户动"，评者以"动"字为奇，未得其意也。民劳则星动摇，故曰"三峡星河影动摇"。夫临万户而动，岌岌乎殆矣。忧时之思，篇中见之。

38.《送贾阁老出汝州》："西掖梧桐树，空留一院阴。艰难归故里，去住损春心。宫殿青门隔，云山紫逻深。人生五马贵，莫受二毛侵。"

杜《送贾阁老出汝州》，五马贵矣，而篇中多不得志之语，乃以"莫受二毛侵"勉之，何甚也。人臣不能为主上分忧，而春明门外即曰天涯，何言上下不负哉！余登第廷试，分宜见抑，卷犹在进呈，进呈例不为州，必使为州，余未知避阱而嚣嚣承之。太宰三持之不得，乃得东平焉，知余病不胜也。乞休两台，不可改教，三上不许，而余病霍然已。上司不相左，百姓不相欺，余乃免焉。所不慊者，病愈视事仅二年，未能为所欲为，则余负州耳。

39.《送翰林张司马南海勒碑》①："冠冕通南极，文章落上台。诏从三殿去，碑到百蛮开。野馆浓花发，春帆细雨来。不知沧海上，天遣几时回。"

"文章落上台"，犹云自天子所，非指相国制文也。泰阶三台，上者天子，中者公侯卿大夫，下者士庶人。今或称执政为上台，谬矣。"中台星

① 该诗题下原有杜甫自注云："相国制文。"因与方氏之评说文字有所关涉，特为注出。而其他杜甫自注之例，皆删去不录。

坼”[①]，张华当之。

40.《奉答岑参补阙见赠》：“窈窕清禁闼，罢朝归不同。君随丞相后，我往日华东。冉冉柳枝碧，娟娟花蕊红。故人得佳句，独赠白头翁。”

“冉冉柳枝碧，娟娟花蕊红”，即“退朝花底散，归院柳边迷”[②]也，初非叹老喻新进意，注迂。

41.《赠毕四》：“才大今诗伯，家贫苦宦卑。饥寒奴仆贱，颜状老翁为。同调嗟谁惜，论文笑自知。流传江鲍体，相顾免无儿。”

“论文笑自知”，非虚语也。又曰：“得失寸心知。”[③]夫曰“自知”，则人之知者希矣，不知自不免笑。

“颜状老翁为”，“为”字写惊愕之意。

“饥寒奴仆贱”，眼前语，曲尽情态。

42.《端午日赐衣》：“宫衣亦有名，端午被恩荣。细葛含风软，香罗叠雪轻。自天题处湿，当暑著来清。意内称长短，终身荷圣情。”

“宫衣亦有名”，赐衣题名也。如注谓赐出于有名非滥，则“自天题处湿”不可解矣，且“亦”字亦不稳矣。

又，杜《端午日赐衣》诗，“自天”“当暑”用经语自工。而以东坡“公独未知其趣尔[④]，臣今时复一中之”为青出于蓝，评者之陋乃尔。昌黎所谓大好大惭者也，长公应汗浃矣。

43.《至德二载甫自京金光门出间道归凤翔乾元初从左拾遗移华州掾与亲故别因出此门有悲往事》：“此道昔归顺，西郊胡正繁。至今残破胆，应有未招魂。近得归京邑，移官岂至尊。无才日衰老，驻马望千门。”

---

① 事见《晋书·张华传》。
② 杜甫《晚出左掖》。
③ 杜甫《偶题》。
④ 原文作“公但未知其趣耳”，据苏轼诗集改之。

“此道昔归顺”，有介子从龙之感，而辞意归于厚，所谓“可以怨”者也。

44.《赠高式颜》：“昔别是何处，相逢皆老夫。故人还寂寞，削迹共艰虞。自失论文友，空知卖酒垆。平生飞动意，见尔不能无。”

“自失论文友”，因赠高之族侄而思高也，注非。

45.《得舍弟消息》：“乱后谁归得，他乡胜故乡。直为心厄苦，久念与存亡。汝书犹在壁，汝妾已辞房。旧犬知愁恨，垂头傍我床。”

《得舍弟消息》诗，辞房之妾不若傍床之犬，此诗意也。

46.《秦州杂诗二十首》其三：“州图领同谷，驿道出流沙。降虏兼千帐，居人有万家。马骄珠汗落，胡舞白蹄斜。年少临洮子，西来亦自夸。”

“降虏兼千帐，居人有万家”，华夷杂处，总言其庶耳，初无虏多民少意。注非。

47.《秦州杂诗二十首》其四：“鼓角缘边郡，川原欲夜时。秋听殷地发，风散入云悲。抱叶寒蝉静，归来独鸟迟。万方声一概，吾道竟何之。”

“鼓角”诗“秋声殷地发”，“声”字重，当是“深”字。一本“听”字，亦似未妥①。韩无咎词：“鼓角秋深悲壮。”②

48.《秦州杂诗二十首》其五：“西使宜天马，由来万匹强。浮云连阵没，秋草遍山长。闻说真龙种，仍残老骕骦。哀鸣思战斗，迥立向苍苍。”

---

① 今日所见各类杜集版本中此诗，皆作“秋听殷地发”，无一例为“秋声”者。方弘静氏论杜文辞引据“稀见”版本者不止一例，或是事实，或是为表一己之得而妄称假托者，如杨升庵称言《丽人行》有“足下何所著，红渠罗袜穿镫银”逸句之前例也。

② 韩元吉《水调歌头·九日》：“今日俄重九，莫负菊花开。试寻高处，携手蹑屐上崔嵬。放目苍岩千仞，云护晓霜成阵，知我与君来。古寺倚修竹，飞槛绝纤埃。　笑谈间，风满座，酒盈杯。仙人跨海，休问随处是蓬莱。落日平原西望，鼓角秋深悲壮，戏马但荒台。细把茱萸看，一醉且徘徊。”

“浮云连阵没”，万匹如云，今无存矣。赵注非。所谓如浮云者，岂以拟马乎？

49.《秦州杂诗二十首》其九：“今日明人眼，临池好驿亭。丛篁低地碧，高柳半天青。稠叠多幽事，喧呼阅使星。老夫如有此，不异在郊坰。”

“老夫如有此，不异在郊坰”，此意远矣。夫游好园池，犹好山水也，一为明眼兴斯寄耳，何必吾有？观古图画亦然。彼什袭而藏者，亦为天下守耳，何能常在目中？仲长统[1]《乐志论》毋乃出位之思乎？

50.《秦州杂诗二十首》其十二：“山头南郭寺，水号北流泉。老树空庭得，清渠一邑传。秋花危石底，晚景卧钟边。俯仰悲身世，溪风为飒然。”

“俛仰悲身世”，何以悲？花在石底，钟卧景边，荒凉可知矣。睹寺之废，而身世之感因之矣。

51、《秦州杂诗二十首》其十四：“万古仇池穴，潜通小有天。神鱼人不见，福地语真传。近接西南境，长怀十九泉。何时一茅屋，送老白云边。”

《秦州杂诗》，九十九泉作“十九泉”，似未可以对，“西南”字则工矣。“寻常”“七十”，“烟尘”“八九”，“一万”“春冬”，“筌蹄”“百万”，“淹留”“四五”，“三千”“戎马”，“羁栖愁”“二十四”，皆其例也。

52.《秦州杂诗二十首》其十五：“未暇泛沧海，悠悠兵马间。塞门风落木，客舍雨连山。阮籍行多兴，庞公隐不还。东柯遂疏懒，休镊鬓毛斑。”

“阮籍行多兴”，言虽穷途兴犹多耳，不专用故事，乃佳。“船人相近

---

① 原文人名少一“统”字，据文义补之。

报，但恐失桃花”[1]，岸上桃花相近之间，船人须报，恐舟过而失看花也。

53.《秦州杂诗二十首》其十六：“东柯好崖谷，不与众峰群。落日邀双鸟，晴天养片云。野人矜险绝，水竹会平分。采药吾将老，儿童未遣闻。”

“落日要双鸟”，用《淮南子》“羿、逄蒙子之巧，以要飞鸟”。

又，“儿童未遣闻”[2]，言其识不及也，非不欲人知。

又，“儿童未遣闻”，用王右军语“恒恐儿辈觉”[3]。

又，“落日邀双鸟”，妙语。日坠林间，倦鸟知还，有若邀之。解者乃云“落日”喻暮年，“邀双鸟”言欲与妻子隐居于此，使佳句索然无才矣。恐子美不胜见梦，岂独“吞吴”一事！

54.《秦州杂诗二十首》其二十：“唐尧真自圣，野老复何知。晒药能无妇，应门幸有儿。藏书闻禹穴，读记忆仇池。为报鸳行旧，鷦鷯在一枝。”

“唐尧真自圣，野老复何知”，用击壤事。注非。

又，“唐尧真自圣，野老复何知”，言无罪而意则切矣，诗之可以怨也。结句情见乎辞。

又，“为报鸳行旧，鷦鷯在一枝”，齐物自安之语，非谓其有所托也。

55.《宿赞公房》：“杖锡何来此，秋风已飒然。雨荒深院菊，霜倒半池莲。放逐宁违性，虚空不离禅。相逢成夜宿，陇月向人圆。”

“陇月向人圆”，盖有离合之感。

56.《天河》：“常时任显晦，秋至辄分明。纵被微云掩，终能永夜清。

---

① 杜甫《秦州杂诗二十首》其十三。

② 杜甫《秦州杂诗二十首》其十六。原作“童儿”，当是一时为倒误，径改之。

③ 语出《世说新语·德行第一》。

含星动双阙，伴月照边城。牛女年年渡，何曾风浪生。”

杜《天河》诗“纵被微云掩，终能永夜清”，忠爱之辞也，故有“双关”“边城”之句。不，则五六非沉着语矣。结犹起意比之，显者也。

57.《天末怀李白》：“凉风起天末，君子意如何。鸿雁几时到，江湖秋水多。文章憎命达，魑魅喜人过。应共冤魂语，投诗赠汨罗。”

“魑魅喜人过”，言其甘人也，语自《大招》来。注谓魑魅尚知贤者之过而喜，以愧朝士也。虽亦有义，而作者之意恐不然。

又，杜“魑魅喜人过”[①]，从楚骚、周语来，情理自惬，句乃精妙耳。“无使蛟龙得”，意亦类之。然水中物不相及，疑未若“魑魅”句之工，可以吊汨罗，未可以梦太白也。太白竟溺采石江中，岂其谶耶！语之谶，虽子美，有莫知其然者。评者因以为死别之作，泥矣陋矣。谓诗不关理，误矣。

又，晁以道云：“初见东坡词，知此老须过海。”盖“魑魅喜人过”之意，可谓歌以当泣也。《苕溪渔隐》谓近于幸祸忌长，谬矣。

58.《所思》[②]：“郑老身仍窜，台州信所传。为农山涧曲，卧病海云边。世已疏儒素，人犹乞酒钱。徒劳望牛斗，无计劚龙泉。”

“郑老身仍窜”，窜已久也，亦幸其犹存也。

59.《酬高使君相赠》：“古寺僧牢落，空房客寓居。故人供禄米，邻舍与园蔬。双树容听法，三车肯载书。草玄吾岂敢，赋或似相如。”

杜《酬高使君》诗，觉胜一倍，一宦达一幽居，所潜心者异耶？及

---

① 此句前有云：“刘公干《公宴诗》，灵鸟仁兽，亦借言耳。解以麟凤，泥矣。公子园中，鸟灵兽仁，何谓？未可以上林卢橘例也，意殆以王者之瑞献谄耳。‘贤主人’‘周公业’，庶几善颂，仲宣之识优矣。‘昔我从元后’谓魏公，‘圣心眷嘉节’谓宋公，岂人臣语？江左视君如奕选者，固不知其可鄙也。”文义与其后所论杜诗全无干系，不宜列于正文，乃下移于注。

② 题又作《得台州郑司户虔消息》。

《答岑补阙和早朝》[①]，则不能过，盖联步丹陛时也。然则杜诗所以独盛者，天故穷之故纵之尔耶？千载下视之，何彼此轻重也。韩退之云："帝欲长吟哦，故遣起且僵。"非诗穷人，穷而工也。信哉！

60.《宾至》[②]："患气经时久，临江卜宅新。喧卑方避俗，疏快颇宜人。有客过茅宇，呼儿正葛巾。自锄稀菜甲，小摘为情亲。"

"患气经时久"，与"疏快颇宜人"相应。

61.《云山》："京洛云山外，音书静不来。神交作赋客，力尽望乡台。衰疾江边卧，亲朋日暮回。白鸥元水宿，何事有余哀。"

"白鸥原[③]水宿，何事有余哀"，自宽之词，非自喻也。

62.《西郊》："时出碧鸡坊，西郊向草堂。市桥官柳细，江路野梅香。傍架齐书帙，看题减药囊。无人觉来往，疏懒意何长。"

"看题检药囊"，"检"字非浅近，似与"看题"稍犯耳。"减"字有意，疑于用意更玩之。

又，"无人觉来往"，大是佳境。又"相过人不知"[④]，又"眼边无俗物"[⑤]，高士幽人，素怀可想。彼营营朝市者，当不会此意。

63.《题新津北桥楼》："望极春城上，开筵近鸟巢。白花檐外朵，青柳槛前梢。池水观为政，厨烟觉远庖。西川供客眼，唯有此江郊。"

---

① 当是指杜甫《奉答岑参补阙见赠》，其诗写的是早朝后各自赴办公地之情形。而杜集中涉及早朝唱和的是《奉和贾至舍人早朝大明宫》，岑参亦参与其事，诗题为《和贾至舍人早朝大明宫》，二人酬答的对象都是贾至。方氏称引诗名为"答岑补阙和早朝"，当是混合了杜甫两首不同诗作之题目的结果。又，据方氏此段文字之措辞，或以为《酬高使君相赠》作于《答岑补阙和早朝》之前，又与事实正好相颠倒：后者作于杜甫长安任左拾遗期间，前者作于流寓成都之初。

② 题又作《有客》。

③ 历来皆作"元"，无"原"字例。

④ 杜甫《过南邻朱山人水亭》。

⑤ 杜甫《访何茂恭于南湖何有诗因次韵》。

“池水观为政，厨烟觉远庖”，殆有所讽也。不得其志，则下句觉未称矣。池水观其清也，远庖充其爱也，此作者之意也。

64.《遣意二首》其一：“啭枝黄鸟近，泛渚白鸥轻。一径野花落，孤村春水生。衰年催酿黍，细雨更移橙。渐喜交游绝，幽居不用名。”

“啭枝黄鸟近”，“近”字佳。鸟近人，幽怀可掬。非此字，则鸟啭枝何足咏？“佳人满近船”[1]，“近”字未工，非字不工，由趣未雅也。

又，“一径野花落，孤村春水生。”摘何字为眼？初、盛诗如此句者多矣，然有必以一字为工者，又无论中、晚也，虽初、盛何能废之？

又，“渐喜交游绝”，反翟氏书门语耳。非以为喜，亦何可喜？交态固然，无愠可也。

65.《遣意二首》其二：“檐影微微落，津流脉脉斜。野船明细火，宿雁聚圆沙。云掩初弦月，香传小树花。邻人有美酒，稚子夜能赊。”

“檐影微微落”，至第五句“云掩初弦月”，乃明此诗之结构也，题但云“遣意”。答问。

66.《漫成二首》其一：“野日荒荒白，春流泯泯清。渚蒲随地有，村径逐门成。只作披衣惯，常从漉酒生。眼前无俗物，多病也身轻。”

“野日荒荒白”，“荒”一作“芒”，荒、芒义同。

“春流泯泯清”，“泯”当是“湣”，古“活”字也。《诗》：“北流活活。”此解得之。答问。

67.《漫成二首》其二：“江皋已仲春，花下复清晨。仰面贪看鸟，回头错应人。读书难字过，对酒满壶频。近识峨眉老，知予懒是真。”

“读书难字过”，余事之懒可知矣。此真懒也，盖所最落意者，亦懒耳。

---

① 杜甫《数陪李梓州泛江，有女乐在诸舫，戏为艳曲二首赠李》其一。

又，“近识岷峨老，知予懒是真”，此老必达者也，故能信杜之懒。今之相诒则欺谩满幅，相见则贿币，是[1]庄子所谓“不离乎苞苴竿牍”者，噫，安得不懒。

68.《江亭》：“坦腹江亭暖，长吟野望时。水流心不竞，云在意俱迟。寂寂春将晚，欣欣物自私。故林归未得，排闷强裁诗。”

“云无心而出岫，鸟倦飞而知还”[2]，“水流心不竞，云在意俱迟”，皆妙语也，调别耳，文各有体也。谓杜不及陶，又云更混沦，乃易其言者矣，此未可读二公诗也。

69.《早起》：“春来常早起，幽事颇相关。帖石防隤岸，开林出远山。一丘藏曲折，缓步有跻攀。童仆来城市，瓶中得酒还。”

“帖石防隤岸，开林出远山”，评者以为晚唐之祖。夫晚唐何必不佳，如此句自是妙境耳。初、盛、中、晚之别，乃在风韵格调，非一联一句间也。[3]

70.《可惜》：“花飞有底急，老去愿春迟。可惜欢娱地，都非少壮时。宽心应是酒，遣兴莫过诗。此意陶潜解，吾生后汝期。”

“宽心应是酒，遣兴莫过诗”，诗人篇中不离酒者，亦其态耳，未必能豪饮也。观其诗“细把涓涓酒”[4]，又云“开涓滴”[5]，又云“涓滴就徐倾”[6]，彼嗜者见酒流涎，安能尔尔耶？故知非嗜饮也，犹元亮之无弦琴直寄焉耳。客有言：“人有不能饮者，少饮而醉，不妨言酒，独怪丑诗令人作哕亦云感兴耳。”余笑曰：“客过矣。方其得意，焉论美丑，犹李赤之

---

① 其后原有一“将”字，当为衍文，径删之。
② 陶渊明《归去来兮辞》。
③ 原文与前第62条“无人觉来往”为一段，但文义其实为二，故而析为两条。
④ 杜甫《水槛遣心二首》其二。
⑤ 杜甫《舍弟观赴蓝田取妻子到江陵喜寄三首》其三。
⑥ 杜甫《宗武生日》。

清都[1]耳，何谓不可遣兴？必若杜子‘语不惊人死不休’，太白讥其苦矣。杜亦谓裴迪“苦思缘诗瘦”，诗何必若然？则诗之遣兴，果不以美丑也。

71.《独酌》：“步屧深林晚，开樽独酌迟。仰蜂黏落絮，行蚁上枯梨。薄劣惭真隐，幽偏得自怡。本无轩冕意，不是傲当时。”

“行蚁上枯梨”，以为行别之行可耳，觉“倒”字胜，乃与“仰”字称也。

72.《晚晴》：“村晚惊风度，庭幽过雨沾。夕阳薰细草，江色映疏帘。书乱谁能帙，杯干可自添。时闻有余论，未怪老夫潜。”

杜诗“书乱谁能帙，杯干自可添”，非其至者也，然风韵自佳。视于鳞所选“不用开书帙，偏宜上酒楼”远矣，而曰尽唐诗哉！

又，温公读书堂，其言宝惜书卷详矣，后生所当知也。看书以指爪撮起犹不可，况拨书而眠乎？“书乱谁能帙”，子美第自状其老困耳。然万卷已破，客至始罢，盖无不读时也。今惰游子，手既未触，纸已生毛，何必鬻及借人为不孝哉！

73.《恶树》：“独绕虚斋径，常持小斧柯。幽阴成颇杂，恶木剪还多。枸杞因吾有，鸡栖奈汝何。方知不材者，生长漫婆娑。”

翦恶树诗：“枸杞固吾有，鸡栖奈汝何。”恶杂既翦，嘉蔬乃遂，枸杞吾固得而有之也。第幽阴无存，鸡失所栖矣，奈何。结乃有味。注以“鸡栖”为嘉木，未之闻也。“枸杞”“鸡栖”对，工。

74.《赴青城县出成都寄陶王二少尹》：“老耻妻孥笑，贫嗟出入劳。客情投异县，诗态忆吾曹。东郭沧江合，西山白雪高。文章差底病，回首兴滔滔。”

“文章差底病，回首兴滔滔。”差，病间也。文章有神底处病？为会须

[1] 事见柳宗元《柳河东集》卷十七《李赤传》。

差耳。暗用魏武愈头风事。滔滔之兴，不待回首，诗狂之态乃尔。

又，杜诗“态忆吾曹诗”①，有态乎？“赋诗新句稳，不觉自长吟”，此其态也，可也。“文章差底病”“诗成觉有神”②“兴来纵笔摇五岳”③，未可也。风、骚、汉、魏乃未觉有态，以此言态，态乃惭矣。今之态，甚乎哉！“文章差底病”，言何病不差，故接以“回首兴滔滔”。

75.《野望因过常少仙》：“野桥齐度马，秋望转悠哉。竹覆青城合，江从灌口来。入村樵径引，尝果栗皱开。落尽高天日，幽人未遣回。”

“野桥齐度马”，佳在“齐”字，盖野外之桥可连骑者鲜矣。注乃云：“蜀多竹为桥，参差不齐。今竹齐，故可度马。”④如其解，则句弱矣。

“尝果栗园开”⑤，暗用庄子。

76.《不见》：“不见李生久，佯狂真可哀。世人皆欲杀，吾意独怜才。敏捷诗千首，飘零酒一杯。匡山读书处，头白好归来。”

“世人皆欲杀，吾意独怜才”，用孟子“国人皆曰可杀”，又魏武伎欲杀则爱才。此虽眼前语，读者所忽。然当知无一字不从经、子、骚、选来，是以须读五车书也。

77.《得广州张判官叔卿书使还以诗代意》：“乡关胡骑远，宇宙蜀城偏。忽得炎州信，遥从月峡传。云深骠骑幕，夜隔孝廉船。却寄双愁眼，相思泪点悬。”

杜《得广州张判官书》诗“夜隔孝廉船”，谓寄书者也，盖以诗代意，未面其使耳。

---

① 杜集诸本皆为“诗态忆吾曹”。若作“态忆吾曹诗”，与上句不对。当是方氏一时记忆有误，而后疏于校对所致。

② 杜甫《独酌成诗》。

③ 李白《江上吟》。

④ 黄鹤《补注杜诗》有此注，《集千家注杜诗》《九家集注杜诗》等本无此注。方弘静《千一录》论杜文字中作为批驳对象的“注曰”，大多都出于黄鹤本。

⑤ 宋人《九家集注杜诗》《补注杜诗》等本都作“尝果栗皱开”，今通行本亦如此。

78.《魏十四侍御就弊庐相别》：“有客骑骢马，江边问草堂。远寻留药价，惜别到文场。入幕旌旗动，归轩锦绣香。时应念衰疾，书疏及沧浪。”

“远寻留药价，惜别到文场。”评者云：留药价，雅耳；到文场，过矣。

79.《赠别郑炼赴襄阳》：“戎马交驰际，柴门老病身。把君诗过日，念此别惊神。地阔峨眉晚，天高岘首春。为于耆旧内，试觅姓庞人。”

“为于耆旧内，试觅姓庞人”，犹文中子云：“羊陆，仁人也，可使薄俗防人。”其用法，言面则人，心则兽也。注非。

又，“把君诗过目”，“目”一作“日”，“目”字是。杜固破万卷，安得以“过日”？是何诗？①

80.《畏人》：“早花随处发，春鸟异方啼。万里清江上，三年落日低。畏人成小筑，褊性合幽栖。门径从榛草，无心走马蹄。”

“万里清江上，三年落日低”，言于江上见落日者三年矣。“年”作“峰”，非。

81.《寄高适》：“楚隔乾坤远，难招病客魂。诗名惟我共，世事与谁论。北阙更新主，南星落故园。定知相见日，烂漫倒芳尊。”

“北阙更新主”，当有哀感意。接以“烂漫倒芳尊”，似未稳。

82.《陪王侍御宴通泉东山野亭》：“江水东流去，清樽日复斜。异方

① 此条批评的是王世贞。其《艺苑卮言》卷四云：“杜诗善本胜者，如‘把君诗过目’作‘把君诗过日’。……”《艺苑卮言》是嘉靖三十七年“世贞手自次录”，“是后而岁稍益之，以至嘉靖四十五年，乡人梓行之”；方弘静虽然长于王世贞10岁，但其《千一录》主要撰写于万历中期致仕乡居期间，始刻本是在万历三十九年。万历年间前期，王世贞为文坛宗主，书传天下，而方弘静在此期间与王有所交往。“又，宋以来常见杜集皆作‘过日’，无‘过目’之例。”

同宴赏，何处是京华。亭景临山水，村烟对浦沙。狂歌过于胜，得醉即为家。”

“江水东流去，清樽日复斜”，须接“宴赏”句，乃见“清樽”二字之工，此结构之法也。起“江水”矣，第五句又云“临山水”，第六句“浦沙”亦与水涉重，然则“山水”水字可易也，疑字之误也。

83.《舍弟占归草堂检校聊示此诗》：“久客应吾道，相随独尔来。孰知江路近，频为草堂回。鹅鸭宜长数，柴荆莫浪开。东林竹影薄，腊月更须栽。”

“柴荆”①即有焉，对上句正称，非无非怪。

84.《春日梓州登楼二首》其二：“天畔登楼眼，随春入故园。战场今始定，移柳更能存。厌蜀交游冷，思吴胜事繁。应须理舟楫，长啸下荆门。”

“天畔登楼眼，随春入故园”，“春”字多作“风”，览者亦多以“风”字可耳，然不如“春”字工。

85.《泛舟送魏十八仓曹还京因寄岑中允参范郎中季明》：“迟日深春水，轻舟送别筵。帝乡愁绪外，春色泪痕边。见酒须相忆，将诗莫浪传。若逢岑与范，为报各衰年。”

杜“将诗莫浪传”，又“得失寸心知”，韩“小好小惭，大好大惭”，所谓索解人不可得也。《太玄》覆瓿，亦奚足怪？

86.《上兜率寺》：“兜率知名寺，真如会法堂。江山有巴蜀，栋宇自齐梁。庾信哀虽久，何颙好不忘。白牛车远近，且欲上慈航。”

“庾信哀虽久，何颙好不忘。”周颙仿佛，“何”字或误。句皆自咏，言有庾之哀而不忘颙之好也。注漫引后汉事，与诗不相符。乃为谀语云：

---

① 杜集中凡三诗有“紫荆”之语，此处当是指《舍弟占归草堂检校聊示此诗》一诗。

"公所至为人所好，所谓'在彼无恶，在此无射'也。"[1]迂陋甚矣。

又，杜诗中两用"何颙"[2]，皆周颙事，偶误耳。注者即以东汉人释之，无论其辞意之不相蒙也。

又，"江山有巴蜀"，犹"平野入青徐"[3]，言巴蜀江山尽在目中耳。如注所云，则非佳句矣。旧注既非，新解亦失。

87.《望兜率寺》："树密当山径，江深隔寺门。霏霏云气重，闪闪浪花翻。不复知天大，空余见佛尊。时应清盥罢，随喜给孤园。"

杜"不复知天大"，解谓树密，亦得耳。"空余见佛尊"，"见"作"现"，谓"见在佛"，此解陋矣。佛言天上地下，惟我独尊，无亦井中窥天，不知天之大而自见其大者乎？二语似赞似讽，可追风雅，奈何忽之？

88.《甘园》："春日清江岸，千甘二顷园。青云羞叶密，白雪避花繁。结子随边使，开筒近至尊。后于桃李熟，终得献金门。"

柑树诗，若青云比叶，白雪如花，则小儿语矣。用"羞""避"二字差胜，竟非意惬句也[4]。

89.《惠义寺送王少尹赴成都》："苒苒谷中寺，娟娟林表峰。阑干上处远，结构坐来重。骑马行春径，衣冠起暮钟。云门青寂寂，此别惜相从。"

"衣冠起暮钟"，暮钟动而衣冠起也。"洛阳钟鼓动，车马系迟回"[5]，言不欲起也。

---

① 出自师尹之说，见黄鹤《补注杜诗》卷二十四、蔡梦弼《杜工部草堂诗笺》补遗卷四等。师氏原书《杜工部诗注》已经轶失。

② 另一"何颙"见《岳麓山道林二寺行》："久为野客寻幽惯，细学何颙免兴孤。"

③ 杜甫《登兖州城楼》。

④ 本句末有"答问"，当是指此条内容为答他人之问而来，全书中多见此例。但其实于文义全无关碍，径删之，后文不再一一注出。

⑤ 杜甫《夏日过郑七山斋》。

90.《数陪李梓州泛江有女乐在诸舫戏为艳曲二首赠李》

其一："上客回空骑，佳人满近船。江清歌扇底，野旷舞衣前。玉袖凌风并，金壶隐浪偏。竞将明媚色，偷眼艳阳天。"

其二："白日移歌袖，清霄近笛床。翠眉萦度曲，云鬓俨分行。立马千山暮，回舟一水香。使君自有妇，莫学野鸳鸯。"

"上客回空骑"，舍骑而舟也；"白日移歌袖"，舍舟而登也。其时白日未入，顷之则暮矣，故云"立马千山暮"，乃从舟回耳。杜诗叙事如文，其亦圣于诗、僻于诗也。

又，"野旷舞衣前""玉袖凌风并"，颇犯作者，偶未检点耳。

91.《陪王汉州留杜绵州泛房公西湖》："旧相恩追后，春池赏不稀。阙庭分未到，舟楫有光辉。豉化莼丝熟，刀鸣鲙缕飞。使君双皂盖，滩浅正相依。"

"旧相恩追后"，"追"还朝也。"阙庭分未到"，用分庭抗礼语，未得其意。妄评不佳，又谓不可解。《答杨梓州》诗，叙当时事，不必解宜不可解。

又，"旧相恩追后"，奉恩旨追还朝也。而所赏西池，来赏者不稀，风景不殊，而存亡之感系之矣。相国还朝，应膺分庭之宠，惜未到而逝。第三句承起句，第四句承第二句，五六承"赏"字，结句"皂盖""相依"，所谓光辉也。谓不佳又不可解，由玩之未熟耳。杜诗无不佳，亦无不可解，恐不胜见梦。

92.《章梓州水亭》："城晚通云雾，亭深到芰荷。吏人桥外少，秋水席边多。近属淮王至，高门蓟子过。荆州爱山简，吾醉亦长歌。"

"吏人桥外少"，未易见其工。吏人守之，嵇叔夜所以不堪，此暗用其意也。"眼边无俗物"[①]"无人觉来往"[②]，会此意乃知其语之工耳，不可

① 杜甫《漫成二首》其一。原文作"眼前无俗物"。
② 杜甫《西郊》。

与俗道。

又，“吏人桥外少”，暗用嵇叔夜“吏人守之”语。眼边无俗，即是佳境。“野航恰受两三人”[①]，亦以少而不杂也。

又，“近属淮王至，高门蓟子过”，须杜自注，他诗类此，而未注者颇多，自可意逆，妄解乃可厌耳。

又，“高门蓟子过”，用庄子“高门县薄无不走”[②]语。

93.《随章留后新亭会送诸君》：“新亭有高会，行子得良时。日动映江幕，风鸣排槛旗。绝荤终不改，劝酒欲无词。已堕岘山泪，因题零雨诗。”

“日动映江幕”，日不见其动，于江幕见之。“星临万户动”[③]“落月动沙虚”[④]，三“动”字，“日动”更难下。

94.《有感五首》其二：“幽蓟余蛇豕，乾坤尚虎狼。诸侯春不贡，使者日相望。慎勿吞青海，无劳问越裳。大君先息战，归马华山阳。”

“慎勿吞青海，无劳问越裳”，言诸侯尚不贡，何言守在四夷耶？非戒之也，乃述昔盛时事不可见耳。

95.《有感五首》其三：“洛下舟车入，天中贡赋均。日闻红粟腐，寒待翠华春。莫取金汤固，长令宇宙新。不过行俭德，盗贼本王臣。”

“莫取金汤固，长令宇宙新。不过行俭德，盗贼本王臣”，此《三百篇》语，杜往往有之。何必建安后人效颦，则姿非西子，质而俚矣。

96.《送元二适江左》：“乱后今相见，秋深复远行。风尘为客日，江海送君情。晋室丹阳尹，公孙白帝城。经过自爱惜，取次莫论兵。”

---

①杜甫《南邻》。

②《庄子·达生》。

③杜甫《春宿左省》。

④杜甫《中宵》。

“晋室丹阳尹”，指元二所经过耳，非比元也。

97.《薄暮》：“江水长流地，山云薄暮时。寒花隐乱草，宿鸟择深枝。旧国见何日，高秋心苦悲。人生不再好，鬓发白成丝。”

杜“宿鸟择深枝”，用鸟则择木，而上句“寒花隐乱草”“隐”字甚称，“隐几”之隐，非“隐见”之隐也，盖万卷中可入诗者无不采掇矣。“诗尽人间兴”①，言非无实也。郑谷“赖是蓬蒿力，遮藏见太平”②，因杜句出新意耳，非杜意也。而以郑解杜则不然，乃误读“隐”字耳。

98.《放船》：“送客苍溪县，山寒雨不开。直愁骑马滑，故作泛舟回。青惜峰峦过，黄知橘柚来。江流大自在，坐稳兴悠哉。”

“送客苍溪县”，质而不俚。“寒花开已尽，菊蕊独盈枝”③，质而无华。

99.《王命》：“汉北豺狼满，巴西道路难。血埋诸将甲，骨断使臣鞍。牢落新烧栈，苍茫旧筑坛。深怀喻蜀意，恸哭望王官。”

“骨断使臣鞍”，言使臣被刃，骨断于鞍也。注非。

100.《对雨》：“莽莽天涯雨，江边独立时。不愁巴道路，恐湿汉旌旗。雪岭防秋急，绳桥战胜迟。西戎甥舅礼，未敢背恩私。”

杜“不愁巴道路，恐湿汉旌旗”，二句之工，非以“湿”字，然“湿”字自妥。以“湿”为失者，非也。“行云莫自湿仙衣”④。

101.《送李卿晔》：“王子思归日，长安已乱兵。沾衣问行在，走马向承明。暮景巴蜀僻，春风江汉清。晋山虽自弃，魏阙尚含情。”

---

① 杜甫《西阁二首》其二。
② 郑谷《中台五题·牡丹》。
③ 杜甫《云安九日郑十八携酒陪诸公宴》。
④ 杜甫《雨不绝》。

杜“沾衣问行在”，得体。“烟尘昏御道，耆旧把天衣”[①]，好。“遥闻出巡狩，早晚遍遐荒”[②]，语疵。“下殿走”[③]，尤不可。“夺马悲公主，登车泣贵嫔”[④]，不堪叙。“嵇绍血”[⑤]，太甚。

102.《泛江》：“方舟不用楫，极目总无波。长日容杯酒，深江净绮罗。乱离还奏乐，飘泊且听歌。故国流清渭，如今花正多。”

“深江净绮罗”，以“奏乐”“听歌”句照之。“风生锦绣香”以“结束多红粉”[⑥]句照之，知其为携妓也。题但云《泛江》耳，注非[⑦]。杜又有“归轩锦绣香”[⑧]句，非指花也。

103.《暮寒》：“雾隐平郊树，风含广岸波。沉沉春色静，惨惨暮寒多。戍鼓犹长击，林莺遂不歌。忽思高宴会，朱袖拂云和。”

“朱袖拂云和”，云和，山名。“云和之瑟”与“山鸟山花吾友于”，皆歇后语。杜亦有随俗未细处耶？

---

① 杜甫《伤春五首》其三。

② 杜甫《城上》。

③ 杜甫《收京三首》其一。语出魏孝武帝迁长安时谚：“荧惑入南斗，天子下殿走。”见《资治通鉴·梁武帝纪》。

④ 杜甫《伤春五首》其四。

⑤ 杜甫《伤春五首》其四末句。“嵇绍血”其事见《晋书·嵇绍传》：“绍遂被害于帝侧，血溅御服，天子深哀叹之。及事定，左右欲浣衣，帝曰：‘此嵇中侍血，勿去。’”

⑥ 杜甫《陪王使君晦日泛江就黄家亭子二首》。

⑦ 此句当前置紧附于“深江净绮罗”一段话之后，因为第二句“风生锦绣香”一段话已是别一诗。

⑧ 杜甫《魏十四侍御就敝庐相别》。

卷二　五言律诗　下

104.《滕王亭子》其二："寂寞春山路，君王不复行。古墙犹竹色，虚阁自松声。鸟雀荒村暮，云霞过客情。尚思歌吹入，千骑拥霓旌。"

《滕王亭子》诗，不可易者首尾四句，不在"犹自"二字。"犹自"二字，凡怀古皆可用也[①]。

105.《自阆州领妻子却赴蜀山行三首》其一："汩汩避群盗，悠悠经十年。不成向南国，复作游西川。物役水虚照，魂伤山寂然。我生无倚著，尽室畏途边。"

"物役水虚照"，"物役"用荀子"役物役于物"[②]语。物役魂伤，山寂然而水虚照，何疑不成语？"水虚照"有吊其影之感。

106.《归来》："客里有所过，归来知路难。开门野鼠走，散帙壁鱼干。洗杓开新酝，低头拭小盘。凭谁给曲蘖，细酌老江干。"

杜"洗杓开新酝，低头著小冠"，若作"拭小盘"，不惟不工，不与"洗杓"重乎？"小冠"出《汉书》，自雅。

107.《过故斛斯校书庄二首》其一："此老已云殁，邻人嗟亦休。竟无宣室召，徒有茂陵求。妻子寄他食，园林非昔游。空余繐帷在，淅淅野

① 杜甫《滕王亭子》二首，一五律一七律，皆无"犹自"一词，杜诗中带"犹自"者唯见于《即事》"三寸黄甘犹自青"一句。

② 见《荀子·修身》。原文作"君子役物，小人役于物"。

风秋。”

“妻子寄他食”，用《左传》“民食于他”，不注出处，则见谓不雅。

108.《严郑公宅同咏竹》：“绿竹半含箨，新梢才出墙。色侵书帙晚，阴过酒樽凉。雨洗娟娟净，风吹细细香。但令无剪伐，会见拂云长。”

“雨洗娟娟净，风吹细细香”。或谓竹无香[①]，余每于竹林中觉有一段清气，是其香也，岂必如花之香耶？若秕稷之馨香，竹固不减。

109.《军中醉歌寄沈八刘叟》[②]：“酒渴爱江清，余酣漱晚汀。软沙欹坐稳，冷石醉眠醒。野膳随行帐，华音发从伶。数杯君不见，都已遣沉冥。”

“酒渴爱江清”，内二“醉”字疑误[③]，结句似可易。

110.《独坐》：“悲愁回白首，倚杖背孤城。江敛洲渚出，天虚风物清。沧溟服衰谢，朱绂负平生。仰羡黄昏鸟，投林羽翮轻。”

《独坐》诗“沧溟服衰谢”，“服”字似误。作“恨”字，亦未必是耳。“於菟侵客恨”[④]，“恨”字必误，意可作“幔”字。

111.《初冬》：“垂老戎衣窄，归休寒色深。渔舟上急水，猎火著高林。日有习池醉，愁来梁甫吟。干戈未偃息，出处遂何心。”

杜“日有习池醉，愁来梁甫吟”，谓陪宴之数，而知己则未也。

---

① 由杜诗“风吹细细香”一句引出竹无香之议，初见于南宋王楙《野客丛书》卷十四《樱桃无香》条，再见于胡应麟《诗薮》内编卷五“杜题柏‘霜皮溜雨四十围’”一节。胡应麟《诗薮》成书于万历十九年(1591年)，方弘静《千一录》大约万历三十九年(1611年)或稍后面世，两人都与王世贞有较多关联，可能因此而认识，方氏“竹无香”或是见了胡氏之议而有感焉。其后，清初卢元昌《杜诗阐》卷十八《严郑公宅同咏竹得香字》之注释亦提到“竹无香”之话题。千载笺释传承之下，杜诗之细微末节处亦往往能自成一段传播与接受之专门史，上所简单胪列“竹无香”话题，亦可视为一例。

② 题又作《军中醉饮寄沈八刘叟》。或作畅当诗。

③ 通行常见杜集版本此诗中皆是第四句有一“醉”字，无二“醉”字例。

④ 杜甫《戏作俳谐体遣闷二首》其二。

112.《正月三日归溪上有作简院内诸公》："野外堂依竹，篱边水向城。蚁浮仍腊味，鸥泛已春声。药许邻人劚，书从稚子擎。白头趋幕府，深觉负平生。"

杜"白头趋幕府，深觉负平生"，既就之而又不屑，非所以寡疑也。

113.《春日江村五首》其四："扶病垂朱绂，归休步紫苔。郊扉存晚计，幕府愧群材。燕外晴丝卷，鸥边水叶开。邻家送鱼鳖，问我数能来。"

"幕府愧群材",语自雅而不露。

114.《春日江村五首》其五："群盗哀王粲，中年召贾生。登楼初有作，前席竟为荣。宅入先贤传，才高处士名。异时怀二子，春日复含情。"

"群盗哀王粲"。粲有《七哀诗》，有"西京乱无象，窜身适荆蛮"之句，正是事实，而评者谓不必事实，似未达。"才高处士名"，句未显。"处士"盖指祢衡，衡之才足以杀其躯。二子高矣，"怀二子"不能不惜衡，是以"复含情"也，作者之意殆然耶？

115.《春远》："肃肃花絮晚，菲菲红素轻。日长唯鸟雀，春远独柴荆。数有关中乱，何曾剑外清。故乡归不得，地入亚夫营。"

"春远独柴荆"，他人多言地远耳，起有"花絮""红素"之句，"春"字乃显。"春远"字，作者所得意，故以命题。

116.《承闻故房相公灵榇自阆州启殡归葬东都有作二首》其一："远闻房太守，归葬陆浑山。一德兴王后，孤魂久客间。孔明多故事，安石竟崇班。他日嘉陵涕，仍沾楚水还。"

"远闻房太守"，"守"作"尉"可耳，以"安石竟崇班"句知之也。以为能言人所不能言，似迂。

又，"一德兴王后"，评以为疑指玄龄，非也。此误看"后"字，盖以玄宗命奉册宝来，遂相肃宗，所谓“一德兴王”也；而后乃弃之，使“孤魂久客”耶？“孔明”“安石”，事正相应，玄龄无与。“旧相恩追后”[1]，二“后”字同。

117.《宴戎州杨使君东楼》：“胜绝惊身老，情忘发兴奇。座从歌妓密，乐任主人为。重碧拈春酒，轻红擘荔枝。楼高欲愁思，横笛未休吹。”

“乐任主人为”，用曹子建乐府“主人寂无为，众宾进乐方”[2]。翻古意，乃佳耳。

又，“主人寂无为，众宾进乐方”，宾主相忘，情之适也；“座从歌伎密，乐任主人为”，情兴两忘，情之戚也。发乎情，各指所之而不相袭，各臻其妙，诗之工也。

118.《哭严仆射归榇》：“素幔随流水，归舟返旧京。老亲如宿昔，部曲异平生。风送蛟龙雨，天长骠骑营。一哀三峡暮，遗后见君情。”

“风送蛟龙雨”，兴而比也，谓其化为蛟龙则谬矣。“蛟龙得云雨”[3]，景象不同，句法同耳。

119.《放船》：“收帆下急水，卷幔逐回滩。江市戎戎暗，山云淰淰寒。村荒无径入，独鸟怪人看。已泊城楼底，何曾夜色阑。”

“江市戎戎暗，山云淰淰寒”，“戎戎”“淰淰”当有出。吾辈万卷未破，或当时所览文字今亦有亡者耳，谓不必有所出，非也。杜岂肯杜撰者？

120.《南楚》：“南楚青春异，暄寒早早分。无名江上草，随意岭头云。正月蜂相见，非时鸟共闻。杖藜妨跃马，不是故离群。”

---

① 杜甫《陪王汉州留杜绵州泛房公西湖》。
② 曹植《斗鸡诗》。
③ 杜甫《赠严八阁老》。

“杖藜妨跃马，不是故离群”，用公孙跃马事。时蜀中有乱，故杖藜避之。注乃以“杖藜”为贫贱，“跃马”为富贵。鄙陋如此，何能知作者意？

又，“杖藜妨跃马，不是故离群”，盖当时相往来者疑其厌蜀，故解之。注者不逆其意而妄解。

121.《船下夔州郭宿雨湿不得上岸别王十二判官》：“依沙宿舸船，石濑月娟娟。风起春灯乱，江鸣夜雨悬。晨钟云外湿，胜地石堂烟。柔橹轻鸥外，含凄觉汝贤。”

“晨钟云外湿”，“外”疑作磴。船宿而月出，晴景也；忽风起灯乱而夜雨悬注，及闻晨钟，欲往别之，则石磴湿矣。王所停石堂，胜地也。不得至焉，而柔橹且发矣，何凄然也。“胜地石堂偏”，“偏”误为“烟”[①]。

122.《上白帝城》：“城峻随天壁，楼高更女墙。江流思夏后，风至忆襄王。老去闻悲角，人扶报夕阳。公孙初恃险，跃马意何长。”

“老去闻悲角，人扶报夕阳”，衰老矣，时未平，日又夕耶。公孙跃马，其意何长，今何在？“寇盗莫相侵”[②]，衰老何必叹也。

123.《滟滪堆》：“巨积水中央，江寒出水长。沈牛答云雨，如马戒舟航。天意存倾覆，神功接混茫。干戈连解缆，行止忆垂堂。”

“天意存倾覆，神功接混茫”，自是咏滟滪佳语，苏赋[③]未必祖此也。评者亦偶见之耳。

124.《忆郑南》：“郑南伏毒寺，潇洒到江心。石影衔珠阁，泉声带玉琴。风杉曾曙倚，云峤忆春临。万里沧浪外，龙蛇只自深。”

---

① 无论宋本或今通行本皆作“胜地石堂烟”。按，“烟”对“湿”，于诗意及韵律皆是无碍。以己意妄改杜诗，实乃明人恶习，杨慎、谢榛等人诗论中尤其多见，方氏所谓“偏误为烟”亦是其例也。

② 杜甫《登楼》。原文为“西山盗寇莫相侵”。

③ 指苏轼《滟滪堆赋》。

"郑南伏毒寺"。寺名伏毒，无义，或字之讹耳。"寺"作"守"，尤不可通。

又，《忆郑南》："风杉曾曙倚，云峤忆春临。万里苍茫水，龙蛇只自深。"末二句指临峤所见而忆之也。注以"苍茫"为沧浪[①]，又妄解作者之意矣。

125.《奉寄李十五秘书二首》其一："避暑云安县，秋风早下来。暂留鱼复浦，同过楚王台。猿鸟千崖窄，江湖万里开。竹枝歌未好，画舸莫迟回。"

"竹枝歌未好"，"好"当是"了"字。"齐鲁青未了"。岑嘉州《胡笳歌》："吹之一曲犹未了。"

126.《热三首》其三："朱李沈不冷，雕胡炊屡新。将衰骨尽痛，披褐味空频。欻翕炎蒸景，飘摇征戍人。十年可解甲，为尔一沾巾。"

"披褐味空频"，炎蒸似火，褐岂可披？若作"暍"，则"披"字无义。《七月三日诗》"武王亲救暍"，"救""披"相近，可作"救"字。

127.《雨》："万木云深隐，连山雨未开。风扉掩不定，水鸟过仍回。鲛馆如鸣杼，樵舟岂伐枚。清凉破炎毒，衰意欲登台。"

"鲛馆如鸣杼"，甚工，对觉未称。"神女花钿落，鲛人织杼悲"[②]，则稳矣。泣珠，故下"悲"字。

128.《白盐山》："卓立群峰外，蟠根积水边。他皆任厚地，尔独近高天。白榜千家邑，清秋万估船。词人取佳句，刻画竟谁传。"

"白榜千家邑"，"白榜"犹白社、白屋。注谓"县额以白为榜"[③]，无

---

① "苍茫"与"沧浪"自宋代以来并见于杜集诸本，要以"沧浪"为多见。而演至清代，则变"苍茫"为多见，"沧浪"仅见于《钱注杜诗》等少数杜集版本之中。

② 杜甫《雨四首》其四。

③ 见《杜工部草堂诗笺》卷二十六《白盐山》注释。

义。“翠幕排银榜”[①]、“天门日射黄金榜”[②]，言其华丽。此云“白榜”，谓民间居室亦自有题榜耳，非必县额。

129.《不寐》：“瞿塘夜水黑，城内改更筹。翳翳月沉雾，辉辉星近楼。气衰甘少寐，心弱恨和愁。多垒满山谷，桃源无处求。”

“心弱恨容[③]愁”。心弱矣，堪容几许愁乎？作“知”字未是。

130.《月圆》：“孤月当楼满，寒江动夜扉。委波金不定，照席绮逾依。未缺空山静，高悬列宿稀。故园松桂发，万里共清辉。”

“寒江动夜扉”，言扉中见江月之动，亦有撼扉之意。

131.《雨四首》其四：“楚雨石苔滋，京华消息迟。山寒青兕叫，江晚白鸥饥。神女花钿落，鲛人织杼悲。繁忧不自整，终日洒如丝。”

“楚雨石苔滋，京华消息迟”，工在“楚”字，乃与“京华”应耳。对雨有所思，思京华也。

132.《雨晴》[④]：“天水秋云薄，从西万里风。今朝好晴景，久雨不妨农。塞柳行疏翠，山梨结小红。胡笳楼上发，一雁入高空。”

“塞柳行疏翠”，言柳色行且疏矣，以秋风也。而山梨犹结小红，纪异也。

133.《西阁夜》：“恍惚寒山暮，逶迤白雾昏。山虚风落石，楼静月侵门。击柝可怜子，无衣何处村。时危关百虑，盗贼尔犹存。”

“无衣何处村”，言民贫耳。谓不忧盗，非。

① 杜甫《乐游园歌》。
② 杜甫《宣政殿退朝晚出左掖》。
③ 此字异文甚多，或作“和”，或作“多”，或作“容”，或作“知”。自宋以来，便争持难定。
④ 题又作《秋霁》。

134.《月》："四更山吐月，残夜水明楼。尘匣元开镜，风帘自上钩。兔应疑鹤发，蟾亦恋貂裘。斟酌姮娥寡，天寒耐九秋。"

"四更山吐月，残夜水明楼"，两句相映，因月有明耳。今题水边之楼曰"水明"，亦犹舍萝薜而言月纷纷也。杜又有句"月朗自明船"，船依水者也，可舍月而言明乎？

又，"兔应疑鹤发，蟾亦恋貂裘"，注谓自言其老与贫，非也。鹤发白，与兔月同色，故云"疑"。"恋"字犹"照席绮逾依""依"字，蟾亦恋裘，以夜寒也。裘敝可言贫，非以貂裘为贫也。月色随人，有似依恋。鹤发非言老，非不言老。

135.《西阁三度期大昌严明府同宿不到》："问子能来宿，今疑索故要。匣琴虚夜夜，手板自朝朝。金吼霜钟彻，花催腊炬销。早凫江槛底，双影漫飘飖。"

杜"金吼霜钟彻"，相期同宿，钟声彻，蜡炬销，竟不到，乃至飘飘早凫空待之耳。注谓必其人能琴，非。

136.《第五弟丰独在江左近三四载寂无消息觅使寄此二首》其一："乱后嗟吾在，羁栖见汝难。草黄骐骥病，沙晚鹡鸰寒。楚设关城险，吴吞水府宽。十年朝夕泪，衣袖不曾干。"

"草黄骐骥病"，不必解。"禄薄"，大概喻馆困耳[①]。

137.《洞房》："洞房环佩冷，玉殿起秋风。秦地应新月，龙池满旧宫。系舟今夜远，清漏往时同。万里黄山北，园陵白露中。"

"秦地应新月，龙池满旧宫"，言秦地新月应满于旧宫之龙池也，十字句。注失之"满"，谓月满非池满也。杜每喜作此等句，所谓其和弥寡，

① "禄薄"当语出《集千家注杜诗》卷十五《第五弟丰独在江左，近三四载寂无消息，觅使寄此二首》其一之注释："孙莘老云：'草黄骐骥病，沙晚鹡鸰寒'，言禄薄，君子不得志，世乱兄弟不相见也。"

寸心自知。

138.《能画》："能画毛延寿，投壶郭舍人。每蒙天一笑，复似物皆春。政化平如水，皇恩断若神。时时用抵戏，亦未杂风尘。"

《能画》一首，《容斋三笔》得之[1]，然此结构之常耳，疑其不相贯，则非也。

139.《历历》："历历开元事，分明在眼前。无端盗贼起，忽已岁时迁。巫峡西江外，秦城北斗边。为郎从白首，卧病数秋天。"

"卧疾数秋天"，应起句"历历开元事"。答问。

又，"卧疾数秋天"，"数"上声，计经几秋也。"秋花锦石谁复数"[2]，言归意速，眼中佳景不复数之，二"数"字义同。

140.《骊山》："骊山绝望幸，花萼罢登临。地下无朝烛，人间有赐金。鼎湖龙去远，银海雁飞深。万岁蓬莱日，长悬旧羽林。"

"万岁蓬莱日，长悬旧羽林"，既有时逝人非之感，又寓朝廷不改之意，最为得体。注未达。

141.《覆舟二首》

其一："巫峡盘涡晓，黔阳贡物秋。丹砂同陨石，翠羽共沉舟。羁使空斜影，龙居闷积流。篙工幸不溺，俄顷逐轻鸥。"

其二："竹宫时望拜，桂馆或求仙。姹女临波日，神光照夜年。徒闻斩蛟剑，无复爨犀船。使者随秋色，迢迢独上天"

《覆舟》诗，"羁使空斜影""使者随秋色""迢迢独上天""篙工幸不溺"，此言舟覆而使者沉明矣。乃曰指张骞，曰无聊，殊不悟诗意。

① 南宋洪迈《容斋随笔》三笔卷第六《杜诗命义》。
② 杜甫《发阆中》。

142.《夜宿西阁晓呈元二十一曹长》："城暗更筹急，楼高雨雪微。稍通绡幕霁，远带玉绳稀。门鹊晨光起，樯乌宿处飞。寒江流甚细，有意待人归。"

"门鹊晨光起，樯乌宿处飞"，言晓景耳。乃以门鹊为鳷鹊门，樯乌为刻乌于竿上，大谬。且鳷鹊门是何所，而以题西阁耶？"稍通绡幕霁，远带玉绳稀"，言雨雪微而遂霁，比晓则晨光稍通于绡幕矣。其时未大明，故玉绳犹稀也。乃以"绡幕"为天色，非。注者不见题云"夜宿""晓呈"也。"西阁"又一首："风幔不依楼。"[①]又："楼雨沾云幔。"[②]幔，即幕也。

143.《览镜呈柏中丞》："渭水流关内，终南在日边。胆销豺虎窟，泪入犬羊天。起晚堪从事，行迟更学仙。镜中衰谢色，万一故人怜。"

"起晚堪从事"，王澄云："晓来南风渐作秋声，故山杞菊苗，吾当从事于斯矣。"[③]注妄解。

又，"行迟更觉仙"，缓步以当车也。

144.《陪柏中丞观宴将士二首》其一："极乐三军士，谁知百战场。无私齐绮馔，久坐密金章。醉客沾鹦鹉，佳人指凤凰。几时来翠节，特地引红妆。"

"极乐三军士，谁知百战场。"上句用王仲宣"从军有苦乐"，但见三军之乐耳，谁知从百战之苦而后有此乐耶，诗意乃佳。若不注出处，则不能拟作者心神矣。

又，"醉客拈[④]鹦鹉，佳人指凤凰"，盖席中所见，句自佳丽。作者未自注，今强解，非也。

---

① 杜甫《西阁口号》。

② 杜甫《西阁雨望》。

③ 此段文字出自伪苏注。按，杜诗本无南风秋声、山杞菊苗之词，伪苏注所云近乎胡扯一通，方氏特特引出，甚是无谓。

④ "拈"通行本皆作"沾"。

145.《陪柏中丞观宴将士二首》其二："绣段装檐额，金花帖鼓腰。一夫先舞剑，百戏后歌樵。江树城孤远，云台使寂寥。汉朝频选将，应拜霍嫖姚。"

"百戏后歌镳"。镳斗昼炊夜击，作"歌樵"谬[1]。

146.《瀼西寒望》："水色含群动，朝光切太虚。年侵频怅望，兴远一萧疏。猿挂时相学，鸥行炯自如。瞿唐春欲至，定卜瀼西居。"

"猿挂时相学，鸥行炯自如"，兴味既殊，风格自上。谓俭胜岛，未深达也。

147.《江梅》："梅蕊腊前破，梅花年后多。绝知春意好，最奈客愁何。雪树元同色，江风亦自波。故园不可见，巫岫郁嵯峨。"

杜"江风亦自波"，对上句称，然未见映带，故曰"江梅"。结句又从第六句来，乃无漏耳。"雪树元同色"，殊不易对，此本咏梅诗，成题须着"江"字。

148.《孤雁》："孤雁不饮啄，飞鸣声念群。谁怜一片影，相失万重云？望尽似犹见，哀多如更闻。野鸦无意绪，鸣噪自纷纷。"

"望尽似犹见，哀多如更闻"，以第二句有"飞鸣"字，一言飞一言鸣也，此结构法。

149.《鸥》："江浦寒鸥戏，无他亦自饶。却思翻玉羽，随意点春苗。雪暗还须浴，风生一任飘。几群沧海上，清影日萧萧。"

"江浦寒鸥戏"，赋物妙绝入微。云"类可笑"，何也？

150.《麂》："永与清溪别，蒙将玉馔俱。无才逐仙隐，不敢恨庖厨。

① 从传播历史言，方弘静以前之杜集版本，皆作"歌樵"，作"歌镳"者无一例；从诗意言，"歌樵"即樵歌，与上文"舞剑"对应无间，若作"歌镳"则前后文义涩滞不通。

乱世轻全物，微声及祸枢。衣冠兼盗贼，饕餮用斯须。”

“衣冠兼盗贼”，语可痛。盗贼无论，衣冠乃尔；盗贼犹可，衣冠而兼盗贼，民何以堪？

151.《鸡》：“纪德名标五，初鸣度必三。殊方听有异，失次晓无惭。问俗人情似，充庖尔辈堪。气交亭育际，巫峡漏司南。”

“名标五”“度必三”，亦常语，特非其至，何以失笑？

152.《雨》：“始贺天休雨，还嗟地出雷。骤看浮峡过，密作渡江来。牛马行无色，蛟龙斗不开。干戈盛阴气，未必自阳台。”

“牛马行无色”，用《秋水篇》“渚涯之间不辨牛马”。

又，杜“干戈盛阴气，未必自阳台”，佳语，反宋赋耳。未有含天宝意，评非。

153.《奉送韦中丞之晋赴湖南》：“宠渥征黄渐，权宜借寇频。湖南安背水，峡内忆行春。工室仍多故，苍生倚大臣。还将徐孺榻，处处待高人。”

“还将徐孺榻，处处待高人。”高人何地无之，欲其广延以济乱也。翻陈蕃事，遂作名语。

154.《王十五前阁会》：“楚岸收新雨，春台引细风。情人来石上，鲜脍出江中。邻舍烦书札，肩舆强老翁。病身虚俊味，何幸饫儿童。”

《王十五前阁会》诗“情人来石上”“何幸饫儿童”，近俚。此等句代简记事者也，不必效，亦不足为杜之疵。

155.《熟食日示宗文宗武》：“消渴游江汉，羁栖尚甲兵。几年逢熟食，万里逼清明。松柏邛山路，风花白帝城。汝曹催我老，回首泪纵横。”

杜“松柏邛山路”，自忆清明景物耳，不必泥先墓，不必非先墓。

156.《暮春题瀼西新赁草屋五首》其一:“久嗟三峡客,再与暮春期。百舌欲无语,繁花能几时。谷虚云气薄,波乱日华迟。战伐何由定,哀伤不在兹。”

“百舌欲无语”,春暮也。“赤叶枫林百舌鸣”①,赤叶秋冬时矣,而百舌犹鸣,言春冬风土之异。

157.《喜观即到复题短篇二首》其二:“待尔嗔乌鹊,抛书示鹡鸰。枝间喜不去,原上急曾经。江阁嫌津柳,风帆数驿亭。应论十年事,愁绝始星星。”

“江阁嫌津柳”,言望帆之来而津柳蔽之也。

158.《送惠二归故居》②:“惠子白驹瘦,归溪惟病身。皇天无老眼,空谷滞斯人。崖蜜松花白,山杯竹叶新。柴门了生事,黄绮未称臣。”

“山杯竹叶新”,“山杯”不妥,作“村醪”是。

159.《晨雨》:“小雨晨光内,初来叶上闻。雾交才洒地,风逆旋随云。暂起柴荆色,轻沾鸟兽群。麝香山一半,亭午未全分。”

“麝香山一半,亭午未全分”,山色有无中也。“亭午”接起句“晨光”字,此诗之结构也。

160.《夜雨》:“小雨夜复密,回风吹早秋。野凉侵闭户,江满带维舟。通籍恨多病,为郎忝薄游。天寒出巫峡,醉别仲宣楼。”

“通籍恨多病,为郎忝薄游”,此“不去非无汉署香”③注也,与“看君宜著王乔履”相应。

---

① 杜甫《寄柏学士林居》。

② 一作《闻惠二过东溪特一送》,又作《惠子过东溪》。诗之正文亦异文甚多,不再一一注出。

③ 杜甫《七月一日题终明府水楼二首》其一。

161.《吾宗》："吾宗老孙子，质朴古人风。耕凿安时论，衣冠与世同。在家常早起，忧国愿年丰。语及君臣际，经书满腹中。"

"衣冠与世同"，谓其言动遵古不随俗，但衣冠与世同耳。解者多不能知作者意，后世子云难矣。"良工心独苦"[①]，"得失寸心知"[②]，良不我欺也。凡诗须有句外意，乃可讽咏耳。

又，"忧国愿年丰"，语大雅矣。"在家常早起"，颇近俚，然大有趣。人情在朝早起，在家则晏起可耳。今在家早起者，以民事不可缓，愿年丰也。此岂一身一家之心哉，忧国之心也。语意俱挟风雅，故独步辞场，他人在风云月露，苦心故不能及。然学杜者不得其风韵，则成头巾语矣。

162.《秋日寄题郑监湖上亭三首》其一："碧草逢春意，沅湘万里秋。池要山简马，月净庾公楼。磨灭余篇翰，平生一钓舟。高唐寒浪减，仿佛识昭丘。"

"池要山简马，月静庾公楼"，正称上句，不记来处，故以为拙。

163.《秋日寄题郑监湖上亭三首》其二："新作湖边宅，远闻宾客过。自须开竹径，谁道避云萝。官序潘生拙，才名贾傅多。舍舟应转地，邻接意如何。"

杜"远闻宾客过"，暗用郑事。

164.《秋日寄题郑监湖上亭三首》其三："暂阻蓬莱阁，终为江海人。挥金应物理，拖玉岂吾身。羹煮秋莼滑，杯迎露菊新。赋诗分气象，佳句莫频频。"

杜"杯迎露菊新"，知是酒杯，然觉未妥。解《庄子》者以卮言为酒卮，亦无味。古字多通用，或以音近讹，必"枝"字耳。唐人往往以

① 杜甫《题李尊师松树障子歌》，原句为"更觉良工心独苦"。
② 杜甫《偶题》，原句为"文章千古事，得失寸心知"。

“杯”字当“酒”字，亦相沿不觉耳。如“无复故人杯”①，篇中略未见宴饮，意何以知为酒也。杜《昔游》诗。

165.《八月十五夜月二首》其二：“稍下巫山峡，犹衔白帝城。气沈全浦暗，轮仄半楼明。刁斗皆催晓，蟾蜍且自倾。张弓倚残魄，不独汉家营。”

杜《八月十五夜月》：“张弓倚残魄，不独汉家营。”言刁斗催晓，蟾蜍且倾，彼张弓待曙而倚残魄者，岂独汉家营哉！言贼未平耳。注未得。

166.《十六夜玩月》：“旧挹金波爽，皆传玉露秋。关山随地阔，河汉近人流。谷口樵归唱，孤城笛起愁。巴童浑不寝，半夜有行舟。”

《十六夜玩月》，“十六夜”字可去。

167《十七夜对月》：“秋月仍圆夜，江村独老身。卷帘还照客，倚杖更随人。光射潜虬动，明翻宿鸟频。茅斋依橘柚，清切露华新。”

《十七夜对月》，意在“仍”“还”“更”三字。

168.《九月一日过孟十二仓曹十四主簿兄弟》：“藜杖侵寒露，蓬门启曙烟。力稀经树歇，老困拨书眠。秋觉追随尽，来因孝友偏。清谈见滋味，尔辈可忘年。”

“老困拨书眠”，古之言好学者枕藉图书，不欲枕藉之，故拨而眠，翻旧语也。

169.《孟氏》：“孟氏好兄弟，养亲唯小园。承颜胝手足，坐客强盘飧。负米力葵外，读书秋树根。卜邻惭近舍，训子学谁门。”

“承颜胝手足，坐客强盘飧”，客知主人贫，不欲费之，乃强留客而具

① 杜甫《昔游》。

盘飧焉，宾主俱得，余喜诵之。“竟日淹留佳客坐，百年粗粝腐儒飧”[①]，真率蔼然，异乎世之燕朋索饮与米菽不分者。

又，“负米力葵外，读书秋树根”，言力葵之外，则负米承颜而胝手足有如此，其有余力则据树根而读书焉。

170.《送孟十二仓曹赴东京选》：“君行别老亲，此去苦家贫。藻镜留连客，江山憔悴人。秋风楚竹冷，夜雪巩梅春。朝夕高堂念，应宜彩服新。”

“藻镜留连客”，谓赴选，非拙也，评失。

171.《课小竖锄斫舍北果林枝蔓荒秽净讫移床三首》其一：“病枕依茅栋，荒锄净果林。背堂资僻远，在野兴清深。山雉防求敌，江猿应独吟。泄云高不去，隐几亦无心。”

“泄云”[②]，泄之义，犹垂也散也。至于“资”“防”“应”，则显明无可疑。“泄云蒙清晨”[③]。

172.《课小竖锄斫舍北果林枝蔓荒秽净讫移床三首》其三：“篱弱门何向，沙虚岸只摧。日斜鱼更食，客散鸟还来。寒水光难定，秋山响易哀。天涯稍曛黑，倚杖更裴回。”

“客散鸟还来”工，而“日斜鱼更食”未易评也。养鱼者饲之，亦有度耳。

173.《季秋苏五弟缨江楼夜宴崔十三评事韦少府侄三首》其一：“峡险江惊急，楼高月迥明。一时今夕会，万里故乡情。星落黄姑渚，秋辞白帝城。老人因酒病，坚坐看君倾。”

---

① 杜甫《有客》。

② 杜诗有“泄云”之语者有三，据下文之义，此处当指《课小竖锄斫舍北果林枝蔓荒秽净讫移床三首》其一。

③ 杜甫《法镜寺》。

“一时今夕会”，语自妥。评者失耳。

174 《季秋苏五弟缨江楼夜宴崔十三评事韦少府侄三首》其三：“对月那无酒，登楼况有江。听歌惊白鬓，笑舞拓秋窗。樽蚁添相续，沙鸥并一双。尽怜君醉倒，更觉片心降。”

“樽蚁添相续”，无奇，以下句兴味觉并工耳。谓不成语，失评。

又，杜“对月那无酒”，后“樽蚁添相续”正相应，非叠也。“樽蚁”常用耳，何谓不成语？评失。

175.《戏寄崔评事表侄苏五表弟韦大少府诸侄》：“隐豹深愁雨，潜龙故起云。泥多仍径曲，心醉阻贤群。忍待江山丽，还披鲍谢文。高楼忆疏豁，秋兴坐氛氲。”

“忍待江山丽”，愁雨阻而待霁也。注谓待春景，非。

176.《小园》：“由来巫峡水，本自楚人家。客病留因药，春深买为花。秋庭风落果，瀼岸雨颓沙。问俗营寒事，将诗待物华。”

《小园》诗“春深”“秋庭”“营寒事”“待物华”，乃自春而秋冬又且春矣。以诗叙事难，律尤难，杜多此体。

又，“春深买为花”，常调以为倒句矫异，非也。

177.《晚晴吴郎见过北舍》：“圃畦新雨润，愧子废锄来。竹杖交头拄，柴扉隔径开。欲栖群鸟乱，未去小童催。明日重阳酒，相迎自酦醅。”

杜“未去小童催”，可以解“不去非无汉署香”①。

178.《九日五首》其三：“旧与苏司业，兼随郑广文。采花香泛泛，坐客醉纷纷。野树歌还倚，秋砧醒却闻。欢娱两冥漠，西北有孤云。”

《九日》诗“西北有孤云”，为忆与苏、郑游。游时在长安，故称西

① 杜甫《七月一日题终明府水楼二首》其一。

北。注引狄梁公“望云思亲”事，无谓。

179.《秋清》：“高秋苏病气，白发自能梳。药饵憎加减，门庭闷扫除。杖藜还客拜，爱竹遣儿书。十月江平稳，轻舟进所如。”

“门庭闷扫除”，何所闷？下句“杖藜还客拜”，正发“闷”字。

180.《晓望》：“白帝更声尽，阳台曙色分。高峰寒上日，叠岭宿霾云。地坼江帆隐，天清木叶闻。荆扉对麋鹿，应共尔为群。”

杜“天清木叶闻”，妙矣，非不可解，犹疑上句未称。

181.《耳聋》：“生年鹖冠子，叹世鹿皮翁。眼复几时暗，耳从前月聋。猿鸣秋泪缺，雀噪晚愁空。黄落惊山树，呼儿问朔风。”

“猿鸣秋泪缺，雀噪晚愁空”，猿鸣令泪落，不闻故泪缺；雀噪令人愁，不闻故愁空。“黄落惊山树，呼儿问朔风”，不闻风声，惟惊叶落，故呼儿问之。题曰《耳聋》，四句写其态耳。答问。

182.《十月一日》：“有瘴非全歇，为冬亦不难。夜郎溪日暖，白帝峡风寒。蒸裹如千室，焦糟幸一柈。兹辰南国重，旧俗自相欢。”

“蒸裹”“燋糖”“粔敉”[①]，蛮语入杜诗，皆成佳句。今人仅仅从唐人中拆洗来，恐大家不须尔。

又，杜“有瘴非全歇，为冬亦不难”，言冬时瘴宜歇，今瘴未全歇，亦为冬耶？讶之。

183.《独坐二首》其一：“竟日雨冥冥，双崖洗更青。水花寒落岸，山鸟暮过庭。暖老须燕玉，充饥忆楚萍。胡笳在楼上，哀怨不堪听。”

杜诗“暖老须燕玉”，本燕昭王有暖玉也。注以燕赵佳人如玉，而老者非人不暖，谬甚。

① 杜甫《戏作俳谐体遣闷二首》其二。

184.《返照》："反照开巫峡，寒空半有无。已低鱼复暗，不尽白盐孤。荻岸如秋水，松门似画图。牛羊识僮仆，既夕应传呼。"

"牛羊识僮仆"，佳语。注以为因夕照之明，殊无谓。"日之夕矣，牛羊下来"[①]，正夕照时，杜用诗意也。

"荻岸如秋水"，与秋水一色也,正似画图。

185.《暝》："日下四山阴，山庭岚气侵。牛羊归径险，鸟雀聚枝深。正枕当星剑，收书动玉琴。半扉开烛影，欲掩见清砧。"

杜"半扉开烛影，欲掩见清砧"，谓扉半开欲掩之，见捣衣者方借烛光，且未可掩耳。此亦何足咏，当观其叙事之工，他人所不必叙所不能叙也。杜好以诗叙事，每每入微，谓似司马子长，此亦一征欤！

186.《戏作俳谐体遣闷二首》

其一："异俗吁可怪，斯人难并居。家家养乌鬼，顿顿食黄鱼。旧识能为态，新知已暗疏。治生且耕凿，只有不关渠。"

其二："西历青羌板，南留白帝城。於菟侵客恨，粔籹作人情。瓦卜传神语，畬田费火声。是非何处定，高枕笑浮生。"

"旧识难[②]为态，新知已暗疏。"末俗浇风，难乎免矣，岂特青羌之西、白帝之南哉！至于粔籹黄鱼，火耕瓦卜，此不足异者也。治生于此，斯人之与徒，恶能不关渠哉！杜子于是有怪心焉，殆未达也。夫君子素夷而夷，虚己以游世可也，故曰"虽蛮貊之邦行矣"。[③]

187.《谒真谛寺禅师》："兰若山高处，烟霞嶂几重。冻泉依细石，晴雪落长松。问法看诗忘，观身向酒慵。未能割妻子，卜宅近前峰。"

---

①《诗经·王风·君子于役》。

② 清以前杜集多为"难"字,清以后则多是"能"字。

③《论语·卫灵公第五》。原文云:"言忠信,行笃敬,虽蛮貊之邦,行矣。言不忠信,行不笃敬,虽州里,行乎哉?"

杜："问法看诗妄，观身向酒慵。未能割妻子，卜宅近前峰。"此亦为佳句云耳。评以为有见地，其知子美浅矣。子曰"兴于《诗三百》"，非妄也。酒无量不为困，讵害于道？出王游衍皆天也，奚必割妻子耶？大道甚夷而民好径，悲夫！

188.《送田四弟将军将夔州柏中丞命起居江陵节度》："离筵罢多酒，起地发寒塘。回首中丞座，驰笺异姓王。燕辞枫树日，雁度麦城霜。空醉山翁酒，遥怜似葛强。"

"燕辞枫树日"，枫落而燕去，目中景，意中语。

189.《白帝楼》："漠漠虚无里，连连睥睨侵。楼光去日远，峡影入江深。腊破思端绮，春归待一金。去年梅柳意，还欲搅边心。"

"腊破思端绮"，将成春服。与"纤缔恐自疑"[①]意同而稍隐，未为不可解。

190.《巫山县汾州唐使君十八弟宴别兼诸公携酒乐相送率题小诗留于屋壁》："卧病巴东久，今年强作归。故人犹远谪，兹日倍多违。接宴身兼杖，听歌泪满衣。诸公不相弃，拥别惜光辉。"

"接宴身兼杖，听歌泪满衣"，非"身兼杖"三字，则未为佳句也。山韫玉而辉，川含珠而润，作者得心应手，自关飞动耳。

191.《春夜峡州田侍御长史津亭留宴》："北斗三更席，西江万里船。杖藜登水榭，挥翰宿春天。白发烦多酒，明星惜此筵。始知云雨峡，忽尽下牢边。"

"北斗三更席"，评（云）"如何看得"。看下句自佳，如何看不得！"北斗"字与"宿春天"相映，作者非草草也。

又，"北斗"句与"宿春天"句，分看俱不见工，合看俱工耳。"杖藜

① 杜甫《雨》。

登水榭”，则凭高矣，故用“北斗”字，岂以“西江”作对哉！

192.《和江陵宋大少府暮春雨后同诸公及舍弟宴书斋》：“渥洼汗血种，天上麒麟儿。才士得神秀，书斋闻尔为。棣华晴雨好，彩服暮春宜。朋酒日欢会，老夫今始知。”

“书斋闻尔为”，谓不与会今始知，正宜用“闻”字。乃云不可解，必是同字，何昧也？

193.《江边星月二首》

其一：“骤雨清秋夜，金波耿玉绳。天河元自白，江浦向来澄。映物连珠断，缘空一镜升。余光隐更漏，况乃露华凝。”

其二：“江月辞风缆，江星别雾船。鸡鸣还曙色，鹭浴自清川。历历竟谁种，悠悠何处圆。客愁殊未已，他夕始相鲜。”

《江边星月二首》咏星月，工矣。评乃谓“如何见是星月”，又谓“子美诗每有此”[①]，是未深于杜者也。

又，杜《江边星月》点星月甚明，乃云“如何见是星月”，难以言杜矣。前首夜景，后首曙景。曙矣，宜星月之不见也。评者不悟，乃云“子美诗每有此”。

194.《江汉》：“江汉思归客，乾坤一腐儒。片云天共远，永夜月同孤。落日心犹壮，秋风病欲疏。古来存老马，不必取长途。”

“江汉思归客”，前四句思归之作，后四句疑别是一首，二首各逸其半而误合为一，读者不察也。不然，风云月日二联[②]并用可乎？才言夜月又言落日可乎？古诗：“老骥伏枥，志在千里。烈士暮年，壮心不已。”杜用其意而不必“长途”，又别有义，乃工也。

① 见《集千家注杜工部诗》卷十八《江边星月二首》其二尾注。

② 即诗之第二、三联，各句举一字以概括言之。

195.《哭李常侍峄二首》其二："一代风流尽，修文地下深。斯人不重见，将老失知音。短日行梅岭，寒山落桂林。长安若个畔，犹想映貂金。"

"短日行梅岭，寒山落桂林"，十字句奇，言短日经行梅岭而落于桂林之寒山，李常侍盖殁于桂林也。"长安若个畔，犹想映貂金"，犹承"短日"来。杜晚年律细，非正音也。唐正音则张燕公所书屏为进士式者，"客路青山外"之类是也。今学杜者宜择其正，毋效其颦。杜圣于诗、僻于诗者也，变化出入，从容规矩之中，疾徐自得，风韵故殊。苟不得其妙而袭其句，往往硬涩失和平之旨，而自以为杜体，未深晓者亦曰此杜体。非杜误人，乃人不善学杜耳。

196.《久客》："羁旅知交态，淹留见俗情。衰颜聊自哂，小吏最相轻。去国哀王粲，伤时哭贾生。狐狸何足道，豺虎正纵横。"

杜"小吏最相轻"，似俚而有味。小吏多不知大体，但能奔趋上官，岂知重高贤乎？李将军困于陵尉，韩长孺辱于狱吏，乃恒态也。又云"狐狸何足道"，不足道则不足置意中。

197.《泊岳阳城下》："江国逾千里，山城仅百层。岸风翻夕浪，舟雪洒寒灯。留滞才难尽，艰危气益增。图南未可料，变化有鲲鹏。"

"艰危气益增"，士须有此气。

198.《登白马潭》："水生春缆没，日出野船开。宿鸟行犹去，丛花笑不来。人人伤白首，处处接金杯。莫道新知要，南征且未回。"

"宿鸟行犹去，丛花笑不来。"舟行见鸟宿，宿犹似去也；丛花如笑，然舟去而花不来，皆开船之景也。注云鸟宿而舟犹去，吾笑而花不来，非。

199.《宿白沙驿》："水宿仍余照，人烟复此亭。驿边沙旧白，湖外草

新青。万象皆春气，孤槎自客星。随波无限月，的的近南溟。”

驿名白沙，湖名青草，若非“新”“旧”二字，则小儿对句耳。不重纪地，纪时也。

200.《野望》：“清秋望不极，迢递起层阴。远水兼天净，孤城隐雾深。叶稀风更落，山迥日初沉。独鹤归何晚，昏鸦已满林。”

“独鹤归何晚，昏鸦已满林”，兴比明白，从《骚》来。“重露成涓滴，稀星乍有无”[①]，直赋景耳，以为兴比，则非也。

201.《铜官渚守风》：“不夜楚帆落，避风湘渚间。水耕先浸草，春火更烧山。早泊云物晦，逆行波浪悭。飞来双白鹤，过去杳难攀。”

“早泊云物晦”，与起句“不夜楚帆落，避风湘渚间”，觉重。

202.《衡州送李大夫七丈勉赴广州》：“斧钺下青冥，楼船过洞庭。北风随爽气，南斗避文星。日月笼中鸟，乾坤水上萍。王孙丈人行，垂老见飘零。”

“日月笼中鸟，乾坤水上萍”，萍鸟自喻日月年年也，乾坤处处也。此明显句，何解者之昧！

203.《江阁对雨有怀行营裴二端公》：“南纪风涛壮，阴晴屡不分。野流行地日，江入度山云。层阁凭雷殷，长空水面文。雨来铜柱北，应洗伏波军。”

“层阁凭雷殷”，雷殷阁边，若凭之也。“长空面水文”，天与水合也。“凭”字佳矣，“面”字尤奇，犹云面墙面壁。《史记·项羽传》：“马童面之。”若作“水面”[②]，即凡语。

---

① 杜甫《倦夜》。

② “水面”“面水”，自宋以来，杜集中便两见之。据诗意诗律，当是“面水”为是，所以清以后杜集，已以“面水”为多。《项羽传》即《项羽本纪》。

204.《对雪》：“北雪犯长沙，胡云冷万家。随风且间叶，带雨不成花。金错囊从罄，银壶酒易赊。无人竭浮蚁，有待至昏鸦。”

“随风且间叶”，似谓着叶上，非空中有无也。

205.《奉酬寇十侍御锡见寄四韵复寄寇》：“往别郇瑕地，于今四十年。来簪御府笔，故泊洞庭船。诗忆伤心处，春深把臂前。南瞻按百越，黄帽待君偏。”

“南瞻按百越，黄帽待君偏”，言正冠以待，待之久，故帽偏耳。注非。

206.《舟泛洞庭》[①]：“蛟室围青草，龙堆拥白沙。护江盘古木，迎棹舞神鸦。破浪南风正，收帆畏日斜。云山千万叠，底处上仙槎。”

“破浪南风正，回樯[②]畏日斜。”南风、畏日，夏时也。或误作落日，便非法。

又，《过洞庭》，五言初唐佳境也，非江心石刻则逸矣[③]。苦吟未必有知音，又未必传。

① 又作《过洞庭湖》。

② “回樯”即“收帆”，自宋以来，一直两见之。

③ 此诗为杜甫集外诗，首见于吴若本。见《补注杜诗》卷三十六《过洞庭湖》题注云：“洪玉甫云乃有人得之江中石刻。”

卷三　七言律诗

1.《题张氏隐居二首》其一：“春山无伴独相求，伐木丁丁山更幽。涧道余寒历冰雪，石门斜日到林丘。不贪夜识金银气，远害朝看麋鹿游。乘兴杳然迷出处，对君疑是泛虚舟。”

“到林丘日斜”矣，夜识金银之气非吾所贪，而麋鹿之游所欲看也，昏暮则殊妨耳。乘兴无伴偶来而杳然自迷，虽以境之幽，亦有不自觉兴之所以起者，真如虚舟相值耳，初无神醉心服之意。又“不贪”“远害”二句，解亦谬，如其解则句弱矣。杜诗多用“远愧”“远害”，犹言殊妨也。《世说》：“远有情理。”

2.《郑驸马宅宴洞中》：“主家阴洞细烟雾，留客夏簟清琅玕。春酒杯浓琥珀薄，冰浆碗碧玛瑙寒。误疑茅堂过江麓，已入风磴霾云端。自是秦楼压郑谷，时闻杂佩声珊珊。”

“主家阴洞细烟雾”，谓公主家也。近有用为宾主之主者，偶误。此不容误者也，杯琥珀，碗玛瑙，二物在手，而疑为江麓茅堂之中，颇似不伦。俟质诸深于杜者，误疑已入，自是折旋之妙，惟杜擅之。

又，“自是秦楼压郑谷”耳，江麓茅堂焉有佩声之珊珊乎？注谓为主之贤，殊无谓。

又，“冰浆碗碧玛瑙寒”，乃述宴上物耳。注谓杜有渴疾，故喜饮冰浆，不知主家当日所宴客尽有渴疾耶？

3.《赠献纳使起居田舍人》：“献纳司存雨露边，地分清切任才贤。舍

人退食收封事，宫女开函近御筵。晓漏追飞青琐闼，晴窗点检白云篇。扬雄更有河东赋，唯待吹嘘送上天。”

“晴窗点检白云篇”，“白云篇”唐人多用之。谓山林之文，是也，“山中何所有，岭上多白云。”青云之士，则显者耳。舍人盖尝称所上赋者耶？故云“更有赋”，因其好文而望其相引也。

4.《腊日》：“腊日常年暖尚遥，今年腊日冻全消。侵陵雪色还萱草，漏泄春光有柳条。纵酒欲谋良夜醉，还家初散紫宸朝。口脂面药随恩泽，翠管银罂下九霄。”

“侵陵雪色还萱草”，言萱草之青如故也，“还”向欲作“归”字看，似与“有”字未协耳。

5.《奉和贾至舍人早朝大明宫》：“五夜漏声催晓箭，九重春色醉仙桃。旌旗日暖龙蛇动，宫殿风微燕雀高。朝罢香烟携满袖，诗成珠玉在挥毫。欲知世掌丝纶美，池上于今有凤毛。”

“欲知世掌丝纶美”，有疑“美”字者，盖用《左传》“世济其美”语也，知字所自来则佳矣。

又，“九重春色醉仙桃”，春色之浓，花可言醉，犹云春酣耳。“桃花气暖眼自醉”[①]，春色泥人似醉，“醉”字可并看。注引王母事，又谓喜容之，似皆非。

又，《早朝》四诗，余尝以为犹八骏之并驱也，可无优劣论耳。世多右王而以衣服字多为疑，或右岑而以“晓曙”二字为疑。南泠[②]右贾，以首尾俱胜而中联亦称也。未有右杜者，以五六句为不称。然和贾有“惹炉香”[③]之句，而珠玉挥毫，不欲合掌，自杜法也。独第二句，解者以“仙

① 杜甫《昼梦》。

② 即蒋山卿(1486—1548年)，字子云，号南泠，又号江津，江苏仪征人。工诗文，擅书画，有《南泠集》等。蒋氏与方弘静多有往来，《千一录》卷十七“客谈五”云：“昔于南泠蒋公所见何、薛诸公手简，片纸密行，言简意尽，前辈风度可想，此正、嘉间事也。”

③ 贾至《早朝》的三首和诗皆无“惹炉香”句。按，查《全唐诗》惟见姚合《和李舍人秋日卧疾言怀》有“王言生彩笔，朝服惹炉香”之句，当是诗题相近，方氏误记为和贾诗。

桃”为醉容，则近陋，杜当见梦矣。夫花固可言醉，即花迎剑佩意耳。此解其句自佳，则五六未为不佳也。结句则王视杜为弱，未可擅美。

又，“宫莺娇欲醉”[①]“九重春色醉仙桃”，二“醉”字一例。杜为注者谬，使佳语成拙，乃见梦于吞吴[②]耶？

6.《宣政殿退朝晚出左掖》：“天门日射黄金榜，春殿晴曛赤羽旗。宫草微微承委佩，炉烟细细驻游丝。云近蓬莱常好色，雪残鸡鹊亦多时。侍臣缓步归青琐，退食从容出每迟。”

“雪残鸡鹊亦多时”，有依恋之意。然雪之融高寒处自稍迟，注非。唐人以“余”为“残”，“闻说真龙种，犹残老骕骦”。

7.《紫宸殿退朝口号》：“户外昭容紫袖垂，双瞻御座引朝仪。香飘合殿春风转，花覆千官淑景移。昼漏希闻高阁报，天颜有喜近臣知。宫中每出归东省，会送夔龙集凤池。”

“昼漏稀闻高阁报”，言昼永耳，注非。

又，“天颜有喜近臣知”，《易》：“勿药有喜。”《左传》：“喜而后可知也。”注：“喜见于颜色。”字皆有据，若泛览，未尽识其工也。

8.《题省中院壁》：“掖垣竹埤梧十寻，洞门对霤常阴阴。落花游丝白日静，鸣鸠乳燕青春深。腐儒衰晚谬通籍，退食迟回违寸心。衮职曾无一字补，许身愧比双南金。”

掖垣以竹为埤而其梧十寻也。今读垣之竹、埤之梧，则萎弱矣。

9.《曲江陪郑八丈南史饮》：“雀啄江头黄柳花，鵁鶄鸂鶒满晴沙。自知白发非春事，且尽芳尊恋物华。近侍即今难浪迹，此身那得更无家。丈

---

① 李白《宫中行乐词八首》其七。

② 苏轼《仇池笔记》卷上：“予尝梦杜子美云：‘世人误会《八阵图》诗“江流石不转，遗恨失吞吴”，以为先主、武侯欲与关羽复仇，故恨不灭吴，非也。我意本为吴、蜀唇齿之国，不当相图，晋能取蜀者，以蜀有吞吴之意，此为恨耳。’”

人文力犹强健，岂傍青门学种瓜。”

“近侍只今难浪迹”，此叔夜不堪[①]之一也。注谓无官，非。

又，“近侍只今难浪迹”，言礼东人稽生所云不堪者。注“知其不久”，非。

10.《曲江二首》其一：“一片花飞减却春，风飘万点正愁人。且看欲尽花经眼，莫厌伤多酒入唇。江上小堂巢翡翠，苑边高冢卧麒麟。细推物理须行乐，何用浮荣绊此身。”

“江上小堂巢翡翠，苑边高冢卧麒麟”，即曹子建诗“生存华屋处，零落归山丘”[②]也，李白诗“玉楼巢翡翠”[③]，本佳丽景耳。注云堂无人而鸟来巢，与“冢卧麒麟”一例，则句之工妙大减矣，而反谓上下句意皆不通贯。诗不易解，杜诗尤不易解哉！若以堂无人，则不堪行乐。庾信诗：“翡翠本微物，知爱巢高堂。”[④]非以堂无人而巢也。

11.《曲江二首》其二：“朝回日日典春衣，每日江头尽醉归。酒债寻常行处有，人生七十古来稀。穿花蛱蝶深深见，点水蜻蜓款款飞。传语风光共流转，暂时相赏莫相违。”

“朝回日日典春衣”，谱者谓时为拾遗，非也。为拾遗时，播迁甫定，疮痍未复，君辱臣耻，而忍于每日尽醉乎？殆为参军，不得志以酒自遣，故云“纵饮久判人共弃”耳。

又，“传语风光共流转”，与乃祖“寄语洛阳风日道”[⑤]同调。

12.《曲江对酒》：“苑外江头坐不归，水精宫殿转霏微。桃花细逐杨花落，黄鸟时兼白鸟飞。纵饮久判人共弃，懒朝真与世相违。吏情更觉沧

① 嵇康《与山巨源绝交书》云：“有必不堪者七，甚不可者二。”
② 曹植《箜篌引》。
③ 李白《宫中行乐词八首》其二。
④ 检查存世庾信集，无此诗句。
⑤ 杜审言《春日京中有怀》。

州远，老大徒伤未拂衣。”

“吏情更觉沧州远”，吏情可厌，则沧州愈觉其远，远可以违世也。注以为神仙境者，既谬；而谓官于朝与沧州疏远者，亦浅。

13.《曲江对雨》：“城上春云覆苑墙，江亭晚色静年芳。林花著雨胭脂湿，水荇牵风翠带长。龙武新军深驻辇，芙蓉别殿谩焚香。何时诏此金钱会，暂醉佳人锦瑟旁。”

“何时诏此金钱会”，盖忆天宝盛时景象，非不忍去其君之语也。上二句意本明，解者不达耳。

14.《九日蓝田崔氏庄》：“老去悲秋强自宽，兴来今日尽君欢。羞将短发还吹帽，笑倩旁人为正冠。蓝水远从千涧落，玉山高并两峰寒。明年此会知谁健？醉把茱萸仔细看。”

齐桓一有矜色[①]，功业卑卑，勿谓千载下无人也。“吹帽”“正冠”，翻孟嘉事。而“正冠”字原有本，此诗意也。乃谓“落帽”以侮桓而“正冠”以尽崔欢，谬矣。

又，“吹帽”“正冠”，冠、帽似叠，杜宁犯此？盖九日落帽、李下正冠，二事也，各有出处耳。

又，“老去悲秋强自宽”，用《列子》“善自宽”语，曰“强”则非能善也。此等不知，注则何以称佳？

15.《崔氏东山草堂》：“爱汝玉山草堂静，高秋爽气相鲜新。有时自发钟磬响，落日更见渔樵人。盘剥白鸦谷口栗，饭煮青泥坊底芹。何为西庄王给事，柴门空闭锁松筠。”

---

①此一段文字原文是紧接“‘远寻留药价，惜别到文场。’评者云：留药价，雅耳；到文场，过矣”一段而来，但无论是文义还是所涉作品都无关联，析为两节，而原文中前面一段文字调整至卷一，不再成上下文之势。又，文中“齐桓”二字与杜诗或方氏评论内容都无涉，当是“桓温”之误。按，杜诗中“落帽”之典，正好与桓温、孟嘉有关；而桓温一生三次北伐及最后试图代晋而立都未能成功，也和方氏“功业卑卑”之语相符。

“有时自发钟磬响”，庄子所谓地籁者也，非谓法器。“疏松隔水奏笙簧”[①]，“万籁真笙竽”[②]，可相发者甚多。

又，“有时自发钟磬响，落日更见渔樵人”，正言其静，即“鸟鸣山更幽”[③]也。无杂喧，无俗物，可知矣。

16.《至日遣兴奉寄北省旧阁老两院故人二首》其一：“去岁兹辰捧御床，五更三点入鹓行。欲知趋走伤心地，正想氛氲满眼香。无路从容陪语笑，有时颠倒著衣裳。何人错忆穷愁日，愁日愁随一线长。”

“何人错忆穷愁日”，言在朝者焉念逐臣，亦能偶然忆我之穷愁乎？后“忽忽穷愁”[④]是也。注以为愁尽之日，非。“有时颠倒著衣裳”，言愁极而心绪乱耳。

又，“何人错忆穷愁日”，“穷愁”用“虞卿非穷愁不能著书”[⑤]耳，以至日为穷愁，谬。

17.《至日遣兴奉寄北省旧阁老两院故人二首》其二：“忆昨逍遥供奉班，去年今日侍龙颜。麒麟不动炉烟上，孔雀徐开扇影还。玉几由来天北极，朱衣只在殿中间。孤城此日堪肠断，愁对寒云雪满山。”

“去年今日”“孤城此日”，非重也，此杜所能，而学者所宜知。

18.《卜居》：“浣花流水水西头，主人为卜林塘幽。已知出郭少尘事，更有澄江销客愁。无数蜻蜓齐上下，一双鸂鶒对沉浮。东行万里堪乘兴，须向山阴上小舟。”

“无数蜻蜓齐上下”“须向山阴上小舟”，二“上”字，尾句似可易。

① 杜甫《七月一日题终明府水楼二首》其一。
② 杜甫《玉华宫》。
③ 王籍《入若耶溪》。
④ 杜甫《冬至》。
⑤ 语出《史记·平原君虞卿列传》赞语，原文云：“虞卿非穷愁，亦不能著书以见于后世。”

原出处“棹舟”[①]，“棹”字似可。

19.《蜀相》：“丞相祠堂何处寻，锦官城外柏森森。映阶碧草自春色，隔叶黄鹂空好音。三顾频烦天下计，两朝开济老臣心。出师未捷身先死，长使英雄泪满襟。”

“丞相祠堂何处寻”，感其地之幽僻，过者少也。“崩年亦在永安宫”[②]，言其复仇之举崩，乃已也。蜀主窥吴与翠华崩幸，总是因其旧未见尊为正统意。注谓为春秋之笔，佞耳，非杜子所取。

20.《狂夫》：“万里桥西一草堂，百花潭水即沧浪。风含翠篠娟娟净，雨裛红蕖冉冉香。厚禄故人书断绝，恒饥稚子色凄凉。欲填沟壑唯疏放，自笑狂夫老更狂。”

“厚禄故人”，必有指，未必裴冕也。此类不烦解。

又，“百花潭水即沧浪”，沧浪之水可缨可足，盖犹东行乘兴之咏也。

又，“百花潭水即沧浪”，沧浪可清可浊，可缨可足，堂堂荡荡，结意正称。若不逆其志，则岂徒取韵叶而已乎？

又，“风含翠筱娟娟净，雨裛红蕖冉冉香”二句，风、雨互见，善画者所不能写。

21.《江村》：“清江一曲抱村流，长夏江村事事幽。自去自来梁上燕，相亲相近水中鸥。老妻画纸为棋局，稚子敲针作钓钩。但有故人供禄米，微躯此外更何求。”

“自去自来梁上燕”数句，本江村事耳。并育忘机，老安少怀，不欲无营。谀词可厌，使人掩耳。

---

① 此处方氏所谓“原出处”似王子猷雪夜访戴逵之事，见《世说新语·任诞》，原文为“乘小舟”。《九家集注杜诗》卷三十四《哭李尚书之芳》中有注释引王子猷事，改易字句为“乘兴棹舟”。原出处云云，或是方氏把宋人引注文字之表达误记为原文了。

② 杜甫《咏怀古迹五首》其四。

22.《恨别》："洛城一别四千里，胡骑长驱五六年。草木变衰行剑外，兵戈阻绝老江边。思家步月清宵立，忆弟看云白日眠。闻道河阳近乘胜，司徒急为破幽燕。"

步月清宵立，看云白日眠。王子安诗："锦衣夜不襞，罗帏昼未空。歌屏朝掩翠，妆镜晚窥红。"[1]太白："后庭朝未入，轻辇夜相过。"[2]一例也。

23.《野老》："野老篱前江岸回，柴门不正逐江开。渔人网集澄潭下，贾客船随返照来。长路关心悲剑阁，片云何意傍琴台。王师未报收东郡，城阙秋生画角哀。"

"片云何意傍琴台"，暗用神女为云，以咏相如事，情景正辏，感讽备矣，此织女机中锦也。注谓无慕相如，非。

又，"片云何意傍琴台"，怀古之辞。注谓无心于蜀，谬。

24.《南邻》："锦里先生乌角巾，园收芋栗未全贫。惯看宾客儿童喜，得食阶除鸟雀驯。秋水才深四五尺，野航恰受两三人。白沙翠竹江村暮，相对柴门月色新。"

"野航恰受两三人"，以秋水才至，然二难难并，喧杂难避，故"恰受"之稀，政为可咏也。注殊未达。

25.《至后》："冬至至后日初长，远在剑南思洛阳。青袍白马有何意，金谷铜驼非故乡。梅花欲开不自觉，棣萼一别永相望。愁极本凭诗遣兴，诗成吟咏转凄凉。"

青袍白马何意哉？而留滞焉。金谷铜驼非故乡也，弟在彼，故思之。

又，"金谷铜驼非故乡"，所思兄弟盖在洛阳，洛阳亦非故乡也。各萍转而永相望，愁极可知。

---

① 王勃《临高台》。
② 李白《宫中行乐词八首》其四。

26.《暮登四安寺钟楼寄裴十迪》:“暮倚高楼对雪峰，僧来不语自鸣钟。孤城返照红将敛，近市浮烟翠且重。多病独愁常阒寂，故人相见未从容。知君苦思缘诗瘦，大向交游万事慵。”

“僧来不语自鸣钟”，禅语也，非不足与语。苦吟而“万事慵”，是莫逆语，非讥也。

27.《进艇》:“南京久客耕南亩，北望伤神坐北窗。昼引老妻乘小艇，晴看稚子浴清江。俱飞蛱蝶元相逐，并蒂芙蓉本自双。茗饮蔗浆携所有，瓷罂无谢玉为缸。”

“俱飞蛱蝶元相逐，并蒂芙蓉本自双。”“并蒂”比夫妇也，“俱飞蛱蝶”则兼喻稚子。

又，杜子美每朋友至，引见妻子。夫问知人客姓，骥子宜尔，妻见何礼耶?“昼引老妻乘小艇”，或偶值客，岂曰客至每见，必传者过也。韦侍御令其妻送夜飞蝉以助妆饰，有之矣。时人遂布此语耳。

28.《陪李七司马皂江上观造竹桥即日成往来之人免冬寒入水聊题短作简李公二首》其一:“伐竹为桥结构同，褰裳不涉往来通。天寒白鹤归华表，日落青龙见水中。顾我老非题柱客，知君才是济川功。合欢却笑千年事，驱石何时到海东。”

“日落青龙见水中”，用竹化龙事，注不知引。“合观”[①]，“观”讹作“欢”，“欢”字无义。

又，“日落青龙见水中”，用竹化龙费长房事[②]。注不日成之，非。

又，“合观却笑千年事”，“合观”犹云共观也，又借用《易·序卦》语。注以为非，“观”作“欢”，但能记酒以合欢耳，陋矣。

---

① 此异文出自宋蔡兴宗《杜诗正异》。现存宋代杜集版本大都作“合欢”，而至清代，诸家注本大都从蔡兴宗《杜诗正异》之异文。究其原因，正如方氏所言，“欢字无义”，作“合观”语出有典，于诗题诗意亦更相符合。

② 事见范晔《后汉书》卷八十二《方术列传》。

29.《野望》："金华山北涪水西，仲冬风日始凄凄。山连越巂蟠三蜀，水散巴渝下五溪。独鹤不知何事舞，饥乌似欲向人啼。射洪春酒寒仍绿，目极伤神谁为携。"

"射洪春酒寒仍绿"，春时酿至冬犹绿，非谓射洪寒轻也。

30.《野人送朱樱》："西蜀樱桃也自红，野人相赠满筠笼。数回细写愁仍破，万颗匀圆讶许同。忆昨赐沾门下省，退朝擎出大明宫。金盘玉箸无消息，此日尝新任转蓬。"

"西蜀樱桃也自红"，忆沾赐语耳，无隘，小西蜀意。

31.《送王十五判官扶侍还黔中》："大家东征逐子回，风生洲渚锦帆开。青青竹笋迎船出，日日江鱼入馔来。离别不堪无限意，艰危深仗济时才。黔阳信使应稀少，莫怪频频劝酒杯。"

"大家东征逐子回"，杨升庵以"逐"字未雅，拟"将"字，不若赋中"随"字佳耳[①]。然杜用"逐"字，盖以平声不响也。

又，"大家东征逐子回"，"逐"字觉未佳。杨太史拟易"将"字，"将"字雅。然有说，《凤将雏》子从母也，《东征》随子母从子也。余意"随"字可耳，杜盖以仄声也，"逐"字江左以来习用之，不必疑。又易曰"良马逐"。

又，唐人好用逐字，"大家东征逐子回""双童逐老身"[②]"蒲萄逐汉臣"[③]，皆未佳。"桃花细逐杨花落""俱飞蛱蝶元相逐"，乃工矣。

又，杜"青青竹笋""白白江鱼"[④]，"白白"字疑有出处。即无出处，

---

① 指班昭《东征赋》首句"惟永初之有七兮，余随子乎东征"。按，班昭为东汉著名才女，嫁曹世叔为妻，曾多次召令入宫，被皇后和贵人们视为老师，号"大家"。晚年随其子曹成赴任，就途中所见所感，效其父班彪之《北征赋》而创作了《东征赋》，所以杜诗首句有"大家东征"云云。

② 王维《郑果州相过》。

③ 王维《送刘司直赴安西》。

④ "日日江鱼"又作"白白江鱼"。自宋以来便两见之。

句未尝不佳。用修以为大不如韦，近俗。过评耳，韦诗亦非警句。《孟子》“白之谓白”，《道德经》“洁洁白白”。

32.《玉台观》：“中天积翠玉台遥，上帝高居绛节朝。遂有冯夷来击鼓，始知嬴女善吹箫。江光隐见鼋鼍窟，石势参差乌鹊桥。更肯红颜生羽翼，便应黄发老渔樵。”

《玉台观》①诗“遂有”“更有”，颇犯，必一字误耳。今曰大家不拘，恐未然也。

33.《奉寄章十侍御》：“淮海维扬一俊人，金章紫绶照青春。指麾能事回天地，训练强兵动鬼神。湘西不得归关羽，河内犹宜借寇恂。朝觐从容问幽仄，勿云江汉有垂纶。”

词人夸诞之习，杜集中鲜矣。《赠章梓州》：“指挥能事回天地，训练强兵动鬼神。”不惟过实语，意盖无主将矣。其赠严武无是语也，武见之宁不含怒？……士之涉世，白圭之诗，恶可不三复也。

34.《奉寄别马巴州》：“勋业终归马伏波，功曹非复汉萧何。扁舟系缆沙边久，南国浮云水上多。独把鱼竿终远去，难随鸟翼一相过。知君未爱春湖色，兴在骊驹白玉珂。”

《寄别马巴州》，巴州者其故人耶？久系缆而不一来，薄矣，故有“浮云”之句。不爱春湖之色，而意在奔驰名利之途，其人可知。若《酬郭判官》，则曰“系帆何惜片时程”，同声之言矣。注未得旨。

35.《将赴成都草堂途中有作先寄严郑公五首》其一：“得归茅屋赴成都，直为文翁再剖符。但使闾阎还揖让，敢论松竹久荒芜。鱼知丙穴由来美，酒忆郫筒不用酤。五马旧曾谙小径，几回书札待潜夫。”

---

① 杜集中有两首《玉台观》，另一首为五律。同题而作两首，一五律一七律，杜集中非一例。既可锻炼诗才，又能展现诗艺，当是作者有意为之。

“五马旧曾谙小径”，暗用“老马识途”语。

36.《将赴成都草堂途中有作先寄严郑公五首》其三：“竹寒沙碧浣花溪，菱刺藤梢咫尺迷。过客径须愁出入，居人不自解东西。书签药裹封蛛网，野店山桥送马蹄。岂借荒庭春草色，先判一饮醉如泥。”

“野店山桥”，写景耳，非谓经草堂而不相过也。

37.《将赴成都草堂途中有作先寄严郑公五首》其四：“常苦沙崩损药栏，也从江槛落风湍。新松恨不高千尺，恶竹应须斩万竿。生理只凭黄阁老，衰颜欲付紫金丹。三年奔走空皮骨，信有人间行路难。”

“新松恨不高千尺，恶竹应须斩万竿”，此有所指，盖兴比之明切可见者也。兴比体，作者未尝废之，而牵合妄评，乃可厌耳。

38.《登楼》：“花近高楼伤客心，万方多难此登临。锦江春色来天地，玉垒浮云变古今。北极朝廷终不改，西山寇盗莫相侵。可怜后主还祠庙，日暮聊为梁甫吟。”

杜“北极朝廷终不改”，语有体，结句“可怜后主还祠庙，日暮聊为梁甫吟”，其所感深矣。唐之不为后主，幸耳。

39.《院中晚晴怀西郭茅舍》：“幕府秋风日夜清，澹云疏雨过高城。叶心朱实看时落，阶面青苔先自生。复有楼台衔暮景，不劳钟鼓报新晴。浣花溪里花饶笑，肯信吾兼吏隐名。”

“不劳钟鼓报新晴”，闻钟鼓之声，知风所从起，则当晴也。今夕照之景映楼台，晴色可嘉，不俟钟鼓声相报也。钟鼓声阴晴稍别。

40.《十二月一日三首》

其一：“今朝腊月春意动，云安县前江可怜。一声何处送书雁，百丈谁家上水船。未将梅蕊惊愁眼，要取楸花媚远天。明光起草人所羡，肺病几时朝日边。”

其二：“寒轻市上山烟碧，日满楼前江雾黄。负盐出井此溪女，打鼓发船何郡郎。新亭举目风景切，茂陵著书消渴长。春花不愁不烂漫，楚客唯听棹相将。”

其三：“即看燕子入山扉，岂有黄鹂历翠微。短短桃花临水岸，轻轻柳絮点人衣。春来准拟开怀久，老去亲知见面稀。他日一杯难强进，重嗟筋力故山违。”

杜《十二月一日》诗。以寒轻日暖、春意早动，而预拟春景，故有“即看”“岂有”“短短”“轻轻”之句。乃谓黄鹂出谷而不在山，鸟有不在山者乎？

又，杜《十一月一日》第三首，言春意动矣。短短桃花，轻轻柳絮，不愁不烂熳矣。即看燕子来矣，翠微中岂已有黄鹂耶？见卯而求时夜，非太早计也？

又，“短短桃花临水岸”，此岂人所不能道哉？观其首尾转折，曲尽情事，而“短短”“轻轻”之句雅称矣，乃五十六字古文也，在唐惟杜有之。

41.《白帝城最高楼》：“城尖径昃旌旆愁，独立缥缈之飞楼。峡坼云霾龙虎卧，江清日抱鼋鼍游。扶桑西枝对断石，弱水东影随长流。杖藜叹世者谁子，泣血迸空回白头。”

“扶桑西枝对断石”，“断石”注云未详，此非必有出处，以对“长流”知之也。扶桑所生处，自应有断石耳。断石若可注，则长流非工矣。

又，“弱水东影随长流”，或疑“影”字，夫弱水何在？飞楼之上，如见其影耳。杜之用字，安有不稳者？

42.《峡中览物》[①]：“曾为掾吏趋三辅，忆在潼关诗兴多。巫峡忽如瞻华岳，蜀江犹似见黄河。舟中得病移衾枕，洞口经春长薜萝。形胜有余风土恶，几时回首一高歌。”

① 又作《览物》。

舟中得病，故移衾枕于洞中。“经春长薜萝”，言久也。解者谬。

又，“舟中得病移衾枕，洞口经春长薜萝”，叙事之工，言病于舟而移于山，遂“经春”也。解“不贴席”，谬。

43.《返照》：“楚王宫北正黄昏，白帝城西过雨痕。返照入江翻石壁，归云拥树失山村。衰年肺病唯高枕，绝塞愁时早闭门。不可久留豺虎乱，南方实有未招魂。”

“返照入江翻石壁”，石壁倒映江中，如翻耳。“紫阁峰阴入渼陂”[1]，“入”字同。

44.《白帝》：“白帝城中云出门，白帝城下雨翻盆。高江急峡雷霆斗，古木苍藤日月昏。戎马不如归马逸，千家今有百家存。哀哀寡妇诛求尽，恸哭秋原何处村？”

“高江急峡雷霆斗”，江高犹云海立。

又，“白帝城中云出门”，城在山巅，其门入云，故云也。或作“云若屯”，非。

45.《诸将五首》其二：“韩公本意筑三城，拟绝天骄拔汉旌。岂谓尽烦回纥马，翻然远救朔方兵。胡来不觉潼关隘，龙起犹闻晋水清。独使至尊忧社稷，诸君何以答升平。”

“龙起犹闻晋水清”，谓唐起于太原耳，王气如昔未改也。“北极朝廷终不改”[2]“煌煌太宗业”[3]，意同。

46.《诸将五首》其五：“锦江春色逐人来，巫峡清秋万壑哀。正忆往时严仆射，共迎中使望乡台。主恩前后三持节，军令分明数举杯。西蜀地

① 杜甫《秋兴八首》其八。
② 杜甫《登楼》。
③ 杜甫《北征》。

形天下险，安危须仗出群材。”

“锦江春色”“巫峡清秋”，此秋在峡作而忆春时事也。仆射共迎中使，其在春乎？今忘矣，故云“万蹙哀”。

47.《夜》[①]：“露下天高秋水清，空山独夜旅魂惊。疏灯自照孤帆宿，新月犹悬双杵鸣。南菊再逢人卧病，北书不至雁无情。步蟾倚杖看牛斗，银汉遥应接凤城。”

“疏灯自照孤帆宿”，所见也；“新月犹悬双杵鸣”，闻砧也。二句四字当读，乃见句法之工。

48.《秋兴八首》其六：“瞿唐峡口曲江头，万里风烟接素秋。花萼夹城通御气，芙蓉小苑入边愁。朱帘绣柱围黄鹤，锦缆牙樯起白鸥。回首可怜歌舞地，秦中自古帝王州。”

“珠帘绣柱”二句，指“歌舞地”也，此结构常体。“花萼楼”为友于也，故云“通御气”，同气谓兄弟也。

49.《秋兴八首》其八：“昆吾御宿自逶迤，紫阁峰阴入渼陂。香稻啄余鹦鹉粒，碧梧栖老凤凰枝。佳人拾翠春相问，仙侣同舟晚更移。彩笔昔曾干气象，白头吟望苦低垂。”

客有言：《秋兴八首》，独“佳人拾翠”之句未觉秋意，何也？余曰：诗意自明，第未细玩耳。盖渼陂之游数矣，春相问而岁晚更移舟，晚言秋也。

又，“佳人拾翠”，用《洛神赋》中语，乃可与“仙侣同舟”作对，不则偏枯矣。

50.《吹笛》：“吹笛秋山风月清，谁家巧作断肠声。风飘律吕相和切，月傍关山几处明。胡骑中宵堪北走，武陵一曲想南征。故园杨柳今摇落，

① 又作《秋夜客舍》。

何得愁中曲尽生。”

《吹笛》诗“故园杨柳今摇落，何得愁中却尽生”，与李诗“江城五月落梅花”[①]意同。注非。

51.《咏怀古迹五首》其一：“支离东北风尘际，漂泊西南天地间。三峡楼台淹日月，五溪衣服共云山。羯胡事主终无赖，词客哀时且未还。庾信平生最萧瑟，暮年诗赋动江关。”

“词客哀时且未还”。“还”，庾信也，而寓自谓之意耳。庾《哀江南赋》：“壮士不还，寒风萧瑟。”

52.《咏怀古迹五首》其二：“摇落深知宋玉悲，风流儒雅亦吾师。怅望千秋一洒泪，萧条异代不同时。江山故宅空文藻，云雨荒台岂梦思。最是楚宫俱泯灭，舟人指点到今疑。”

宋玉、扬雄，杜所希也，“亦吾师”。与无心解嘲，宁有不满意耶！今之君子，开口即轻前贤，谓杜亦尔尔。

53.《咏怀古迹五首》其三：“群山万壑赴荆门，生长明妃尚有村。一去紫台连朔漠，独留青冢向黄昏。画图省识春风面，环珮空归夜月魂。千载琵琶作胡语，分明怨恨曲中论。”

“画图省识春风面”，言今于图中识之，恨当时不得见也，暗用毛延寿事。注非。

又，《恨赋》：“紫台稍远，关山无极。”“紫台”犹紫殿，谓宫中耳。注谓“紫塞”，非古辞“上过蓬莱紫云台”[②]。杜“一去紫台连朔漠”，解者尤以为“紫塞”矣。将谓塞外朔漠乃可连耶？“紫云台”“青草冢”对乃工，若泛言紫塞，以紫对青而已，杜岂有此句！

又，“独留青冢向黄昏”，未觉工，至五六句大工，而前句亦工矣。诗

① 李白《与史郎中钦听黄鹤楼上吹笛》。

② 见汉代乐府《王子乔》。又，“上”字乃原文中上一句句末字。

之贵映带也。

54.《咏怀古迹五首》其五："诸葛大名垂宇宙，宗臣遗像肃清高。三分割据纡筹策，万古云霄一羽毛。伯仲之间见伊吕，指挥若定失萧曹。运移汉祚终难复，志决身歼军务劳。"

"伯仲之间见伊吕，指挥若定失萧曹"，此孔明定论也，杜子知言哉。至其云"出师未捷身先死，长使英雄泪满襟"①，则犹未达也。夫君子之于天下，为其所得为者而已矣，利钝生死固度外事也。余尝有一诗解之云："五丈原头日月光，英雄何事泪沾裳。即看二表垂千古，已见三分定一匡。"

55.《见王监兵马使说近山有白黑二鹰罗者久取竟未能得王以为毛骨有异他鹰恐腊后春生骞飞避暖劲翮思秋之甚眇不可见请余赋诗二首》其一："雪飞玉立尽清秋，不惜奇毛恣远游。在野只教心力破，千人何事网罗求。一生自猎知无敌，百中争能耻下鞲。鹏碍九天须却避，兔经三窟莫深忧。"

"鹏碍九天""兔经三窟"②语，千载有生气，盖不问狐狸之意也。注谓词有抑扬，则索然矣。非惟不知诗，亦诬此鹰哉！

又，"于人何事网罗求"，言何预于人也。若作"千人"，则一生百中犯矣，对"在野"亦不工。"于人"不雅。

56.《小至》："天时人事日相催，冬至阳生春又来。刺绣五纹添弱线，吹葭六琯动浮灰。岸容待腊将舒柳，山意冲寒欲放梅。云物不殊乡国异，教儿且覆掌中杯。"

"教儿且覆掌中杯"，一杯难强进，故且覆之，用晋元帝事。注谓饮酒之俗，尽欢之意，非。

---

① 杜甫《蜀相》。

② 或作"兔藏三穴""兔藏三窟"，自宋以来便有差异。

57.《愁》："江草日日唤愁生，巫峡泠泠非世情。盘涡鹭浴底心性，独树花发自分明。十年戎马暗万国，异域宾客老孤城。渭水秦山得见否，人经罢病虎纵横。"

"江草日日唤愁生"，后四句所谓"愁"也。

又，"渭水秦山得见否"，"肠断秦川流浊泾"①，一单言渭，一单言泾，自可互见耳，非以浊泾喻浊乱也。

58.《崔评事弟许相迎不到应虑老夫见泥雨怯出必愆佳期走笔戏简》："江阁要宾许马迎，午时起坐自天明。浮云不负青春色，细雨何孤白帝城。身过花间沾湿好，醉于马上往来轻。虚疑皓首冲泥怯，实少银鞍傍险行。"

"午时起坐自天明"，《魏其传》中语也。虽无意用故实，然自是破万卷来。

59.《遣闷戏呈路十九曹长》："江浦雷声喧昨夜，春城雨色动微寒。黄鹂并坐交愁湿，白鹭群飞太剧干。晚节渐于诗律细，谁家数去酒杯宽。惟吾最爱清狂客，百遍相看意未阑。"

"晚节渐于诗律细"，莺"交愁"，鹭"太剧"，其咏物可谓细矣，本非大家正音，故云"戏""遣闷"。莺枝栖也，故湿而交愁；鹭水鸟也，故干而太剧。注未达，又谓自叹诗法之愈工，夫杜子岂若今之夸毗者哉！

又，"晚节渐于诗律细"，非自矜精密指工，联"交愁""太剧"等句，颇近纤体耳，盖亦"老去诗篇浑漫兴"②之意。"细论文"③细字，乃谓详细也。

又，杜《遣闷戏呈路十九曹长》诗，注"时为拾遗"，玩诗意似蜀中作耳。《谱》之不伦者非一，由未逆作者之旨也。

---

① 杜甫《即事》。

② 杜甫《江上值水如海势聊短述》。

③ 杜甫《春日忆李白》。

60.《昼梦》："二月饶睡昏昏然，不独夜短昼分眠。桃花气暖眼自醉，春渚日落梦相牵。故乡门巷荆棘底，中原君臣豺虎边。安得务农息战斗，普天无吏横索钱。"

二月夜，未短也。饶睡，故见其短，而昼犹分眠耳。

61.《暮春》："卧病拥塞在峡中，潇湘洞庭虚映空。楚天不断四时雨，巫峡常吹千里风。沙上草阁柳新暗，城边野池莲欲红。暮春鸳鹭立洲渚，挟子翻飞还一丛。"

"楚天不断四时雨，巫峡长吹万里风"，篇中得此句，如俊鸟六翮，具背上之毛、腹下之毳，皆可入云霄矣。"还一丛"未为不佳，何云可以不作也！

又，"沙上草阁柳新暗，城边野池莲欲红"，言新见柳之绿而莲遂欲红，意含感慨，故为佳句。若曰柳暗莲红而已，亦奚足述？

62.《赤甲》："卜居赤甲迁居新，两见巫山楚水春。炙背可以献天子，美芹由来知野人。荆州郑薛寄书近，蜀客郗岑非我邻。笑接郎中评事饮，病从深酌道吾真。"

《赤甲》诗，前后若不相属。前四句安于所适，无不自得也；后四句乐其有朋，聊以道吾真也，所谓不烦绳削而合者也。

又，"炙背""美芹"，苟安之意耳，与"强移栖息一枝安"[1]同。爱君怀友、厚于天伦等解，殊无谓。

又，《赤甲》"荆门郑薛寄书近"，非近也，其情近也。"蜀郡郄岑非我邻"，地近矣，书不来，非邻耶？语有怨意。郄未考，岑则近薄矣。杜之漂零，不能无望于故人，后世之干谒无厌者，胡可借口哉！

63.《江雨有怀郑典设》："春雨暗暗塞峡中，早晚来自楚王宫。乱波

① 杜甫《宿府》。

分披已打岸，弱云狼藉不禁风。宠光蕙叶与多碧，点注桃花舒小红。谷口子真正忆汝，岸高瀼滑限西东。”

“早晚来自楚王宫”，用宋玉赋“为云”“为雨”意。

64.《滟滪》：“滟滪既没孤根深，西来水多愁太阴。江天漠漠鸟双去，风雨时时龙一吟。舟人渔子歌回首，估客胡商泪满襟。寄语舟航恶年少，休翻盐井横黄金。”

舟人渔子习水者也，故“歌回首”；估客乃胡商也，故“泪满襟”，即“越女红裙湿，燕姬翠黛愁”①，语意相类如此。冒险得利而横，何足道哉？故寄语恶少，诮之戒之耳。注谓估客丧亡而恶少幸济，误。作者岂欲后人不可解，或有亥豕之误者，不必强解也。又水月镜花，解与不解之间，难下转语者，正化境耳。

65.《送李八秘书赴杜相公幕》：“青帘白舫益州来，巫峡秋涛天地回。石出倒听枫叶下，橹摇背指菊花开。贪趋相府今晨发，恐失佳期后命催。南极一星朝北斗，五云多处是三台。”

“石出倒听枫叶下”，石出不见树，但听叶落耳。树在石上，舟过其下，故云“倒听”。注乃云石在上而树生于下，谬。

66.《简吴郎司法》：“有客乘舸自忠州，遣骑安置瀼西头。古堂本买藉疏豁，借汝迁居停宴游。云石荧荧高叶曙，风江飒飒乱帆秋。却为姻娅过逢地，许坐曾轩数散愁。”

“许坐曾轩数散愁”，借客迁居，迭为宾主也。本无深义，而云不许直入，岂三思而惑者耶？

67.《又呈吴郎》：“堂前扑枣任西邻，无食无儿一妇人。不为困穷宁有此？只缘恐惧转须亲。即防远客虽多事，使插疏篱却甚真。已诉征求贫

---

① 杜甫《陪诸贵公子丈八沟携妓纳凉，晚际遇雨二首》其二。

到骨，正思戎马泪盈巾。”

《简吴郎》二首以诗代简，大家集中自不厌。以为愧笺解，误，后人未深于杜者也。

68.《覃山人隐居》：“南极老人自有星，北山移文谁勒铭。征君已去独松菊，哀壑无光留户庭。予见乱离不得已，子知出处必须经。高车驷马带倾覆，怅望秋天虚翠屏。”

“出处必须经”，言有道不苟也，君子反经之经也。注非。

又，“予见乱离不得已”，言值乱不得归隐，聊羁绊一官，实藏身耳。子守出处之“经”，不苟出，是也。注以“已去”为仕，以“经”为经过，谬。

又，“高车驷马带倾覆”，常语，何必居在大路傍，泥矣[1]。

69.《柏学士茅屋》：“碧山学士焚银鱼，白马却走深岩居。古人已用三冬足，年少今开万卷余。晴云满户团倾盖，秋水浮阶溜决渠。富贵必从勤苦得，男儿须读五车书。”

“晴云满户团倾盖”，门多长者车也[2]。注以倾盖比云，非。

70.《舍弟观赴蓝田取妻子到江陵喜寄三首》其一：“汝迎妻子达荆州，消息真传解我忧。鸿雁影来连峡内，鹡鸰飞急到沙头。峣关险路今虚远，禹凿寒江正稳流。朱绂即当随彩鹢，青春不假报黄牛。”

“朱绂即当随彩鹢”，易困于朱绂，子美强栖幕府非其志也，即随彩鹢而下，岂为所困哉！不得其意，则“朱绂”字非工。“禹凿”与“峣关”

① 后文有与此条语义基本相类者，正文不录，故存之于注释之中，以见作者老境著述而无校对之状况也。其文曰：“杜《题覃山人隐居》‘高车驷马带倾覆’，招隐之辞也，乃谓此隐居必在大路傍，泥矣。”

② 方氏之解，与全诗之意大不相符，一反前人之论。大约宋人诸本涉及此句注释者，往往都认为是写夏日屋内外眺所见山中浮云之形状，与下一句写秋水大盛之状相对应。明中期以来，自杨慎开始，“非宋”成为一种习气，杜诗批评领域为了一反宋人之说，故意别出心裁，往往成生硬凑迫之论。

对，不得其意，则二字亦不足惊人耳。

又，杜“峣关”“禹凿”，“枸杞”“鸡楼”，借对。借对非谓工，亦备一体。

71.《夜归》：“夜来归来冲虎过，山黑家中已眠卧。傍见北斗向江低，仰看明星当空大。庭前把烛嗔两炬，峡口惊猿闻一个。白头老罢舞复歌，杖藜不睡谁能那。”

杜《夜归》诗“庭中把烛嗔两炬”，以旅人之贫，偶得故人分俸，秉烛已幸，安用两炬乎？殊可嗔也。先夫人治家，未尝许灯有二草，余至老不敢违也。

72.《人日二首》其二：“此日此时人共得，一谈一笑俗相看。尊前柏叶休随酒，胜里金花巧耐寒。佩剑冲星聊暂拔，匣琴流水自须弹。早春重引江湖兴，直道无忧行路难。”

人日也，故曰“此日此时人共得”，非徒泛言节日也。

又，“尊前柏叶休随酒”，酒自可饮耳，不必柏叶也，翻旧语佳。注“无复椒柏之馈”[①]，非诗旨。

又，“胜里金花巧耐寒”，言早春寒未花而胜里之花耐寒耳，非以辟寒也。

又，“胜里金花巧耐寒”，人日非花时，花尚寒也，而胜里之花乃耐寒耳。注以花胜解寒，谬。

又，“胜里金花巧耐寒”，翦彩为花何寒不耐？注“花胜辟寒，家人自试其巧”，非。

又，剑“暂拔”或可“冲星”，琴未弹何可遂谓无知音也。直道未必不行，其无忧哉，善自宽矣。

又，“匣琴流水自须弹”，勿遂必无知音也，故无忧行路难，自宽之辞。

---

① 古代江汉地区正月一日有进椒柏酒之习，见宗懔《荆楚岁时记》。

73.《多病执热奉怀李尚书》："衰年正苦病侵凌，首夏何须气郁蒸。大水淼茫炎海接，奇峰硉兀火云升。思沾道暍黄梅雨，敢望宫恩玉井冰。不是尚书期不顾，山阴野雪兴难乘。"

"思沾道暍黄梅雨，敢望宫恩玉井冰"，沾雨望冰，自执热想耳，初无先人后己仁民之心，解者陋矣。

又，"山阴雪夜兴难乘""安得赤脚踏层冰"①，语意同，炎天作冰雪想耳。注非。

74.《江陵节度阳城郡王新楼成王请严侍御判官赋七字句同作》："楼上炎天冰雪生，高尽燕雀贺新成。碧窗宿雾濛濛湿，朱栱浮云细细轻。杖钺褰帷瞻具美，投壶散帙有余清。自公多暇延参佐，江汉风流万古情。"

杖钺专征，褰帷出牧，故云"具美"。"自公多暇延参佐"，暗比庾亮事，故云"万古情"。

又，"江汉风流万古情""况复荆州赏更新"②，皆用庾亮③镇武昌事，注不引。

75.《留别公安太易沙门》："隐居欲就庐山远，丽藻初逢休上人。数问舟航留制作，长开箧笥拟心神。沙村白雪仍含冻，江县红梅已放春。先蹋炉峰置兰若，徐飞锡杖出风尘。"

庐山之远，盖有成语，故太白亦用之，谓慧远也。若如注，远就庐山，则下句"休上人"孤矣，而休又与庐山不相蒙也。又，诗意似大易④欲往庐山耳。注谓杜先往香炉峰作寺，以伺大易飞锡而来，杜恐不能任此。檀越飞锡踏峰，自沙门事耳。

---

① 杜甫《早秋苦热堆案相仍》。

② 杜甫《将赴成都草堂途中有作先寄严郑公五首》其二。

③ 原文作"度亮"，误。

④ 太易、大易，杜集不同版本中皆有之，然不知何者为是。唐诗僧有齐己者，亦往往有错乱为齐巳、齐已的情况，皆字形太近似，易混淆错写之故也。

76.《晓发公安》："北城击柝复欲罢，东方明星亦不迟。邻鸡野哭如昨日，物色生态能几时，舟楫眇然自此去，江湖远适无前期。出门转眄已陈迹，药饵扶吾随所之。"

"邻鸡野哭"，"物色生态"，句正匀称。而谓之偷春，就句浅之乎？论诗哉，必欲鸡对鸭、物对人，乃可谓对偶乎？"已知出郭少尘事，更有澄江销客愁"①，佳对也。乃曰对属，不拘拘矣？

又，杜"出门转盼已陈迹"，前"复欲罢""亦不迟"，如"昨日""能几时"之句，已自注矣。无心有情，入耳之异，解无味。

77.《长沙送李十一》："与子避地西康州，洞庭相逢十二秋。远愧尚方曾赐履，竟非吾土倦登楼。久存胶漆应难并，一辱泥涂遂晚收。李杜齐名真忝窃，朔云寒菊倍离忧。"

"李杜齐名真忝窃"，句则雅矣。"诗名惟我共"②，则近日夸诞之语乃其波也。且当时有诗名者非无人，句觉未稳。

又，"远愧尚方曾赐履"，"远愧"犹远害，晋宋间多有此语。注谓履非亲赐故云远，以在外也，非。

78.《秋风二首》其二③："秋风淅淅吹我衣，东流之外西日微。天清小城捣练急，石古细路行人稀。不知明月为谁好，早晚孤帆他夜归。会将白发倚庭树，故园池台今是非。"

"秋风淅淅吹我衣"，律也，而类入古体，盖误律为古者，非止一首。

又，"秋风淅淅吹我衣"，律也。虞注无之，不以为律耶？

79.《光禄坂行》④："山行落日下绝壁，西望千山万山赤。树枝有鸟

① 杜甫《卜居》。
② 杜甫《寄高适》。
③ 此诗其一为五言律诗。
④ 清代浦起龙《读杜私言》卷二"七言古诗"收入，此诗未被视为律诗。尊从方氏之意，此条收入七言律诗卷。

乱鸣时，暝色无人独归客。马惊不忧深谷坠，草动只怕长弓射。安得更似开元中，道路即今多拥隔。”

“山行落日下绝壁”，亥律[①]也。“北风吹南极”[②]，律也，杜集中此体少类太白。

① “亥律”一词与岁历有关，但考方氏此条文字之上下文义，谈论的当是诗律问题，故而此处之“亥律”便不能明确其含义。或是刻印错讹所致。

② 杜甫《北风》，通行本作“北风破南极”。

卷四　绝句与排律

绝　句

1.《八阵图》:“功盖三分国，名成八阵图。江流石不转，遗恨失吞吴。”

“遗恨失吞吴”，“汉贼不两立，王业不偏安”[1]。魏若定，吴自服，此诸葛复汉之规模也。当时蜀、吴通好不绝，何尝以吞吴为失哉！长公之梦误耳。

2.《复愁十二首》其九:“任转江淮粟，休添苑囿兵。由来貔虎士，不满凤凰城。”

此笃论也[2]。子美许身稷、契，非漫语哉！子囊城郢，君子议之，以为必亡郢，添兵京城，可谓无策。

3.《绝句漫兴九首》其七:“糁径杨花铺白毡，点溪荷叶叠青钱。笋根稚子无人见，沙上凫雏傍母眠。”

“笋根稚子无人见”，解者不一，“稚”作“雉”是也。《西京杂记》:“其间凫雏雉子，布满充实。”下句“沙上凫雏傍母眠”，正用其语。

---

① 诸葛亮《后出师表》。

② 方氏原文评论前引有杜诗全文，为和前所列杜诗正文避免重复，省略不录。

4.《江畔独步寻花》其六："黄四娘家花满蹊，千朵万朵压枝低。留连戏蝶时时舞，自在娇莺恰恰啼。"

佳人锦瑟，舞衣歌扇，自是词人常语，而黄四娘得著其名亦偶然也，谀子美者谓借四娘耳。何必尔不爱花即欲死，亦过情且近俚。"愿携王赵两红颜"[①]，不独黄四，谀者又作何解？

5.《戏为六绝句》其二："王杨卢骆当时体，轻薄为文哂未休。尔曹身与名俱灭，不废江河万古流。"

"王杨卢骆当时体"，盖极其推重，乃谓欲人以四杰为戒而默寓其祖，得作文之正体，殊昧诗旨。

又，杜"轻薄哂未休"，反为后辈亵；垂之俟来者，"得失寸心知"[②]。韩"蚍蜉撼大树"[③]，"小好则小惭"。二公皆由衷语也，好古与自信，风乎百世君子哉。

6.《答杨梓州》："闷到房公池水头，坐逢杨子镇东州。却向青溪不相见，回船应载阿戎游。"

《答梓州》绝句，谓不可解则宜不可解。诗中指当时事，非故事也，纵博极万卷，何以解之？此非不可解，不必解也，然自可意会，句自佳耳。

7.《夔州歌十绝句》："赤甲白盐俱刺天，闾阎缭绕接山巅。枫林橘树丹青合，复道重楼锦绣悬。"

杜"闾阎缭绕接山巅"，入蜀乃知其句之工。

① 杜甫《春日戏题恼郝使君兄》。
② 杜甫《偶题》。
③ 韩愈《调张籍》。

8.《解闷十二首》其四：“沈范早知何水部，曹刘不待薛郎中。独当省署开文苑，兼泛沧浪学钓翁。”

“曹刘不待薛郎中”，惜不同时也，何不能晓。

9.《解闷十二首》其八：“不见高人王右丞，蓝田丘壑漫寒藤。最传秀句寰区满，未绝风流相国能。”

杜“未绝风流相国能”，言其弟缙能媲美耳。评以“未绝”为“未害”，非。

又，“未绝风流相国能”，“能”字妥帖，本谢法曹语区惠恭“君诚能”①。杜又有“辞华哲匠能”②“鸣弓射兽能”③。

10.《解闷十二首》其九：“先帝贵妃今寂寞，荔枝还复入长安。炎方每续朱樱献，玉座应悲白露团。”

“炎方每续朱樱献”，未晦也，评者疑之，盖未深于杜耳。鲁直偏嗜此等，亦过。今人务凌前薪，又过。大都宇宙中自应有此格。

11.《解闷十二首》其十二：“侧生野岸及江蒲，不熟丹宫满玉壶。云壑布衣骀背死，劳生重马翠眉须。”

古之名笔往往以方言入句，未尝不佳。如杜“侧生野岸及江蒲”，以亩为蒲，此岂必五车中所载耶？方言可用，而六经语乃以为忌耶？六代菁华，唐人所未引者，非未引也，第未传也。乃遂不敢用，何哉？唐以后事，相戒勿引，引则以为不古。然则魏、晋事齐、梁不可用，南北事唐人

① 钟嵘《诗品》卷下：“惠恭本胡人，为颜师伯干。颜为诗笔，辄偷定之。……及大将军修北第，差充作长。时谢惠连兼记室参军，惠恭时往共安陵嘲调。末作《双枕诗》以示谢。谢曰：‘君诚能。恐人未重，且可以为谢法曹造。’遗大将军，见之赏叹，以锦二端赐谢，谢辞曰：‘此诗公作长所制，请以锦赐之。’”

② 杜甫《赠特进汝阳王二十韵》。

③ 杜甫《故武卫将军挽歌三首》其二。

不得用矣。李太白无用十年匡山，子美亦何所足三冬[①]。自入井中，恶能多见也。李空同不读六代以还之书，盖矫枉宜然耳。苟能洞达今古，信手拈来，何必瞿瞿于折柳耶？伯夷若凂，仲尼不缁，牡牝骊黄之外，宜有达观者耳。

排　律

1.《临邑舍弟书至苦雨黄河泛溢堤防之患簿领所忧因寄此诗用宽其意》："二仪积风雨，百谷漏波涛。闻道洪河坼，遥连沧海高。职思忧悄悄，郡国诉嗷嗷。舍弟卑栖邑，防川领簿曹。尺书前日至，版筑不时操。难假鼋鼍力，空瞻乌鹊毛。燕南吹畎亩，济上没蓬蒿。螺蚌满近郭，蛟螭乘九皋。徐关深水府，碣石小秋毫。白屋留孤树，青天矢万艘。吾衰同泛梗，利涉想蟠桃。倚赖天涯钓，犹能掣巨鳌。"

"百谷漏波涛"，蜀地多雨，故称"漏天"，此"漏"字所从来。

2.《与李十二白同寻范十隐居》："李侯有佳句，往往似阴铿。余亦东蒙客，怜君如弟兄。醉眠秋共被，携手日同行。更想幽期处，还寻北郭生。入门高兴发，侍立小童清。落景闻寒杵，屯云对古城。向来吟橘颂，谁欲讨莼羹。不愿论簪笏，悠悠沧海情。"

"向来吟橘颂，谁欲讨莼羹"，评谓"谁"恐作"惟"，"惟"字觉未工，意欲作"殊"字。"惟"以其形之近，"殊"以其音之同也。俟与达者评之，"讨莼羹"如云问酿法。

3.《赠特进汝阳王二十韵》："特进群公表，天人夙德升。霜蹄千里骏，风翮九霄鹏。服礼求毫发，惟忠忘寝兴。圣情常有眷，朝退若无凭。仙醴来浮蚁，奇毛或赐鹰。清关尘不杂，中使日相乘。晚节嬉游简，平居

① 班固《后汉书·东方朔传》："朔初来，上书曰：'臣朔少失父母，长养兄嫂。年十三学书，三冬，文史足用。"

孝义称。自多亲棣萼，谁敢问山陵。学业醇儒富，辞华哲匠能。笔飞鸾耸立，章罢凤骞腾。精理通谈笑，忘形向友朋。寸长堪缱绻，一诺岂骄矜。已忝归曹植，何知对李膺。招要恩屡至，崇重力难胜。披雾初欢夕，高秋爽气澄。尊罍临极浦，凫雁宿张灯。花月穷游宴，炎天避郁蒸。研寒金井水，檐动玉壶冰。瓢饮唯三径，岩栖在百层。且持蠡测海，况挹酒如渑。鸿宝宁全秘，丹梯庶可凌。淮王门有客，终不愧孙登。”

“终不愧孙登”，岂徒押韵？苏门之啸[①]正可与“丹梯”“岩栖”等句，一片不烦绳削者，评失。若陈、黄祖述之过，则有之矣。

又，“仙醴来浮蚁”，“来”字用孟子语“原原而来”。“瓢饮惟三径，岩栖在百层”，用《论语》“一瓢饮，在陋巷”。今人见经语辄云头巾，而效之者乃不免头巾，知《三体》[②]不知“六经”，是以远于作者之藩也。杜句中从六经来者甚多，聊举一隅。

又，“奇毛或赐鹰”，“或”字用《周易》语“或益之”，言益之多也。

又，“淮王门有客，终不愧孙登”。“登”字韵，谓杜徒取押，杜必不尔，当时或有所指也，然承“淮王”，竟不类。若李颀“远公遁迹”[③]之句而云玄度相寻，则误耳，事虽误而语自工也。作者兴至挥毫，未检册子，此亦常事。而注者遂云玄度与远公为物外友，注诗不检册子，则不可。

又，“瓢饮惟三径，岩栖在百层”。注“瓢饮”不注“岩栖”，宁识作者苦？“在”字从“在陋巷”来，“惟”字从“一”字来。今人第蠹唐诗而六经字不敢用，笔下无神耳。

4.《奉寄河南韦尹丈人》：“有客传河尹，逢人问孔融。青囊仍隐逸，

---

①《世说新语·栖逸》：“阮步兵啸闻数百步。苏门山中，忽有真人，樵伐者咸共传说。阮籍往观，见其人拥膝岩侧，籍登岭就之，箕踞相对。籍商略终古，上陈黄、农玄寂之道，下考三代盛德之美，以问之，仡然不应。复叙有为之教、栖神导气之术以观之，彼犹如前，凝瞩不转。籍因对之长啸。良久，乃笑曰：‘可更作。’籍复啸。意尽，退还半岭许，闻上啾然有声，如数部鼓吹，林谷传响，顾看，乃向人啸也。”据《魏氏春秋》等书，阮籍所拜访的苏门山真人就是孙登。

② 指宋人周弼所编《三体唐诗》一书。此书专选唐人五律、七律、七绝三类诗歌作品，宋末以来比较流行。

③ 李颀《题璿公山池》。

章甫尚西东。鼎食分门户，词场继国风。尊荣瞻地绝，疏放忆途穷。浊酒寻陶令，丹砂访葛洪。江湖漂短褐，霜雪满飞蓬。牢落乾坤大，周流道术空。谬惭知蓟子，真怯笑扬雄。盘错神明惧，讴歌德义丰。尸乡余土室，难说祝鸡翁。”

杜诗称“河南尹”为“河尹”，评者疑之，过矣。盖“南”字可虚也，犹“淮南王”称“淮王”耳。东方去东乃不可，恐昧者云吾家曼倩矣。

5.《赠韦左丞丈济》：“左辖频虚位，今年得旧儒。相门韦氏在，经术汉臣须。时议归前烈，天伦恨莫俱。鸰原荒宿草，凤沼接亨衢。有客虽安命，衰容岂壮夫。家人忧几杖，甲子混泥途。不谓矜余力，还来谒大巫。岁寒仍顾遇，日暮且踟蹰。老骥思千里，饥鹰待一呼。君能微感激，亦足慰榛芜。”

“有客虽安命，衰容岂壮夫。”言虽知安命无求，如己衰何？故接以“家人忧几杖，甲子混泥途”也。注谓以穷达而肥瘦，非壮夫也，失诗意。

6.《冬日洛城北谒玄元皇帝庙》：“配极玄都閟，凭虚禁御长。守祧严具礼，掌节镇非常。碧瓦初寒外，金茎一气旁。山河扶绣户，日月近雕梁。仙李盘根大，猗兰奕叶光。世家遗旧史，道德付今王。画手看前辈，吴生远擅场。森罗移地轴，妙绝动宫墙。五圣联龙衮，千官列雁行。冕旒俱秀发，旌旆尽飞扬。翠柏深留景，红梨迥得霜。风筝吹玉柱，露井冻银床。身退卑周室，经传拱汉皇。谷神如不死，养拙更何乡。”

“画手看前辈，吴生远擅场”，言前辈画手夙推道子，初无深意。山谷浚求之矣，其谓古人于能事不独求夸时辈，便要于前辈中擅场耳。此乃名言。

又，杜《谒玄元皇帝庙》诗“世家遗旧史”，意谓《史记》不称世家。然老子终于柱史，自宜列传，孔子汉有封矣，故云世家。世家与传，非有轻重也。晋、楚之爵，曾子固所不歉，彼非世家欤？〇孔子汉武时未封爵，意后人定为世家耳，非司马文也。[1]

7.《赠翰林张四学士》："翰林逼华盖，鲸力破沧溟。天上张公子，宫中汉客星。赋诗拾翠殿，佐酒望云亭。紫诰仍兼绾，黄麻似六经。内分金带赤，恩与荔枝青。无复随高凤，空余泣聚萤。此生任春草，垂老独漂萍。倘忆山阳会，悲歌在一听。"

"翰林逼华盖，鲸力破沧溟"，暗用鹍鹏扶摇九万事，继以"天上""宫中"之句，亦跃如矣。评谓两截不成对，未达耳。

8.《奉留赠集贤院崔于二学士》："昭代将垂白，途穷乃叫阍。气冲星象表，词感帝王尊。天老书题目，春官验讨论。倚风遗鶂路，随水到龙门。竟与蛟螭杂，空闻燕雀喧。青冥犹契阔，陵厉不飞翻。儒术诚难起，家声庶已存。故山多药物，胜概忆桃源。欲整还乡旆，长怀禁掖垣。谬称三赋在，难述二公恩。"

"儒术诚难起，家声庶已存"，言虽不得用，而三赋[2]见称，庶可以继家声也。评以为自决，非。

9.《奉赠鲜于京兆二十韵》："王国称多士，贤良复几人？异才应间出，爽气必殊伦。始见张京兆，宜居汉近臣。骅骝开道路，雕鹗离风尘。侯伯知何算，文章实致身。奋飞超等级，容易失沉沦。脱略蟠溪钓，操持郢匠斤。云霄今已逼，台衮更谁亲？凤穴雏皆好，龙门客又新。义声纷感激，败绩自逡巡。途远欲何向，天高难重陈。学诗犹孺子，乡赋忝嘉宾。不得同晁错，吁嗟后郤诜。计疏疑翰墨，时过忆松筠。献纳纡皇眷，中间谒紫宸。且随诸彦集，方觊薄才伸。破胆遭前政，阴谋独秉钧。微生沾忌刻，万事益酸辛。交合丹青地，恩倾雨露辰。有儒愁饿死，早晚报平津。"

---

① 圆圈后文字当是后来校正补充，《千一录》中不时有这种编排之例。至于是作者自注，抑或子孙刊刻时补注，已不可知也。

② 天宝后期，杜甫为求官职先后上三赋，即《朝献太清宫赋》《朝享太庙赋》和《有事于南郊赋》。因三赋所写内容皆与朝廷祭祀大礼有关，又称"三大礼赋"。

《赠鲜于京兆》："奋飞超等级，容易失沉沦。""沉沦"犹云出潜离隐，言致身之易也。下句"脱略蟠溪钓"，犹承此意。注以为解之之辞，无谓。

10.《承沈八丈东美除膳部员外阻雨未遂驰贺奉寄此诗》："今日西京掾，多除内省郎。通家惟沈氏，谒帝似冯唐。诗律群公问，儒门旧史长。清秋便寓直，列宿顿辉光。未暇申宴慰，含情空激扬。司存何所比，膳部默凄伤。贫贱人事略，经过霖潦妨。礼同诸父长，恩岂布衣忘。天路牵骐骥，云台引栋梁。徒怀贡公喜，飒飒鬓毛苍。"

"未暇申宴慰"，语不俗，评非。古诗方言俊语者多矣，评者未读乐府也。

11.《奉赠太常张卿二十韵》："方丈三韩外，昆仑万国西。建标天地阔，诣绝古今迷。气得神仙迥，恩承雨露低。相门清议众，儒术大名齐。轩冕罗天阙，琳琅识介珪。伶官诗必诵，夔乐典犹稽。健笔凌鹦鹉，铦锋莹鹈鹕。友于皆挺拔，公望各端倪。通籍逾青琐，亨衢照紫泥。灵虬传夕箭，归马散霜蹄。能事闻重译，嘉谟及远黎。弼谐方一展，斑序更何跻。适越空颠踬，游梁竟惨凄。谬知终画虎，微分是醯鸡。萍泛无休日，桃阴想旧蹊。吹嘘人所羡，腾跃事仍睽。碧海真难涉，青云不可梯。顾深惭锻炼，才小辱提携。槛束哀猿叫，枝惊夜鹊栖。几时陪羽猎，应指钓璜溪。"

"方丈三韩外"四句，本用张骞事赠张卿也，接以"气得神仙迥"，非未易谕。然未见张骞，故注者多误耳。"世贤张子房"①虽自注，然上下文意无所照映，可疑。

又，"灵虬传夕箭，归马散霜蹄"，言夜深始自青琐归耳。

12.《上韦左相二十韵》："凤历轩辕纪，龙飞四十春。八荒开寿域，一气转洪钧。霖雨思贤佐，丹春忆旧臣。应图求骏马，惊代得麒麟。沙汰江河浊，调和鼎鼐新。韦贤初相汉，范叔已归秦。盛世今如此，传经固绝

---

① 杜甫《入衡州》。

伦。豫樟深出地，沧海阔无津。北斗司喉舌，东方领搢绅。持衡留藻鉴，听履上星辰。独步才超古，余波德照邻。聪明过管辂，尺牍倒陈遵。岂是池中物？由来席上珍。庙堂知至理，风俗尽还淳。才杰俱登用，愚蒙但隐沦。长卿多病久，子夏索居频。回首驱流俗，生涯似众人。巫咸不可问，邹鲁莫容身。感激时将晚，苍茫兴有神。为公歌此曲，涕泪在衣巾。”

《上韦左相》诗，颂相业大矣，管辂、陈遵似不伦。

13.《桥陵诗三十韵因呈县内诸官》：“先帝昔晏驾，兹山朝百灵。崇冈拥象设，沃野开天庭。即事壮重险，论功超五丁。坡陀因厚地，却略罗峻屏。云阙虚冉冉，风松肃泠泠。石门霜露白，玉殿莓苔青。宫女晚知曙，祠官朝见星。空梁簇画戟，阴井敲铜瓶。中使日夜继，惟王心不宁。岂徒恤备享，尚谓求无形。孝理敦国政，神凝推道经。瑞芝产庙柱，好鸟鸣岩扃。高岳前嵂崒，洪河左滢濙。金城蓄峻址，沙苑交回汀。永与奥区固，川原纷眇冥。居然赤县立，台榭争岧亭。官属果称是，声华真可听。王刘美竹润，裴李春兰馨。郑氏才振古，啖侯笔不停。遣辞必中律，利物常发硎。绮绣相展转，琳琅愈青荧。侧闻鲁恭化，秉德崔瑗铭。太史候凫影，王乔随鹤翎。朝仪限霄汉，容思回林坰。坎轲辞下杜，飘飖陵浊泾。诸生旧短褐，旅泛一浮萍。荒岁儿女瘦，暮途涕泗零。主人念老马，廨署容秋萤。流寓理岂惬，穷愁醉未醒。何当摆俗累，浩荡乘沧溟。”

《桥陵诗三十韵》，排律也而编入古体者，盖以“永与奥区固”四句隔对，骤读未觉其对。又“中使日夜继”，“夜”字不悟为虚耳。“日”字实，“夜”字虚，此固不易悟也。良工心独苦，杜之长律亦过自苦哉。

14.《郑驸马池台喜遇郑广文同饮》：“不谓生戎马，何知共酒杯。然脐郿坞败，握节汉臣回。白发千茎雪，丹心一寸灰。别离经死地，披写忽登台。重对秦箫发，俱过阮宅来。留连春夜舞，泪落强裴回。”

《郑驸马池台郑广文同饮》诗中“秦箫”“阮宅”，盖以二郑比二阮也。注以广文之疏放比之阮籍，谬。

又，杜诗古本“握节汉臣回”，“握节”为“秃节”，无疑矣。“新炊间黄粱”①，“间”作“闻”，“闻”字奇矣，未若“间”字之妥。古称五饭，饭有五，可云“间”耳。“中天积翠玉台遥”②，不注《列子》“中天之台”则未觉其工，杜子是以破万卷也。

15.《奉送郭中丞兼太仆卿充陇右节度使三十韵》：“诏发西山将，秋屯陇右兵。凄凉余部曲，燀赫旧家声。雕鹗乘时去，骅骝顾主鸣。艰难须上策，容易即前程。斜日当轩盖，高风卷旆旌。松悲天水冷，沙乱雪山清。和虏犹怀惠，防边不敢惊。古来于异域，镇静示专征。燕蓟奔封豕，周秦触骇鲸。中原何惨黩，余孽尚纵横。箭入昭阳殿，笳吟细柳营。内人红袖泣，王子白衣行。宸极袄星动，园陵杀气平。空余金碗出，无复穗帷轻。毁庙天飞雨，焚宫火彻明。罘罳朝共落，栊桷夜同倾。三月师逾整，群胡势就烹。疮痍亲接战，勇决冠垂成。妙誉期元宰，殊恩且列卿。几时回节钺，戮力扫欃枪。圭窦三千士，云梯七十城。耻非齐说客，只似鲁诸生。通籍微班忝，周行独坐荣。随肩趋漏刻，短发寄簪缨。径欲依刘表，还疑厌祢衡。渐衰那此别，忍泪独含情。废邑狐狸语，空村虎豹争。人频坠涂炭，公岂忘精诚。元帅调新律，前军压旧京。安边仍扈从，莫作后功名。”

《送郭中丞三十韵》“松悲天外冷，沙乱雪山清”，承上“前程旆旌”句，叙途路所见，长律应尔。乃谓点缀，无理谬评。

又，杜《送郭英乂陇右节度使》诗：“径欲依刘表，还疑厌祢衡。”其不足依可见。后镇蜀骄纵，足以杀其躯，宜也。然谓《赤霄行》《莫相疑行》俱为英乂作而起去草堂之兴，则未然。英乂死蜀乱，子美至梓州，乱定归成都无所依，乃游嘉、戎，次云安，移夔州耳。方英乂镇蜀，虽不足托，然居是乡而非其大夫且不可，乃以“悠悠世上儿”指其主将耶？又，是时英乂，岂可为年少耶？注者之谬，多类此。

---

① 杜甫《赠卫八处士》。

② 杜甫《玉台观》。

16.《送许八拾遗归江宁觐省甫昔时尝客游此县于许生处乞瓦棺寺维摩图样志诸篇末》："诏许辞中禁，慈颜赴北堂。圣朝新孝理，祖席倍辉光。内帛擎偏重，宫衣著更香。淮阴清夜驿，京口渡江航。春隔鸡人昼，秋期燕子凉。赐书夸父老，寿酒赛城隍。看画曾饥渴，追踪恨淼茫。虎头金粟影，神妙独难忘。"

"慈颜赴北堂"，句未俊，然"朱"[①]为不成语也。评者未达耳。"寿酒赛[②]城隍"佳句，俗礼可入诗者多矣。铁可金，俗可雅也。

又，"春隔鸡人昼，秋期燕子凉。赐书夸父老，寿酒乐城隍"，一本"竹引趋庭曙，山添扇枕凉。十年过父老，几日赛城隍"，俱工。双璧握中，难舍其一。细玩之，前本更苍然矣。"桃花欲共梨花语"则与"桃花细逐杨花落"相去数舍。佳句不易得，固不免推敲耳。

17.《寄李十二白二十韵》："昔年有狂客，号尔谪仙人。笔落惊风雨，诗成泣鬼神。声名从此大，汩没一朝伸。文彩承殊渥，流传必绝伦。龙舟移棹晚，兽锦夺袍新。白日来深殿，青云满后尘。乞归优诏许，遇我宿心亲。未负幽栖志，兼全宠辱身。剧谈怜野逸，嗜酒见天真。醉舞梁园夜，行歌泗水春。才高心不展，道屈善无邻。处士祢衡俊，诸生原宪贫。稻粱求未足，薏苡谤何频。五岭炎蒸地，三危放逐臣。几年遭鵩鸟，独泣向麒麟。苏武先还汉，黄公岂事秦。楚筵辞醴日，梁狱上书辰。已用当时法，谁将此义陈。老吟秋月下，病起暮江滨。莫怪恩波隔，乘槎与问津。"

"楚筵""梁狱"，为太白解犹可也，永王犹可以勤王名也。中允则汙[③]贼矣，比之"收庾信"[④]，庶亦近之。虽为之辞，犹未舛也。《三百》之后，词人华而不诬者，鲜哉！诗须从风雅来，乃成大家。渊明、子美盖涉其才者也，故无邪辞。

---

① 就是指"慈颜"妄改为"朱颜"。
② "赛"一作"乐"。
③ 原文如此，当是"汙"之误。
④ 杜甫《奉赠王中允维》。

又，“笔落惊风雨，诗成泣鬼神”，太白足以当之，非溢美也，然亦无以加矣。乃以庾开府、鲍参军之句为若轻之者，夫庾、鲍可轻者哉？太白诗中“江鲍堪动色”“长忆谢玄晖”，岂轻庾、鲍者？后人能谈曹、刘耳，未必能超庾、鲍也。夫能为曹、刘者，乃能不轻庾、鲍者也。

18.《寄彭州高三十五使君适虢州岑二十七长史参三十韵》：“故人何寂寞，今我独凄凉。老去才难尽，秋来兴甚长。物情尤可见，辞客未能忘。海内知名士，云端各异方。高岑殊缓步，沈鲍得同行。意惬关飞动，篇终接混茫。举天悲富骆，近代惜卢王。似尔官仍贵，前贤命可伤。诸侯非弃掷，半刺已翱翔。诗好几时见，书成无信将。男儿行处是，客子斗身强。羁旅推贤圣，沈绵抵咎殃。三年犹疟疾，一鬼不销亡。隔日搜脂髓，增寒抱雪霜。徒然潜隙地，有靦屡鲜妆。何太龙钟极，于今出处妨。无钱居帝里，尽室在边疆。刘表虽遗恨，庞公至死藏。心微傍鱼鸟，肉瘦怯豺狼。陇草萧萧白，洮云片片黄。彭门剑阁外，虢略鼎湖旁。荆玉簪头冷，巴笺染翰光。乌麻蒸续晒，丹橘露应尝。岂异神仙宅，俱兼山水乡。竹斋烧药灶，花屿读书床。更得清新否，遥知对属忙。旧官宁改汉，淳俗本归唐。济世宜公等，安贫亦士常。蚩尤终戮辱，胡羯漫猖狂。会待袄氛静，论文暂裹粮。”

“意惬关飞动”，自是精绝之句，必曰与造化相流通，则谀矣。

又，杜“乌麻蒸续晒”，养生方也，下句“神仙宅”“烧药灶”相映。“丹橘露应尝”，则“山水乡”“花屿”相映。“存想青龙秘”，养生诀也，下句“肘后符”“囊中药”相映。

19.《寄岳州贾司马六丈巴州严八使君两阁老五十韵》：“衡岳啼猿里，巴州鸟道边。故人俱不利，谪宦两悠然。开辟乾坤正，荣枯雨露偏。长沙才子远，钓濑客星悬。忆昨趋行殿，殷忧捧御筵。讨胡愁李广，奉使待张骞。无复云台仗，虚修水战船。苍茫城七十，流落剑三千。画角吹秦晋，旄头俯涧瀍，小儒轻董卓，有识笑苻坚。浪作禽填海，那将血射天。万方思助顺，一鼓气无前。阴散陈仓北，晴熏太白巅。乱麻尸积卫，破竹势临燕。法驾还双阙，王师下八川。此时沾奉引，佳气拂周旋。貔虎开金甲，麒麟受玉鞭。侍臣谙入仗，厩马解登仙。花动朱楼雪，城凝碧树烟。衣冠心惨怆，故老泪潺湲。哭庙悲风急，朝正霁景鲜。月分梁汉米，春得水衡钱。内蕊繁于缬，宫莎软胜绵。恩荣同拜手，出入最随肩。晚著华堂醉，寒重绣被眠。辔齐兼秉烛，书枉满怀笺。每觉升元辅，深期列大贤。秉钧方咫尺，铩翮再联翩。禁掖朋从改，微班性命全。青蒲甘受戮，白发竟谁怜。弟子贫原宪，诸生老伏虔。师资谦未达，乡党敬何先。旧好肠堪断，新愁眼欲穿。翠干危栈竹，红腻小湖莲。贾笔论孤愤，严诗赋几篇。定知深意苦，莫使众人传。贝锦无停织，朱丝有断弦。浦鸥防碎首，霜鹘不空拳。地僻昏炎瘴，山稠隘石泉。且将棋度日，应用酒为年。典郡终微眇，治中实弃捐。安排求傲吏，比兴展归田。去去才难得，苍苍理又玄。古人称逝矣，吾道卜终焉。陇外翻投迹，渔阳复控弦。笑为妻子累，甘与岁时迁。亲故行稀少，兵戈动接联。他乡饶梦寐，失侣自屯邅。多病加淹泊，长吟阻静便。如公尽雄俊，志在必腾骞。”

《五十韵律》“奉使待张骞”“志必在腾骞”，二字不同，而先元韵固可通用也。今本皆从马，徒以唐韵为必，拘而不知义之误，与韵之不可重，不亦固乎。

20.《寄张十二山人彪三十韵》：“独卧嵩阳客，三违颍水春。艰难随老母，惨澹向时人。谢氏寻山屐，陶公漉酒巾。群凶弥宇宙，此物在风尘。历下辞姜被，关西得孟邻。早通交契密，晚接道流新。静者心多妙，先生艺绝伦。草书何太苦，诗兴不无神。曹植休前辈，张芝更后身。数篇吟可老，一字买堪贫。将恐曾防寇，深潜托所亲。宁闻倚门夕，尽力洁飧晨。疏懒为名误，驱驰丧我真。索居犹寂寞，相遇益悲辛。流转依边徼，逢迎念席珍。时来故旧少，乱后别离频。世祖修高庙，文公赏从臣。商山犹入楚，源水不离秦。存想青龙秘，骑行白鹿驯。耕岩非谷口，结草即河滨。肘后符应验，囊中药未陈。旅怀殊不惬，良觌渺无因。自古皆悲恨，浮生有屈伸。此邦今尚武，何处且依仁。鼓角凌天籁，关山信月轮。官场罗镇碛，贼火近洮岷。萧索论兵地，苍茫斗将辰。大军多处所，余孽尚纷纶。高兴知笼鸟，斯文起获麟。穷秋正摇落，回首望松筠。”

杜《寄张山人彪》诗，称其诗与草书绝伦矣，其称高、岑与太白未是过也。而流传无一字，当其苦吟不休，语必惊人，何为哉？然赖杜诗传，后世知有张山人，并著其名，亦幸耳。要之，“文章一小技”①，真见道之语也。

21.《奉和严中丞西城晚眺十韵》：“汲黯匡君切，廉颇出将频。直词才不世，雄略动如神。政简移风速，诗清立意新。层城临暇景，绝域望余春。旗尾蛟龙会，楼头燕雀驯。地平江动蜀，天阔树浮秦。帝念深分阃，军须远算缗。花罗封蛱蝶，瑞锦送麒麟。辞第输高义，观图忆古人。征南多兴绪，事业暗相亲。”

“征南多兴绪，事业暗相亲”，解者谓深欲倚以成功业，殊不得诗意。此必当时语及，乃有此句耳。“观图忆古人”，杜已自解，不意后人不能解也，杜盖以征南比中丞也。

22.《陪章留后侍御宴南楼》：“绝域长夏晚，兹楼清宴同。朝廷烧栈北，鼓角满天东。屡食将军第，仍骑御史骢。本无丹灶术，那免白头翁。寇盗狂歌外，形骸痛饮中。野云低渡水，檐雨细随风。出号江城黑，题诗蜡炬红。此身醒复醉，不拟哭途穷。”

“出号江城黑”，言未曙；“题诗蜡炬红”，则深夜矣。

23.《王阆州筵奉酬十一舅惜别之作》：“万壑树声满，千崖秋气高。浮舟出郡郭，别酒寄江涛。良会不复久，此生何太劳。穷愁但有骨，群盗尚如毛。吾舅惜分手，使君寒赠袍。沙头暮黄鹄，失侣自哀号。”

① 杜甫《贻华阳柳少府》。

杜“千崖秋气高”，语自工。小杜“南山与秋色，气势两相高”[①]，非其伦也，何谓“最奇绝”？后山亦为此话乎？

24.《赠王二十四侍御契四十韵》：“往往虽相见，飘飘愧此身。不关轻绂冕，俱是避风尘。一别星桥夜，三移斗柄春。败亡非赤壁，奔走为黄巾。子去何潇洒，余藏异隐沦。书成无过雁，衣故有悬鹑。恐惧行装数，伶俜卧疾频。晓莺工进泪，秋月解伤神。会面嗟黧黑，含凄话苦辛。接舆还入楚，王粲不归秦。锦里残丹灶，花溪得钓纶。消中只自惜，晚起索谁亲。伏柱闻周史，乘槎有汉臣。鸳鸿不易狎，龙虎未宜驯。客则挂冠至，交非倾盖新。由来意气合，直取性情真。浪迹同生死，无心耻贱贫。偶然存蔗芋，幸各对松筠。粗饭依他日，穷愁怪此辰。女长裁褐稳，男大卷书匀。漏口江如练，蚕崖雪似银。名园当翠巘，野棹没青蘋，屡喜王侯宅，时邀江海人。追随不觉晚，款曲动弥旬。但使芝兰秀，何烦栋宇邻。山阳无俗物，郑驿正留宾。出入并鞍马，光辉参席珍。重游先主庙，更历少城闉。石镜通幽魄，琴台隐绛唇。送终惟粪土，结爱独荆榛。置酒高林下，观棋积水滨。区区甘累趼，稍稍息劳筋。网聚粘圆鲫，丝繁煮细莼。长歌敲柳瘿，小睡凭藤轮。农月须知课，田家敢忘勤。浮生难去食，良会惜清晨。列国兵戈暗，今王德教淳。要闻除猰貐，休作画麒麟。洗眼看轻薄，虚怀任屈伸。莫令胶漆地，万古重雷陈。”

杜“偶然存蔗芋”，语不生。评非。

又，“男大卷书匀”，不乱耳，非谓各有一卷。

25.《立秋雨院中有作》：“山云行绝塞，大火复西流。飞雨动华屋，萧萧梁栋秋。穷途愧知己，暮齿借前筹。已费清晨谒，那成长者谋。解衣开北户，高枕对南楼。树湿风凉进，江喧水气浮。礼宽心有适，节爽病微瘳。主将归调鼎，吾还访旧丘。”

---

① 杜牧《长安秋望》。

“已费清晨谒，那成长者谋”，用孟子“为长者虑”[①]语，自不浅。注不能发杜，亦恃寸心知也。

26.《寄董卿嘉荣十韵》：“闻道君牙帐，防秋近赤霄。下临千雪岭，却背五绳桥。海内久戎服，京师今晏朝。犬羊曾烂熳，宫阙尚萧条。猛将宜尝胆，龙泉必在腰。黄图遭污辱，月窟可焚烧。会取干戈利，无令斥候骄。居然双捕虏，自是一嫖姚。落日思轻骑，高天忆射雕。云台画形像，皆为扫氛妖。”

“闻道君牙帐”，以“君牙”比董卿也，盖其祖父有名位者。“帐”则牙帐，开幕府也。如注但引牙帐，则以“君”为指董，起句弱矣。论文笑自知”[②]，当时已不能知，况后世陋儒乎。

27.《遣闷奉呈严公二十韵》：“白水鱼竿客，清秋鹤发翁。胡为来幕下，只合在舟中。黄卷真如律，青袍也自公。老妻忧坐痹，幼女问头风。平地专欹倒，分曹失异同。礼甘衰力就，义忝上官通。畴昔论诗早，光辉仗钺雄。宽容存性拙，剪拂念途穷。露裛思藤架，烟霏想桂丛。信然龟触网，直作鸟窥笼。西岭纡村北，南江绕舍东。竹皮寒旧翠，椒实雨新红。浪簸船应坼，杯干瓮即空。藩篱生野径，斤斧任樵童。束缚酬知己，蹉跎效小忠。周防期稍稍，太简遂匆匆。晓入朱扉启，昏归画角终。不成寻别业，未敢息微躬。乌鹊愁银汉，驽骀怕锦幪。会希全物色，时放倚梧桐。”

“白水鱼竿客”，以为自比太公，谀语可厌。“渔竿”，人诗多矣，皆磻溪老耶?

28.《陪诸公上白帝城宴越公堂之作》：“此堂存古制，城上俯江郊。落构垂云雨，荒阶蔓草茅。柱穿蜂溜蜜，栈缺燕添巢。坐接春杯气，心伤艳蕊梢。英灵如过隙，宴衎愿投胶。莫问东流水，生涯未即抛。”

---

①《孟子•公孙丑下》。

② 杜甫《赠毕四曜》。

《宴越公堂》诗"英灵如过隙"，此不烦注，乃舍越公而指公孙述，谬。

29.《赠崔十三评事公辅》："飘飘西极马，来自渥洼池。飒飖定山桂，低徊风雨枝。我闻龙正直，道屈尔何为。且有元戎命，悲歌识者谁。官联辞冗长，行路洗欹危。脱剑主人赠，去帆春色随。阴沉铁凤阙，教练羽林儿。天子朝侵早，云台仗数移。分军应供给，百姓日支离。黠吏因封己，公才或守雌。"

《崔评事公辅》诗合入排律[①]，而"我闻龙正直"四句不合。集中如此类，是当时体，不古不律，非法也。

30.《谒先主庙》："惨淡风云会，乘时各有人。力侔分社稷，志屈偃经纶。复汉留长策，中原仗老臣。杂耕心未已，欧血事酸辛。霸气西南歇，雄图历数屯。锦江元过楚，剑阁复通秦。旧俗存祠庙，空山立鬼神。虚檐交鸟道，枯木半龙鳞。竹送清溪月，苔移玉座春。闾阎儿女换，歌舞岁时新。绝域归舟远，荒城系马频。如何对摇落，况乃久风尘。孰与关张并，功临耿邓亲。应天才不小，得士契无邻。迟暮堪帷幄，飘零且钓缗。向来忧国泪，寂寞洒衣巾。"

"竹送清溪月，苔移玉座春。"月之过竹，竹若送之，不必解风动竹开也；苔侵玉座，自可言移，不必解玉座移于苔上也。

31.《西阁二首》其一："巫山小摇落，碧色见松林。百鸟各相命，孤云无自心。层轩俯江壁，要路亦高深。朱绂犹纱帽，新诗近玉琴。功名不早立，衰病谢知音。哀世非王粲，终然学越吟。"

"朱绂犹纱帽，新诗近玉琴。功名不早立，衰疾谢知音"，四句相承而诗旨乃显，不则"玉琴"之句艰矣。何敬祖《听阴子坚弹琴》云："古人

① 清代诸家杜集大都编入排律。

不见哀丝上，写出千古之心。”[1]

32.《西阁二首》其二：“懒心似江水，日夜向沧洲。不道含香贱，其如镊白休。经过调碧柳，萧索倚朱楼。毕娶何时竟，消中得自由。豪华看古往，服食寄冥搜。诗尽人间兴，兼须入海求。”

“诗尽人间兴，兼须入海求”，信其僻于诗也。然诗犹日也，今日即昨日，昨日非今日，日一耳而万古常新，“谢朝华之已披，启夕秀于未振”[2]，安有尽时？

又，“诗尽人间兴，兼须入海求”。杜子之僻于诗也，盖亦寓乘桴浮海之意，道不行之叹也，非止言诗也。夫文犹日，万古得天而久照者非一日也，而日日新，何可尽乎？世无杜子耳，有杜子则有杜子诗，未常尽也。文又尝譬之人，人心不同如其面。夫眉目口鼻，尧舜与人同耳，而古今宇宙，美恶肥瘠有同者乎？优孟之为孙叔则假之者，文不己出而袭之以为己，是优也。

33.《哭王彭州抡》：“执友惊沦没，斯人已寂寥。新文生沈谢，异骨降松乔。北部初高选，东堂早见招。蛟龙缠倚剑，鸾凤夹吹箫。历职汉庭久，中年胡马骄。兵戈暗两观，宠辱事三朝。蜀路江干窄，彭门地里遥。解龟生碧草，谏猎阻清霄。顷壮戎麾出，叨陪幕府要。将军临气候，猛士塞风飙。井漏泉谁汲，烽疏火不烧。前筹自多暇，隐几接终朝。翠石俄双表，寒松竟后凋。赠诗焉敢坠，染翰欲无聊。再哭经过罢，离魂去住销。之官方玉折，寄葬与萍漂。旷望渥洼道，霏微河汉桥。夫人先即世，令子各清标。巫峡长云雨，秦城近斗杓。冯唐毛发白，归兴日萧萧。”

“解龟生碧草”，解龟谓废处，生碧草谓历年，与“江干”句相映。

34.《别苏徯》：“故人有游子，弃掷傍天隅。他日怜才命，居然屈壮

---

[1] “何敬祖《听阴子坚弹琴》”这一段出自伪苏注，其事其诗皆不见于记载。
[2] 陆机《文赋》。

图。十年犹塌翼，绝倒为惊吁。消渴今如在，提携愧老夫。岂知台阁旧，先拂凤凰雏。得实翻苍竹，栖枝把翠梧。北辰当宇宙，南岳据江湖。国带风尘色，兵张虎豹符。数论封内事，挥发府中趋。赠尔秦人策，莫鞭辕下驹。”

苏徯，盖司业之子，诗中可见。

35.《夔府书怀四十韵》：“昔罢河西尉，初兴蓟北师。不才名位晚，敢恨省郎迟。扈圣崆峒日，端居滟滪时。萍流仍汲引，樗散尚恩慈。遂阻云台宿，常怀湛露诗。翠华森远矣，白首飒凄其。拙被林泉滞，生逢酒赋欺。文园终寂寞，汉阁自磷缁。病隔君臣议，惭纡德泽私。扬镳惊主辱，拔剑拨年衰。稷经纶地，风云际会期。血流纷在眼，涕洒乱交颐。四渎楼船泛，中原鼓角悲。贼壕连白翟，战瓦落丹墀。先帝严灵寝，宗臣切受遗。恒山犹突骑，辽海竞张旗。田父嗟胶漆，行人避蒺藜。总戎存大体，降将饰卑词。楚贡何年绝，尧封旧俗疑。长吁翻北寇，一望卷西夷。不必陪玄圃，超然待具茨。凶兵铸农器，讲殿辟书帷。庙算高难测，天忧实在兹。形容真潦倒，答效莫支持。使者分王命，群公各典司。恐乖均赋敛，不似问疮痍。万里烦供给，孤城最怨思。绿林宁小患，云梦欲难追。即事须尝胆，苍生可察眉。议堂犹集凤，正观是元龟。处处喧飞檄，家家急竞锥。萧车安不定，蜀使下何之。钓濑疏坟籍，耕岩进弈棋。地蒸余破扇，冬暖更纤絺。豺遘哀登楚，麟伤泣象尼。衣冠迷适越，藻绘忆游睢。赏月延秋桂，倾阳逐露葵。大庭终反朴，京观且僵尸。高枕虚眠昼，哀歌欲和谁。南宫载勋业，凡百慎交绥。”

“田父嗟胶漆，行人避蒺藜”，居则嗟留滞，行则避艰阻。以下句照映，则“胶漆”非难晓。杜又云：“陷此胶与漆，还闻宾客过。”[①]是题郑家亭，语本郑庄好客事。又“郑庄宾客地”[②]。

---

① 杜甫《写怀二首》其二。

② 杜甫《暮春陪李尚书李中丞过郑监湖亭泛舟》。

36.《览柏中丞兼子侄数人除官制词因述父子兄弟四美载歌丝纶》："纷然丧乱际，见此忠孝门。蜀中寇亦甚，柏氏功弥存。深诚补王室，戮力自元昆。三止锦江沸，独清玉垒昏。高名入竹帛，新渥照乾坤。子弟先卒伍，芝兰叠玙璠。同心注师律，洒血在戎轩。丝纶实具载，绂冕已殊恩。奉公举骨肉，诛叛经寒温。金甲雪犹冻，朱旗尘不翻。每闻战场说，欻激懦气奔。圣主国多盗，贤臣官则尊。方当节钺用，必绝祲沴根。吾病日回首，云台谁再论。作歌挹盛事，推毂期孤骞。"

"作歌挹盛事"，"挹"字妥，何云无谓？

37.《奉送王信州崟北归》："朝廷防盗贼，供给愍诛求。下诏选郎署，传声能典州。苍生今日困，天子向时忧。井屋有烟起，疮痍无血流。壤歌唯海甸，画角自山楼。白发寐常早，荒榛农复秋。解龟逾卧辙，遣骑觅扁舟。徐榻不知倦，颍川何以酬。尘生彤管笔，寒腻黑貂裘。高义终焉在，斯文去矣休。别离同雨散，行止各云浮。林热鸟开口，江浑鱼掉头。尉佗虽北拜，太史尚南留。军旅应都息，寰区要尽收。九重思谏诤，八极念怀柔。徙倚瞻王室，从容仰庙谋。故人持雅论，绝塞豁穷愁。复见陶唐理，甘为汗漫游。"

《送王信州》诗，朗彻可诵也。评乃谓非子美吾不能读之，何哉？

38.《秋日夔府咏怀奉寄郑监李宾客一百韵》："绝塞乌蛮北，孤城白帝边。飘零仍百里，消渴已三年。雄剑鸣开匣，群书满系船。乱离心不展，衰谢日萧然。筋力妻孥问，菁华岁月迁。登临多物色，陶冶赖诗篇。峡束沧江起，岩排石树圆。拂云霾楚气，朝海蹴吴天。煮井为盐速，烧畬度地偏。有时惊叠嶂，何处觅平川。鸂鶒双双舞，猕猿垒垒悬。碧萝长似带，锦石小如钱。春草何曾歇，寒花亦可怜。猎人吹戍火，野店引山泉。唤起搔头急，扶行几屐穿。两京犹薄产，四海绝随肩。幕府初交辟，郎官幸备员。瓜时犹旅寓，萍泛苦夤缘。药饵虚狼藉，秋风洒静便。开襟驱瘴疠，明目扫云烟。高宴诸侯礼，佳人上客前。哀筝伤老大，华屋艳神仙。

南内开元曲，常时弟子传。法歌声变转，满座涕潺湲。影夔州僻，回肠杜曲煎。即今龙厩水，莫带犬戎膻。耿贾扶王室，萧曹拱御筵。乘威灭蜂虿，戮力效鹰鹯。旧物森犹在，凶徒恶未悛。国须行战伐，人忆止戈鋋。奴仆何知礼，恩荣错与权。胡星一彗孛，黔首遂拘挛。哀痛丝纶切，烦苛法令蠲。业成陈始王，兆喜出于畋。宫禁经纶密，台阶翊戴全。熊罴载吕望，鸿雁美周宣。侧听中兴主，长吟不世贤。音徽一柱数，道里下牢千。郑李光时论，文章并我先。阴何尚清省，沈宋欻联翩。律比昆仑竹，音知燥湿弦。风流俱善价，惬当久忘筌。置驿常如此，登龙盖有焉。虽云隔礼数，不敢坠周旋。高视收人表，虚心味道玄。马来皆汗血，鹤唳必青田。羽翼商山起，蓬莱汉阁连。管宁纱帽净，江令锦袍鲜。东郡时题壁，南湖日扣舷。远游凌绝境，佳句染华笺。每欲孤飞去，徒为百虑牵。生涯已寥落，国步乃迍邅。衾枕成芜没，池塘作弃捐。别离忧怛怛，伏腊涕涟涟。露菊班丰镐，秋蔬影涧瀍，共谁论昔事，几处有新阡。富贵空回首，喧争懒著鞭。兵戈尘漠漠，江汉月娟娟。局促看秋燕，萧疏听晚蝉。雕虫蒙记忆，烹鲤问沈绵。卜羡君平杖，偷存子敬毡。囊虚把钗钏，米尽拆花钿。甘子阴凉叶，茅斋八九椽。阵图沙北岸，市暨瀼西巅。羁绊心常折，栖迟病即痊。紫收岷岭芋，白种陆池莲。色好梨胜颊，穰多栗过拳。敕厨唯一味，求饱或三鳣。儿去看鱼笱，人来坐马鞯。缚柴门窄窄，通竹溜涓涓。堑抵公畦棱，村依野庙壖。缺篱将棘拒，倒石赖藤缠。借问频朝谒，何如稳醉眠。谁云行不逮，自觉坐能坚。雾雨银章涩，馨香粉署妍。紫鸾无近远，黄雀任翩翾。困学违从众，明公各勉旃。声华夹宸极，早晚到星躔。恳谏留匡鼎，诸儒引服虔。不逢输鲠直，会是正陶甄。宵旰忧虞轸，黎元疾苦骈。云台终日画，青简为谁编。行路难何有，招寻兴已专。由来具飞楫，暂拟控鸣弦。身许双峰寺，门求七祖禅。落帆追宿昔，衣褐向真诠。安石名高晋，昭王客赴燕。途中非阮籍，查上似张骞。披拂云宁在，淹留景不延。风期终破浪，水怪莫飞涎。他日辞神女，伤春怯杜鹃。淡交随聚散，泽国绕回旋。本自依迦叶，何曾借偓佺。炉峰生转盼，橘井尚高褰。东走穷归鹤，南征尽跕鸢。晚闻多妙教，卒践塞前愆。顾凯丹青列，头陀琬琰镌。众香深黯黯，几地肃芊芊。勇猛为心极，清羸任体孱。金篦空刮眼，镜象未离铨。”

杜《百韵律》“披拂云宁在”，用“披云雾”①语，非不可解。

又，“阵图沙北岸，市暨瀼西巅”，“市暨”须自注，然对“阵图”未称。长律不能无牵缀，所谓癖也。“求饱或三鳣”，用经语，亦未警。“暂拟控鸣弦”，未见映带。百韵子美犹难之，今乃更务请益，作者多乎哉！多则可耳，工则未易。

39.《寄峡州刘伯华使君四十韵》：“峡内多云雨，秋来尚郁蒸。远山朝白帝，深水谒彝陵。迟暮嗟为客，西南喜得朋。哀猿更起坐，落雁失飞腾。伏枕思琼树，临轩对玉绳。青松寒不落，碧海阔逾澄。昔岁文为理，群公价尽增。家声同令闻，时论以儒称。太后当朝肃，多才接迹升。翠虚捎魍魉，丹极上鹍鹏。宴引春壶满，恩分夏簟冰。雕章五色笔，紫殿九华灯。学并卢王敏，书偕褚薛能。老兄真不坠，小子独无承。近有风流作，聊从月继征。放蹄知赤骥，捩翅服苍鹰。卷轴来何晚，襟怀庶可凭。会期吟讽数，益破旅愁凝。雕刻初谁料，纤毫欲自矜。神融蹑飞动，战胜洗侵凌。妙取筌蹄弃，高宜百万层。白头遗恨在，青竹几人登。回首追谈笑，劳歌跼寝兴。年华纷已矣，世故莽相仍。刺史诸侯贵，郎官列宿应。潘生骖阁远，黄霸玺书增。乳赞号攀石，饥鼯诉落藤。药囊亲道士，灰劫问胡僧。凭久乌皮折，簪稀白帽棱。林居看蚁穴，野食行鱼罾。筋力交凋丧，飘零免战兢。皆为百里宰，正似六安丞。姹女萦新裹，丹砂冷旧秤。但求椿寿永，莫虑杞天崩。炼骨调情性，张兵挠棘矜。养生终自惜，伐数必全惩。政术甘疏诞，词场愧服膺。展怀诗诵鲁，割爱酒如渑。咄咄宁书字，冥冥欲避矰。江湖多白鸟，天地有青蝇。”

“江湖多白鸟，天地有青蝇。”“白鸟”以为鸥鹭之类是也，言谗人多

① 出自《世说新语》卷中之上“方正第五”：“卫伯玉为尚书令，见乐广与中朝名士谈议，奇之，曰：‘自昔诸人没已来，常恐微言将绝，今乃复闻斯言于君矣。’命子弟造之，曰：‘此人，人之水镜也，见之若披云雾、睹青天。”

而江湖可以自适也。以为蚊蚋，则与青蝇意同，不足为工矣。

又，“六安丞”，桓谭事，谓难注，史不熟耳。

40.《东屯月夜》：“抱疾漂萍老，防边旧谷屯。春农亲异俗，岁月在衡门。青女霜枫重，黄牛峡水喧。泥留虎斗迹，月挂客愁村。乔木澄稀影，轻云倚细根。数惊闻雀噪，暂睡想猿蹲。日转东方白，风来北斗昏。天寒不成寝，无梦寄归魂。”

东屯，屯田之所也，故云“防边旧谷屯”。注者务为谀词，乃曰：公在旅中，犹能积谷以防边，其忧国深矣。子美漂萍孑老，无策免饥，恶能为卜式事哉！“忧国愿年丰”，则其所惓惓者耳。

又，“暂睡想猿蹲”，颇涉苦索，近俚。

41.《元日示宗武》：“汝啼吾手战，吾笑汝身长。处处逢正月，迢迢滞远方。飘零还柏酒，衰病只藜床。训喻青衿子，名惭白首郎。赋诗犹落笔，献寿更称觞。不见江东弟，高歌泪数行。”

《元日示宗武》诗，起句“汝啼吾手战”，第九句乃应之，不则“赋诗犹落笔”何以称佳句也？“献寿更称觞”著一“更”字，则与“飘零还柏酒”非重耳。拈示儿辈[①]。

42.《送大理封主簿五郎亲事不合却赴通州主簿前阆州贤子余与主簿平章郑氏女子垂欲纳采郑氏伯父京书至女子已许他族亲事遂停》：“禁脔去东床，趋庭赴北堂。风波空远涉，琴瑟几虚张。渥水出骐骥，昆山生凤凰。两家诚款款，中道许苍苍。颇谓秦晋匹，从来王谢郎。青春动才调，白首缺辉光。玉润终孤立，珠明得暗藏。余寒折花卉，恨别满江乡。”

《送封主簿》诗，事既异，非浅学所能叙也。琐事好辞，而评者以为质野，谓是杜短处，盖不得其门者耳。

①《千一录》中评论杜诗之文字，多来自作者晚年乡居与族中子弟讲论诗文时之答疑指惑，故而论杜之文中多有“答问”之类的额外标注。

43.《寄李十四员外布十二韵》:“名参汉望苑,职述景题舆。巫峡将之郡,荆门好附书。远行无自苦,内热比何如。正是炎天阔,那堪野馆疏。黄牛平驾浪,画鹢上凌虚。试待盘涡歇,方期解缆初。闷能过小径,自为摘嘉蔬。渚柳元幽僻,村花不扫除。宿阴繁素柰,过雨乱红蕖。寂寂夏先晚,泠泠风有余。江清心可莹,竹冷发堪梳。直作移巾几,秋帆发弊庐。”

“江清心可莹,竹冷发堪梳”,谓竹为梳,时寒觉冷也。

44.《秋日荆南述怀三十韵》:“昔承推奖分,愧匪挺生材。迟暮宫臣忝,艰危衮职陪。扬镳随日驭,折槛出云台。罪戾宽犹活,干戈塞未开。星霜玄鸟变,身世白驹催。伏枕因超忽,扁舟任往来。九钻巴噀火,三蛰楚祠雷。望帝传应实,昭王问不回。蛟螭深作横,豺虎乱雄猜。素业行已矣,浮名安在哉。琴乌曲怨愤,庭鹤舞摧颓。秋雨漫湘水,阴风过岭梅。苦摇求食尾,常曝报恩腮。结舌防谗柄,探肠有祸胎。苍茫步兵哭,展转仲宣哀。饥籍家家米,愁征处处杯。休为贫士叹,任受众人咍。得丧初难识,荣枯划易该。差池分组冕,合沓起蒿莱。不必伊周地,皆知屈宋才。汉庭和异域,晋史坼中台。霸业寻常体,忠臣忌讳灾。群公纷戮力,圣虑窅裴回。数见铭钟鼎,真宜法斗魁。愿闻锋镝铸,莫使栋梁摧。盘石圭多翦,凶门毂少推。垂旒资穆穆,祝网但恢恢。赤雀翻然至,黄龙讵假媒。贤非梦傅野,隐类凿颜坯。自古江湖客,冥心若死灰。”

“汉庭和异域,晋史坼中台。霸业寻常体,宗臣忌讳灾”,后二句与前相承,汉业王伯之间,“宗臣”指时事。评解谓“出孙于外,此宗臣所甚讳”[①],谬。

45.《千秋节有感二首》其二:“御气云楼敞,含风彩仗高。仙人张内乐,王母献宫桃。罗袜红蕖艳,金羁白雪毛。舞阶衔寿酒,走索背秋毫。

---

① 语出《集千家注杜工部诗》卷十八《秋日荆南述怀三十韵》行间注。

圣主他年贵，边心此日劳。桂江流向北，满眼送波涛。”

“罗袜红蕖艳，金羁白雪毛。舞阶衔寿酒，走索背秋毫”，四句相承，马能舞，衔杯上寿也。注谬。

46《湖中送敬十使君适广陵》：“相见各头白，其如离别何。几年一会面，今日复悲歌。少壮乐难得，岁寒心匪他。气缠霜匣满，冰置玉壶多。遭乱实漂泊，济时曾琢磨。形容吾校老，胆力尔谁过。秋晚岳增翠，风高湖涌波。骞腾访知己，淮海莫蹉跎。”

“气缠霜匣满”，知是匣中剑。然上下文无可见，则匣是何物，作者偶未照耶。剑动随身，匣乃可也。

又，“冰置玉壶多”，“多”字亦觉未惬。

47.《同豆卢峰知字韵》[①]：“炼金欧冶子，喷玉大宛儿。符彩高无敌，聪明达所为。梦兰他日应，折桂早年知。烂漫通经术，光芒刷羽仪。谢庭瞻不远，潘省会于斯。倡和将雏曲，田翁号鹿皮。”

“谢庭瞻不远，潘省会于斯”，上句美其世家，下句言会于豆卢之署也。注非。如注，则结句“田翁号鹿皮”无义矣。

① 题又作《同豆卢峰贻主客李员外子棐知字韵》。

卷五　五言古诗

1.《望岳》："岱宗夫如何？齐鲁青未了。造化钟神秀，阴阳割昏晓。荡胸生曾云，决眦入归鸟。会当凌绝顶，一览众山小。"

"荡胸生层云，决眦入归鸟。"《望岳》诗甚称。下句人易见其工，上句非胸中吞云梦，八九不能道。评者以为苦，知之浅矣。

又，"荡胸生层云"，"荡胸"用《庄子》"此四六者不荡胸中"。

又，"荡胸生层云"，犹云身在云里，又如云胸中吞云梦八九。"荡胸"字则本庄子，谓不必可解，亦未达耳。

2.《登历下古城员外孙新亭》："吾宗固神秀，体物写谋长。形制开古迹，层冰延乐方。太山雄地理，巨壑眇云庄。高兴汩烦促，永怀清典常。含弘知四大，出入见三光。负郭喜粳稻，安时歌吉祥。"

《登历下新亭》诗"层冰延乐方"，"乐方"出曹子建诗"主人寂无为，众宾进乐方"，注者不知，故悬解无当。"层冰"，纪时也。当严寒之时，延为乐之方耳。后一首"芳宴此时俱""主称寿尊客"①，旨乃显矣。

3.《奉赠韦左丞丈二十二韵》："纨绔不饿死，儒冠多误身。丈人试静听，贱子请具陈。甫昔少年日，早充观国宾。读书破万卷，下笔如有神。赋料扬雄敌，诗看子建亲。李邕求识面，王翰愿卜邻。自谓颇挺出，立登要路津。致君尧舜上，再使风俗淳。此意竟萧条，行歌非隐沦。骑驴十三载，旅食京华春。朝扣富儿门，暮随肥马尘。残杯与冷炙，到处潜悲辛。

① 杜甫《同李太守登历下古城员外新亭亭对鹊湖》。

主上顷见征，欻然欲求伸。青冥却垂翅，蹭蹬无纵鳞。甚愧丈人厚，甚知丈人真。每于百僚上，猥颂佳句新。窃效贡公喜，难甘原宪贫。焉能心怏怏，只是走踆踆。今欲东入海，即将西去秦。尚怜终南山，回首清渭滨。常拟报一饭，况怀辞大臣。白鸥没浩荡，万里谁能驯？”

《赠韦左丞》，乃辞河西尉时作也。注谓贬华州司功作，殊不达诗意[①]。

又，“读书破万卷，下笔如有神”，非不夸也，夸而不诬，亦自东方生以来例耳。知己者乃可吐也，以“破”字为不夸，是文也。

又，“白鸥波浩荡”，必非“没”字，不敢以东坡为然也。“鸥”不解，“没”亦无论。

又，“白鸥波浩荡”，“波”字无疑，以“没”字上下相应，惑也。

4.《同诸公登慈恩寺塔》：“高标跨苍天，烈风无时休。自非旷士怀，登兹翻百忧。方知象教力，足可追冥搜。仰穿龙蛇窟，始出枝撑幽。七星在北户，河汉声西流。羲和鞭白日，少昊行清秋。秦山忽破碎，泾渭不可求。俯视但一气，焉能辨皇州。回首叫虞舜，苍梧云正愁。惜哉瑶池饮，日晏昆仑丘。黄鹄去不息，哀鸣何所投。君看随阳雁，各有稻粱谋。”

《登塔》诗：“羲和鞭白日。”《淮南子》曰：“乘车驾以六龙，羲和为驭。”此荒唐之语，即如所云，日亦非可鞭也，“鞭”字似未妥。

又，“回首叫虞舜，苍梧云正愁。惜哉瑶池饮。日宴昆仑丘”，非无比兴也，不必深求。而以为思高宗之晏驾，文德皇后之不留，则无谓。玩诗阅注，颇似说梦。

又，“回首叫虞舜，苍梧云正愁”与“为入苍梧庙，看云哭九疑”[②]意

---

① 杜甫有两首赠韦左丞的诗作，一是《赠韦左丞丈济》，一是《奉赠韦左丞丈二十二韵》，未能确知方氏所论是哪一首。据文义看，或是后者。按，通常认为，杜甫写作《赠韦左丞丈济》在前，《奉赠韦左丞丈二十二韵》则是第二次投递。两者早不早于天宝七载（那时韦济才升为尚书左丞），迟不迟于天宝十四载年初（两首《赠韦左丞》之内容全是亟需汲引的未得官状态；十三载冬杜甫《进西岳赋表》尚自称“长安一匹夫”，其得官最早在十四载年初）。所以，说《赠韦左丞》是安史之乱爆发以后“贬华州司功作”，自是绝无可能；说是“辞河西尉时作”，却也难以确定——从诗情诗意看，辞河西尉之前之后作，其实皆有可能。

② 杜甫《暮冬送苏四郎徯兵曹适桂州》。

同。其思远矣，非若他人徒刳心于风月烟云也。《三百篇》后能留心于风雅者，惟杜子耳。

5.《送高三十五书记》："崆峒小麦熟，且愿休王师。请公问主将，焉用穷荒为。饥鹰未饱肉，侧翅随人飞。高生跨鞍马，有似幽并儿。脱身簿尉中，始与捶楚辞。借问今何官，触热向武威。答云一书记，所愧国士知。人实不易知，更须慎其仪。十年出幕府，自可持旌麾。此行既特达，足以慰所思。男儿功名遂，亦在老大时。常恨结欢浅，各在天一涯。又如参与商，惨惨中肠悲。惊风吹鸿鹄，不得相追随。黄尘翳沙漠，念子何当归。边城有余力，早寄从军诗。"

"人实不易知，更须慎其仪"，送书记何以言此？殆觉哥舒非可依者耶？起四句正书记所当言，非不相涉。

又，"崆峒小麦熟，且愿休王师"，评谓四句后全不相涉，此但知唐音，未知古诗也。此主将为哥舒翰，诗中人实不易知，更须慎其仪，意含风刺而微婉不露，其旨远，其辞隐，可以继风人者也。

6.《示从孙济》："平明跨驴出，未知适谁门。权门多噂沓，且复寻诸孙。诸孙贫无事，宅舍如荒村。堂前自生竹，堂后自生萱。萱草秋已死，竹枝霜不蕃。淘米少汲水，汲多井水浑。刈葵莫放手，放手伤葵根。阿翁懒惰久，觉儿行步奔。所来为宗族，亦不为盘飧。小人利口实，薄俗难可论。勿受外嫌猜，同姓古所敦。"

杜《示从孙济》诗："所来为宗族，亦不为盘飧。小人利口实，薄俗难具论。"嗟夫，子美何如人也，而有盘飧口实之疑，至以诗自明，济之为人可知矣。济而市人可也，济士人也，位至京兆尹，士哉！士哉！同姓古所敦，此诗可以风矣。

7.《晦日寻崔戢李封》："朝光入瓮牖，尸寝惊敝裘。起行视天宇，春气渐和柔。兴来不暇懒，今晨梳我头。出门无所待，徒步觉自由。杖藜复恣意，免值公与侯。晚定崔李交，会心真罕俦。每过得酒倾，二宅可淹留。喜结仁里欢，况因令节求。李生园欲荒，旧竹颇修修。引客看扫除，随时成献酬。崔侯初筵色，已畏空尊愁。未知天下士，至性有此不。草牙既青出，蜂声亦暖游。思见农器陈，何当甲兵休。上古葛天民，不贻黄屋忧。至今阮籍等，熟醉为身谋。威凤高其翔，长鲸吞九州。地轴为之翻，百川皆乱流。当歌欲一放，泪下恐莫收。浊醪有妙理，庶用慰沈浮。”

杜“徒步觉自由”，又“徐行得自娱”①，又“相过人不知”②，又“吏人桥外少”③，皆绝交书中意，非俗士所会也。

8.《送率府程录事还乡》：“鄙夫行衰谢，抱病昏妄集。常时往还人，记一不识十。程侯晚相遇，与语才杰立。熏然耳目开，颇觉聪明入。千载得鲍叔，末契有所及。意钟老柏青，义动修蛇蛰。若人可数见，慰我垂白泣。告别无淹晷，百忧复相袭。内愧突不黔，庶羞以赒给。素丝挈长鱼，碧酒随玉粒。途穷见交态，世梗悲路涩。东风吹春冰，泱莽后土湿。念君惜羽翮，既饱更思戢。莫作翻云鹘，闻呼向禽急。”

“常时往还人，记一不识十”，殆非以衰，故子美亟破万卷。读书且难字过，安能记所往还乎？余自少以是取尤于世，老则甚矣，然非敢为简也，安得岷峨老知余真哉！④小子戒之。

又，杜“常时往还人，记一不识十”，盖在率府作，未老也。

9.《白水县崔少府十九翁高斋三十韵》：“客从南县来，浩荡无与适。旅食白日长，况当朱炎赫。高斋坐林杪，信宿游衍阒。清晨陪跻攀，傲睨俯峭壁。崇冈相枕带，旷野怀咫尺。始知贤主人，赠此遣愁寂。危阶根青冥，曾冰生淅沥。上有无心云，下有欲落石。泉声闻复急，动静随所击。鸟呼藏其身，有似惧弹射。吏隐道性情，兹焉其窟宅。白水见舅氏，诸翁

① 杜甫《陪李金吾花下饮》。
② 杜甫《过南邻朱山人水亭》。
③ 杜甫《章梓州水亭》。
④ 语出杜甫《漫城二首》其二，原句云："近识峨岷老，知予懒是真。"

乃仙伯。杖藜长松阴，作尉穷谷僻。为我炊雕胡，逍遥展良觌。坐久风颇愁，晚来山更碧。相对十丈蛟，欻翻盘涡坼。何得空里雷，殷殷寻地脉。烟氛蔼崷崒，魍魉森惨戚。昆仑崆峒颠，回首如不隔。前轩颓反照，巉绝华岳赤。兵气涨林峦，川光杂锋镝。知是相公军，铁马云雾积。玉觞淡无味，胡羯岂强敌。长歌激屋梁，泪下流衽席。人生半哀乐，天地有顺逆。慨彼万国夫，休明备征狄。猛将纷填委，庙谋蓄长策。东郊何时开，带甲且来释。欲告清宴罢，难拒幽明迫。三叹酒食旁，何由似平昔。”

杜“何得空里雷，殷殷寻地脉”，盖雷出地，奋意耳。注“空雷如此，安得入地寻之”[1]，俚矣。

又，“幽明迫”“酒食傍”，近俚拙。评得杜。亦未字字经意也，故云“赋诗何必多”。

10.《三川观水涨二十韵》：“我经华原来，不复见平陆。北上唯土山，连山走穷谷。火云无时出，飞电常在目。自多穷岫雨，行潦相豗蹙。蓊匌川气黄，群流会空曲。清晨望高浪，忽谓阴崖踣。恐泥窜蛟龙，登危聚麋鹿。枯查卷拔树，礧磈共充塞。声吹鬼神下，势阅人代速。不有万穴归，何以尊四渎。及观泉源涨，反惧江海覆。漂沙坼岸去，漱壑松柏秃。乘陵破山门，回斡裂地轴。交洛赴洪河，及关岂信宿。应沈数州没，如听万室哭。秽浊殊未清，风涛怒犹蓄。何时通舟车，阴气不黪黩。浮生有荡汩，吾道正羁束。人寰难容身，石壁滑侧足。云雷此不已，艰险路更跼，普天无川梁，欲济愿水缩。因悲中林士，未脱众鱼腹。举头向苍天，安得骑鸿鹄。”

杜诗用经语亦有着相处。如“恐泥窜蛟龙，登危聚麋鹿”，“恐泥”“登危”俱未工。“恐泥”屡用之，颇觉未惬。今人见经语即忌之，亦非达识耳。

11.《大云寺赞公房四首》其二：“细软青丝履，光明白氎巾。深藏供

---

①《集千家注杜工部诗》卷三《白水县崔少府十九翁高斋三十韵》行间注。

老宿，取用及吾身。自顾转无趣，交情何尚新。道林才不世，惠远德过人。雨泻暮檐竹，风吹青井芹。天阴对图画，最觉润龙鳞。”

“天阴对图画，最觉润龙鳞”，言阴雨对图画，觉画图龙鳞之润也。注非。

12.《大云寺赞公房四首》其三：“灯影照无睡，心清闻妙香。夜深殿突兀，风动金锒铛。天黑闭春院，地清栖暗芳。玉绳回断绝，铁凤森翱翔。梵放时出寺，钟残仍殷床。明朝在沃野，苦见尘沙黄。”

《赞公房》诗“心清闻妙香”，又“地清栖暗芳”，二“清”字必讹，“地幽”似可。

又，“钟残仍殷床”，言未起也。

13.《大云寺赞公房四首》其四：“童儿汲井华，惯捷瓶上手。沾洒不濡地，扫除似无帚。明霞烂复阁，霁雾搴高牖。侧塞被径花，飘飖委墀柳。艰难世事迫，隐遁佳期后。晤语契深心，那能总箝口。奉辞还杖策，暂别终回首。泱泱泥污人，听听国多狗。既未免羁绊，时来憩奔走。近公如白雪，执热烦何有。”

《赞公房》诗：“听听国多狗。”本《韩诗外传》晏子语：“左右者为社鼠，用事者为恶狗。”注不知引，乃引《楚辞》。

又，“听听国多狗”，非指禄山也，亦非陷贼中作。使陷贼中，安得徐步深院，微笑索诗耶？一篇中皆清暇语，注者何不达？

又，子美之于赞公有深契焉。观其诗，“泱泱泥污人，听听国多狗”，“晤语契深心，那能总钳口”，非所与方外者语也。赞公盖有心人，其见放宜哉！渊明、慧远则不然，志行超矣。

14.《送从弟亚赴河西判官》：“南风作秋声，杀气薄炎炽。盛夏鹰隼击，时危异人至。令弟草中来，苍然请论事。诏书引上殿，奋舌动天意。兵法五十家，尔腹为箧笥。应对如转丸，疏通略文字。经纶皆新语，足以正神器。宗庙尚为灰，君臣俱下泪。崆峒地无轴，青海天轩轾。西极最疮痍，连山暗烽燧。帝曰大布衣，借卿佐元帅。坐看清流沙，所以子奉使。归当再前席，适远非历试。须存武威郡，为画长久利。孤峰石戴驿，快马金缠辔。黄羊饫不膻，芦酒多还醉。踊跃常人情，惨澹苦士志。安边敌何有，反正计始遂。吾闻驾鼓车，不合用骐骥。龙吟回其头，夹辅待所致。”

评杜诗云：“‘孤峰石戴驿’，‘龙吟回其头’，皆奇语。”“石戴驿”奇矣，“回其头”未敢知。

又，“帝曰大布衣”，“曰”字不误疑误，误也。

又，杜“经纶皆新语”，可谓善颂。徒读父书，高谈孙吴，乃无当于用耳。

15.《北征》：“皇帝二载秋，闰八月初吉。杜子将北征，苍茫问家室。维时遭艰虞，朝野少暇日。顾惭恩私被，诏许归蓬荜。拜辞诣阙下，怵惕久未出。虽乏谏诤姿，恐君有遗失。君诚中兴主，经纬固密勿。东胡反未已，臣甫愤所切。挥涕恋行在，道途犹恍惚。乾坤含疮痍，忧虞何时毕。靡靡逾阡陌，人烟眇萧瑟。所遇多被伤，呻吟更流血。回首凤翔县，旌旗晚明灭。前登寒山重，屡得饮马窟。邠郊入地底，泾水中荡潏。猛虎立我前，苍崖吼时裂。菊垂今秋花，石戴古车辙。青云动高兴，幽事亦可悦。山果多琐细，罗生杂橡栗。或红如丹砂，或黑如点漆。雨露之所濡，甘苦齐结实。缅思桃源内，益叹身世拙。坡陀望鄜畤，岩谷互出没。我行已水滨，我仆犹木末。鸱鸟鸣黄桑，野鼠拱乱穴。夜深经战场，寒月照白骨。潼关百万师，往者散何卒。遂令半秦民，残害为异物。况我堕胡尘，及归尽华发。经年至茅屋，妻子衣百结。恸哭松声回，悲泉共幽咽。平生所娇儿，颜色白胜雪。见耶背面啼，垢腻脚不袜。床前两小女，补绽才过膝。海图坼波涛，旧绣移曲折。天吴及紫凤，颠倒在裋褐。老夫情怀恶，呕泄卧数日。那无囊中帛，救汝寒凛栗。粉黛亦解苞，衾裯稍罗列。瘦妻面复光，痴女头自栉。学母无不为，晓妆随手抹。移时施朱铅，狼藉画眉阔。生还对童稚，似欲忘饥渴。问事竞挽须，谁能即嗔喝。翻思在贼愁，甘受杂乱聒。新归且慰意，生理焉能说。至尊尚蒙尘，几日休练卒。仰观天色改，坐觉袄气豁。阴风西北来，惨淡随回鹘。其王愿助顺，其俗善驰突。送兵五千人，驱马一万匹。此辈少为贵，四方服勇决。所用皆鹰腾，破敌过箭疾。圣心颇虚伫，时议气欲夺。伊洛指掌收，西京不足拔。官军请深入，蓄锐何俱发。此举开青徐，旋瞻略恒碣。昊天积霜露，正气有肃杀。祸转亡胡岁，势成擒胡月。胡命其能久，皇纲未宜绝。忆昨狼狈初，事与古先别。奸臣竟菹醢，同恶随荡析。不闻夏殷衰，中自诛褒妲。周汉获再兴，宣光果明哲。桓桓陈将军，仗钺奋忠烈。微尔人尽非，于今国犹活。凄凉大同殿，寂寞白兽闼。都人望翠华，佳气向金阙。园陵固有神，扫洒数不缺。煌煌太宗业，树立甚宏达。”

杜“煌煌太宗业”，又“太宗社稷一朝正”①，颇疑非体，觉与武周追王之意不类。

16.《义鹘行》：“阴崖有苍鹰，养子黑柏颠。白蛇登其巢，吞噬恣朝餐。雄飞远求食，雌者鸣辛酸。力强不可制，黄口无半存。其父从西归，翻身入长烟。斯须领健鹘，痛愤寄所宣。斗上捩孤影，噭哮来九天。修鳞脱远枝，巨颡坼老拳。高空得蹭蹬，短草辞蜿蜒。折尾能一掉，饱肠皆已穿。生虽灭众雏，死亦垂千年。物情有报复，快意贵目前。兹实鸷鸟最，急难心炯然。功成失所往，用舍何其贤。近经潏水湄，此事樵夫传。飘萧觉素发，凛欲冲儒冠。人生许与分，只在顾盼间。聊为义鹘行，用激壮士肝。”

杜《义鹘行》：“巨颡坼老拳。”虽未读《石勒传》，知必有据也，而刘梦得始犹疑之，况浅学乎？读杜诗者，未破万卷则勿妄解，可也。

17.《留花门》：“北门天骄子，饱肉气勇决。高秋马肥健，挟矢射汉月。自古以为患，诗人厌薄伐。修德使其来，羁縻固不绝。胡为倾国至，出入暗金阙。中原有驱除，隐忍用此物。公主歌黄鹄，君王指白日。连云

① 杜甫《寄狄明府博济》。

屯左辅，百里见积雪。长戟鸟休飞，哀笳曙幽咽。田家最恐惧，麦倒桑枝折。沙苑临清渭，泉香草丰洁。渡河不用船，千骑常撇烈。胡尘逾太行，杂种抵京室。花门既须留，原野转萧瑟。”

《留花门》“百里见积雪”，须下句“长戟鸟休飞”，则戟之雪色乃显矣。不读下句，“积雪”何见耶？此诗之节奏也。

18.《贻阮隐居》：“陈留风俗衰，人物世不数。塞上得阮生，迥继先父祖。贫知静者性，自益毛发古。车马入邻家，蓬蒿翳环堵。清诗近道要，识子用心苦。寻我草径微，褰裳蹋寒雨。更议居远村，避喧甘猛虎。足明箕颍客，荣贵如粪土。”

杜“避喧甘猛虎”，喧固可厌，宁甘兽食耶？亦似不情矣。彼虽甘，人自可防之，不若尘喧之难避也，非真甘之也，然句竟未工。杜“刘表虽遗恨，庞公至死藏”①，其不轻附人，志可见矣。“白头趋幕府，深觉负平生”②，盖不得已也。情语自真，非若他人兢进而貌为恬静者。

19.《西枝村寻置草堂地，夜宿赞公土室二首》：“出郭眄细岑，披榛得微路。溪行一流水，曲折方屡渡。赞公汤休徒，好静心迹素。昨枉霞上作，盛论岩中趣。怡然共携手，恣意同远步。扪萝涩先登，陟巘眩反顾。要求阳冈暖，苦陟阴岭沍。惆怅老大藤，沈吟屈蟠树。卜居意未展，杖策回且暮。层巅余落日，早蔓已多露。”

“老大藤”“一流水”，近俚。杜集中有此等句，勿效可也。

20.《寄赞上人》：“一昨陪锡杖，卜邻南山幽。年侵腰脚衰，未便阴崖秋。重冈北面起，竟日阳光留。茅屋买兼土，斯焉心所求。近闻西枝西，有谷杉黍稠。亭午颇和暖，石田又足收。当期塞雨干，宿昔齿疾瘳。裴回虎穴上，面势龙泓头。柴荆具茶茗，径路通林丘。与子成二老，来往

① 杜甫《寄彭州高三十五使君适虢州岑二十七长史参三十韵》。
② 杜甫《正月三日归溪上有作简院内诸公》。

亦风流。”

杜《寄赞上人》“与子成二老”，不必注。乃引伯夷、太公，可资一笑。

21.《太平寺泉眼》：“招提凭高冈，疏散连草莽。出泉枯柳根，汲引岁月古。石间见海眼，天畔萦水府。广深丈尺间，宴息敢轻侮。青白二小蛇，幽姿可时睹。如丝气或上，烂漫为云雨。山头到山下，凿井不尽土。取供十方僧，香美胜牛乳。北风起寒文，弱藻舒翠缕。明涵客衣净，细荡林影趣。何当宅下流，余润通药圃。三春湿黄精，一食生毛羽。”

杜《太平寺泉眼》诗：“青白二小蛇，幽姿可时睹。如丝气或上，烂熳为云雨。”此必传闻暂见，非可常睹也。《通志》此类非一，往往无足征耳。

22.《昔游》：“昔谒华盖君，深求洞宫脚。玉棺已上天，白日亦寂寞。暮升艮岑顶，巾几犹未却。弟子四五人，入来泪俱落。余时游名山，发轫在远壑。良觌违夙愿，含凄向寥廓。林昏罢幽磬，竟夜伏石阁。王乔下天坛，微月映皓鹤。晨溪向虚駃，归径行已昨。岂辞青鞋胝，怅望金匕药。东蒙赴旧隐，尚忆同志乐。休事董先生，于今独萧索。胡为客关塞，道意久衰薄。妻子亦何人，丹砂负前诺。虽悲发鬓变，未忧筋力弱。扶藜望清秋，有兴入庐霍。”

“昔谒华盖君，绿袍昆玉脚[①]”，未明。或云谓白足也，犹玉趾。

又，“晨溪向虚驶[②]，归径行已昨。”山溪乍盈涸，向者虚驶，今归则可径矣。转盼陈迹，行已昨矣。

---

①“绿袍昆玉脚”一作“深求洞宫脚”。

② 通行本皆为“晨溪向虚駃”。按，駃作迅捷意，通“快”。此处若作驶字，与下一句诗意疏离不对。少数杜集版本为“驶”字，当是与“駃”字形近而误写。

23.《梦李白二首》

其一："死别已吞声，生别常恻恻。江南瘴疠地，逐客无消息。故人入我梦，明我长相忆。君今在罗网，何以有羽翼。恐非平生魂，路远不可测。魂来枫林青，魂返关塞黑。落月满屋梁，犹疑照颜色。水深波浪阔，无使蛟龙得。"

其二："浮云终日行，游子久不至。三夜频梦君，情亲见君意。告归常局促，苦道来不易。江湖多风波，舟楫恐失坠。出门搔白首，若负平生志。冠盖满京华，斯人独憔悴。孰云网恢恢，将老身反累。千秋万岁名，寂寞身后事。"

"死别已吞声，生别常恻恻"，悲生别也。中云"逐客无消息""将老身反累"，其义显矣。"魂来枫材青，魂返关塞黑"，谓梦魂。注乃以"死别""吞声"为太白死后作，而以"水深波浪阔""舟楫恐失坠"证捉月之事，其陋至此，何以解杜诗哉？

24.《有怀台州郑十八司户》："天台隔三江，风浪无晨暮。郑公纵得归，老病不识路。昔如水上鸥，今如罝中兔。性命由他人，悲辛但狂顾。山鬼独一脚，蝮蛇长如树。呼号傍孤城，岁月谁与度。从来御魑魅，多为才名误。夫子嵇阮流，更被时俗恶。海隅微小吏，眼暗发垂素。黄帽映青袍，非供折腰具。平生一杯酒，见我故人遇。相望无所成，乾坤莽回互。"

天台非恶地，郑虔以汗[①]赃贬，亦轻典矣。遂以为"御魑魅"。虽私所好，毋亦不近信乎！顷见以朝官升迁藩司辄称流落，何鄙浅也。

又，郑广文贬台州，台州佳境也，薄谪矣。而子美以为"御魑魅"，乃有山鬼一脚、蝮蛇如树之语，词人之作过实，虽号"诗史"者不免耶？

又，世谈天台者以为洞天福地，怅未能游耳。郑广文以污赃贬，犹得早秩，亦宽矣。而杜以为"御魑魅"，山鬼一脚，蝮蛇如树，何其甚也。文之胜质，往往过实。安得三复白圭，言必有中者乎？

---

① 原文如此，当是"汙"字。

25.《遣兴三首》

其一："我今日夜忧，诸弟各异方。不知死与生，何况道路长。避寇一分散，饥寒永相望。岂无柴门归，欲出畏虎狼。仰看云中雁，禽鸟亦有行。

其二："蓬生非无根，漂荡随高风。天寒落万里，不复归本丛。客子念故宅，三年门巷空。怅望但烽火，戎车满关东。生涯能几何，常在羁旅中。"

其三："昔在洛阳时，亲友相追攀。送客东郊道，遨游宿南山。烟尘阻长河，树羽成皋间。回首载酒地，岂无一日还。丈夫贵壮健，惨戚非朱颜。"

"蓬生非无根"三首，汉、魏风骨也。杜非不能为汉、魏语，后人妄评。

26.《遣兴五首》[①]其五："吾怜孟浩然，裋褐即长夜。赋诗何必多，往往凌鲍谢。清江空旧鱼，春雨余甘蔗。每望东南云，令人几悲咤。"

"吾怜孟浩然"诗，"清江空旧鱼，春雨余甘蔗"当是用浩然语，第孟诗传者少，今无由考耳。答问。

又，杜咏孟浩然："清江空旧鱼，春雨余甘蔗。"必用孟诗中语，以"空""余"二字寓感耳。谓近禅意，非。每惜孟诗传者太少，读"赋诗何必多"之句，乃由不轻作耳，益知薛考功达识也。"旧鱼"本《国策》"泣鱼"语，"甘蔗"本《世说》语。

27.《遣兴五首》其一："朔风飘胡雁，惨淡带砂砾。长林何萧萧，秋草萋更碧。北里富熏天，高楼夜吹笛。焉知南邻客，九月犹絺绤。"

杜诗"九月犹絺绤"，咏贫也。去年秋热，登高汗浃，众皆无衣耳。"乞为寒水玉"，三伏恒态也。今年六月苦溜，乃衣袷旬日，天行适然耶？人事使然耶？不敢知也。辛丑记异。

① 以《遣兴五首》为名者，杜诗中共有两组。

28.《别赞上人》:“百川日东流，客去亦不息。我生苦漂荡，何时有终极。赞公释门老，放逐来上国。还为世尘婴，颇带憔悴色。杨枝晨在手，豆子雨已熟。是身如浮云，安可限南北。异县逢旧友，初忻写胸臆。天长关塞寒，岁暮饥冻逼。野风吹征衣，欲别向曛黑。马嘶思故枥，归鸟尽敛翼。古来聚散地，宿昔长荆棘。相看俱衰年，出处各努力。”

“杨枝晨在手，豆子雨已熟”。“豆子”，眼中黑精，其义本隐。乃云道术深妙，杨枝挥洒便能致雨以熟豆田，真可供笑。手把青杨枝，遍洒甘露水①，洗心之义也。《道德经》云“机在目养，熟则目自无邪视”，二句是内典精语。

又，杜“是身如浮云，安可限南北”，苏长公全用之，乃偶然也。古人非相袭，不啻自其口出而不觉耳。

29.《木皮岭》:“首路栗亭西，尚想凤凰村。季冬携童稚，辛苦赴蜀门。南登木皮岭，艰险不易论。汗流被我体，祁寒为之暄。远岫争辅佐，千岩自崩奔。始知五岳外，别有他山尊。仰干塞大明，俯入裂厚坤。再闻虎豹斗，屡跼风水昏。高有废阁道，摧折如短辕。下有冬青林，石上走长根。西崖特秀发，焕若灵芝繁。润聚金碧气，清无沙土痕。忆观昆仑图，目击悬圃存。对此欲何适，默伤垂老魂。”

《木皮岑》②诗“远岫争辅佐”以下，本言其高峻耳。解者句句附会时事，使作者之意索然，乃杜之一厄也。

30.《水会渡》:“山行有常程，中夜尚未安。微月没已久，崖倾路何难。大江动我前，汹若溟渤宽。篙师暗理楫，歌笑轻波澜。霜浓木石滑，风急手足寒。入舟已千忧，陟巘仍万盘。迥眺积水外，始知众星乾。远游

① 语意源自佛经。如，《涅槃经》云:“诸大比丘等，于晨朝日初出，离常住处，嚼杨枝，遇佛光明，疾速漱口澡手。”《华严经·净行品》亦有云:“手执杨枝，当愿众生皆得妙法，究竟清净。”下句“豆子”云云，其典亦出自佛经。

② 此诗题有误，检索自宋以来诸家杜集，皆作《木皮岭》，无一例为《木皮岑》者。

令人瘦，衰疾惭加餐。”

《水会渡》诗：“山行有常程，中夜尚未安。”余入蜀乃信其语之工：盖叠嶂相连，间有人家，每日寓宿必有定所，纵雨雪疲极，不能中途而止也，故蜀道之难而计程不爽。

31.《龙门阁》：“清江下龙门，绝壁无尺土。长风驾高浪，浩浩自太古。危途中萦盘，仰望垂线缕。滑石欹谁凿，浮梁袅相拄。目眩陨杂花，头风吹过雨。百年不敢料，一坠那得取。饱闻经瞿塘，足见度大庾。终身历艰险，恐惧从此数。”

《龙门阁》诗“百年不敢料，一坠那得取”，言其险绝，一失足则无生望矣。注者不知，漫引无谓之语，真木灾也。

32.《石柜阁》：“季冬日已长，山晚半天赤。蜀道多早花，江间饶奇石。石柜层波上，临虚荡高壁。清晖回群鸥，暝色带远客。羁栖负幽意，感叹向绝迹。信甘孱懦婴，不独冻馁迫。优游谢康乐，放浪陶彭泽。吾衰未自安，谢尔性所适。”

《石柜阁》诗“优游谢康乐”，注以为玄晖，既谬。又云玄晖封康乐公，孙灵运袭封，故称康乐，又谬。玄晖与沈约同时，灵运乃其祖行耳。注者似以谢玄、玄晖为一人。

33.《剑门》：“惟天有设险，剑门天下壮。连山抱西南，石角皆北向。两崖崇墉倚，刻画城郭状。一夫怒临关，百万未可傍。珠玉走中原，岷峨气凄怆。三皇五帝前，鸡犬各相放。后王尚柔远，职贡道已丧。至今英雄人，高视见霸王。并吞与割据，极力不相让。吾将罪真宰，意欲铲叠嶂。恐此复偶然，临风默惆怅。”

杜《剑门》诗“吾将罪真宰，意欲铲迭嶂”，以为割据者资也。然沛公王蜀，烧栈以兴；昭烈牧益，汉业偏复。设险守国，王者所不废也，奈何以为罪？吾徽以山谷为郡，四塞俱蜀道也。自昔纷扰之际，往往有保境安民以待天下之清者，则所赖者险耳。今商旅肩摩，日事开除，以便转毂金牛之事，不知鉴也。余尝反杜句“叠嶂日复铲，惧干真宰怒”，盖有深虑焉。

34.《赠蜀僧闾丘师兄》：“大师铜梁秀，籍籍名家孙。呜呼先博士，炳灵精气奔。惟昔武皇后，临轩御乾坤。多士尽儒冠，墨客霭云屯。当时上紫殿，不独卿相尊。世传闾丘笔，峻极逾昆仑。凤藏丹霄暮，龙去白水浑。青荧雪岭东，碑碣旧制存。斯文散都邑，高价越玙璠。晚看作者意，妙绝与谁论。吾祖诗冠古，同年蒙主恩。豫章夹日月，岁久空深根。小子思疏阔，岂能达词门。穷愁一挥泪，相遇即诸昆。我住锦官城，兄居祇树园。地近慰旅愁，往来当丘樊。天涯歇滞雨，粳稻卧不翻。漂然薄游倦，始与道侣敦。景晏步修廊，而无车马喧。夜阑接软语，落月如金盆。漠漠世界黑，驱车争夺繁。惟有摩尼珠，可照浊水源。”

“采菊东篱下，悠然见南山”，佳句不易得。杜“夜阑接软语，落月如金盆”，谓意度不减可也。辄云雄健过之，则不知而为知者。

35.《病橘》：“群橘少生意，虽多亦奚为。惜哉结实小，酸涩如棠梨。剖之尽蠹虫，采掇爽其宜。纷然不适口，岂只存其皮。萧萧半死叶，未忍别故枝。玄冬霜雪积，况乃回风吹。尝闻蓬莱殿，罗列潇湘姿。此物岁不稔，玉食失光辉。寇盗尚凭陵，当君减膳时。汝病是天意，吾谂罪有司。忆昔南海使，奔腾献荔支。百马死山谷，到今耆旧悲。”

杜“忆昔南海使，奔腾献荔枝”，此可明非蜀献也。蜀虽有荔枝，殊不堪献。

36.《屏迹三首》其二：“晚起家何事，无营地转幽。竹光团野色，舍影漾江流。失学从儿懒，长贫任妇愁。百年浑得醉，一月不梳头。”

“晚起家何事”与“在家常早起”并看，则得诗意。得其意，乃知其工。

37.《遭田父泥饮美严中丞》："步屧随春风，村村自花柳。田翁逼社日，邀我尝春酒。酒酣夸新尹，畜眼未见有。回头指大男，渠是弓弩手。名在飞骑籍，长番岁时久。前日放营农，辛苦救衰朽。差科死则已，誓不举家走。今年大作社，拾遗能住否。叫妇开大瓶，盆中为吾取。感此气扬扬，须知风化首。语多虽杂乱，说尹终在口。朝来偶然出，自卯将及酉。久客惜人情，如何拒邻叟。高声索果栗，欲起时被肘。指挥过无礼，未觉村野丑。月出遮我留，仍嗔问升斗。"

《遭田父泥饮》，以为饮于泥淖之中者既非，而醉如泥之解亦未得也。泥，去声，田家村野留客之态。诗中"欲起时被肘"，虽无礼，未觉其丑耳。

38.《谒文公上方》："野寺隐乔木，山僧高下居。石门日色异，绛气横扶疏。窈窕入风磴，长芦纷卷舒。庭前猛虎卧，遂得文公庐。俯视万家邑，烟尘对阶除。吾师雨花外，不下十年余。长者自布金，禅龛只晏如。大珠脱玷翳，白月当空虚。甫也南北人，芜蔓少耘锄。久遭诗酒污，何事忝簪裾。王侯与蝼蚁，同尽随丘墟。愿闻第一义，回向心地初。金篦刮眼膜，价重百车渠。无生有汲引，兹理傥吹嘘。"

《谒文公上方》，解者不知为侩，何能知杜诗，妄云佳。

又，"王侯与蝼蚁，同尽随丘墟。愿闻第一义，回向心地初"，在杜集中亦不足惊异。乃谓深入理窟，晋、宋以来无此句，不亦佞乎。

又，子美云"久遭诗酒污"，亦暂悟耳。"语不惊人死不休"[①]，则所癖也。"流落人间者，泰山一豪芒"[②]，惊人语，未必尽传也。"赋诗何必多"[③]，既已知之，何其多多也？余少也苦思，而缘诗瘦久不为矣。晚复漫兴，不足以愁花鸟，无乃自污欤。志之以儆，自今止焉。元亮之于酒犹

① 杜甫《江上值水如海势聊短述》。
② 韩愈《调张籍》。
③杜甫《遣兴五首》其五。

能止，况雕虫之技，无益者乎？

39.《棕拂子》："棕拂且薄陋，岂知身效能。不堪代白羽，有足除苍蝇。荧荧金错刀，擢擢朱丝绳。非独颜色好，亦用顾盼称。吾老抱疾病，家贫卧炎蒸。咂肤倦扑灭，赖尔甘服膺。物微世竞弃，义在谁肯征。三岁清秋至，未敢阙缄藤。"

《棕拂子》诗，义有比兴。而以为刺李林甫，则凿矣。

40.《阆州东楼筵奉送十一舅往青城县得昏字》："曾城有高楼，制古丹雘存。迢迢百余尺，豁达开四门。虽有车马客，而无人世喧。游目俯大江，列筵慰别魂。是时秋冬交，节往颜色昏。天寒鸟兽休，霜露在草根。今我送舅氏，万感集清尊。岂伊山川间，回首盗贼繁。高贤意不暇，王命久崩奔。临风欲恸哭，声出已复吞。"

陶"结庐在人境，而无车马喧"，杜"虽有车马客，而无人世喧"，陶超矣，杜句亦佳。若谓胜陶，则评者梦语。

41.《山寺》："野寺根石壁，诸龛遍崔嵬。前佛不复辨，百身一莓苔。虽有古殿存，世尊亦尘埃。如闻龙象泣，足令信者哀。使君骑紫马，捧拥从西来。树羽静千里，临江久裴回。山僧衣蓝缕，告诉栋梁摧。公为顾宾徒，咄嗟檀施开。吾知多罗树，却倚莲华台。诸天必欢喜，鬼物无嫌猜。以兹抚士卒，孰曰非周才。穷子失净处，高人忧祸胎。岁晏风破肉，荒林寒可回。思量入道苦，自哂同婴孩。"

杜《山寺》诗"世尊亦尘埃""告诉栋梁摧"，自述废寺耳。初未及乘舆蒙尘、股肱非材意，而谓一饭不忘忠义，谀辞可厌。

又，杜《山寺》诗"诸天必欢喜，鬼物无嫌猜，以兹抚士卒，孰曰非周才"，盖谓咄嗟檀施，令兵徒趋事，受其佣直，乃所以抚之也。向也寺废而穷子杂处其中，高人忧之，今失矣。一举而数善具，此诗意五解者谬。

42.《将适吴楚留别章使君留后兼幕府诸公得柳字》："我来入蜀门，岁月亦已久。岂惟长儿童，自觉成老丑。常恐性坦率，失身为杯酒。近辞痛饮徒，折节万夫后。昔如纵壑鱼，今如丧家狗。既无游方恋，行止复何有。相逢半新故，取别随薄厚。不意青草湖，扁舟落吾手。眷眷章梓州，开筵俯高柳。楼前出骑马，帐下罗宾友。健儿簸红旗，此乐或难朽。日车隐昆仑，鸟雀噪户牖。波涛未足畏，三峡徒雷吼。所忧盗贼多，重见衣冠走。中原消息断，黄屋今安否。终作适荆蛮，安排用庄叟。随云拜东皇，挂席上南斗。有使即寄书，无使长回首。"

杜诗中与章梓州良厚，其留别之作"常恐性坦率，失身为杯酒""不意青草湖，扁舟落吾手"等语，大有戒心，然则谓严杀章并欲及公，信矣。严与公诗"莫倚善题鹦鹉赋"，语大无赖。

43.《草堂》："昔我去草堂，蛮夷塞成都。今我归草堂，成都适无虞。请陈初乱时，反复乃须臾。大将赴朝廷，群小起异图。中宵斩白马，盟歃气已粗。西取邛南兵，北断剑阁隅。布衣数十人，亦拥专城居。其势不两大，始闻蕃汉殊。西卒却倒戈，贼臣互相诛。焉知肘腋祸，自及枭獍徒。义士皆痛愤，纪纲乱相逾。一国实三公，万人欲为鱼。唱和作威福，孰肯辨无辜。眼前列杻械，背后吹笙竽。谈笑行杀戮，溅血满长衢。到今用钺地，风雨闻号呼。鬼妾与鬼马，色悲充尔娱。国家法令在，此又足惊吁。贱子且奔走，三年望东吴。弧矢暗江海，难为游五湖。不忍竟舍此，复来薙榛芜。入门四松在，步屟万竹疏。旧犬喜我归，低徊入衣裾。邻舍喜我归，酤酒携胡芦。大官喜我来，遣骑问所须。城郭喜我来，宾客隘村墟。天下尚未宁，健儿胜腐儒。飘摇风尘际，何地置老夫。于时见疣赘，骨髓幸未枯。饮啄愧残生，食薇不敢余。"

杜"鬼妾与鬼马"，俗称寡妇"鬼妻"，入诗觉俚。

44.《水槛》："苍江多风飙，云雨昼夜飞。茅轩驾巨浪，焉得不低垂。

游子久在外，门户无人持。高岸尚如谷，何伤浮柱攲。扶颠有劝诫，恐贻识者嗤。既殊大厦倾，可以一木支。临川视万里，何必栏槛为。人生感故物，慷慨有余悲。”

《水槛》诗，琐事妙辞。“临川视万里，何必栏槛为”，自是达观之语，乃妄谓讥肃宗示人不广，可厌。此等注既不须览，亦何必辩，然其行布已久，恐误儿辈，为拈出耳。

45.《送韦讽上阆州录事参军》：“国步犹艰难，兵革未衰息。万方哀嗷嗷，十载供军食。庶官务割剥，不暇忧反侧。诛求何多门，贤者贵为德。韦生富春秋，洞彻有清识。操持纪纲地，喜见朱丝直。当令豪夺吏，自此无颜色。必若救疮痍，先应去蟊贼。挥泪临大江，高天意凄恻。行行树佳政，慰我深相忆。”

杜“庶官务割剥，不暇忧反侧”，痛切之语。割剥所以致反侧也，奈何不鉴！

又，“必要救疮痍，先须去蟊贼”，名言。杜《赠韩谏议魏将军歌二首》中“王京群帝集北斗”“夜骑天驷超天河”等语，太涉虚诞，颇近老人恍惚之态。太白《梦游天姥》之作超矣，盖语梦则可也。

46.《水阁朝霁奉简云安严明府》：“东城抱春岑，江阁邻石面。崔嵬晨云白，朝旭射芳甸。雨槛卧花丛，风床展书卷。钩帘宿鹭起，丸药流莺啭。呼婢取酒壶，续儿诵文选。晚交严明府，矧此数相见。”

杜《水阁朝霁简严明府》之作，结句似无干涉。评者疑之，盖篇中皆喜晴适意之语，而晚交明府，矧数相见，又可喜也。语意自合，所谓不烦绳削者也。

又，“呼婢取酒壶”，若摘句，安得称佳？读全篇，乃知杜公非漫下笔者，此境固难彻耳。

47.《雷》：“大旱山岳燋，密云复无雨。南方瘴疠地，罹此农事苦。

封内必舞雩，峡中喧击鼓。真龙竟寂寞，土梗空俯偻。吁嗟公私病，税敛缺不补。故老仰面啼，疮痍向谁数。暴尪或前闻，鞭巫非稽古。请先偃甲兵，处分听人主。万邦但各业，一物休尽取。水旱其数然，尧汤免亲睹。上天铄金石，群盗乱豺虎。二者存一端，愆阳不犹愈。昨宵殷其雷，风过齐万弩。复吹霾翳散，虚觉神灵聚。气暍肠胃融，汗滋衣裳污。吾衰尤拙计，失望筑场圃。”

杜：“上天铄金石，群盗乱豺虎。二者存一端，愆阳不犹愈。”余诵其诗，甚悲焉。与其锋刃也，无宁饥饿，民之罹此，亦已极矣。夫乱犹可避也，乃若苛政猛于盗则无所避之，有揭竿而呼者且望之耳。然则盗不犹愈乎？夫民以盗为愈于政，其心离矣。失其民者失其心也，可不惧哉。

48.《火》：“楚山经月火，大旱则斯举。旧俗烧蛟龙，惊惶致雷雨。爆嵌魑魅泣，崩冻岚阴昈。罗落沸百泓，根源皆万古。青林一灰烬，云气无处所。入夜殊赫然，新秋照牛女。风吹巨焰作，河棹腾烟柱。势俗焚昆仑，光弥焮洲渚。腥至焦长蛇，声吼缠猛虎。神物已高飞，不见石与土。尔宁要谤讟，凭此近荧侮。薄关长吏忧，甚昧至精主。远迁谁扑灭，将恐及环堵。流汗卧江亭，更深气如缕。”

“楚山经月火，大旱则斯举”，“斯举”用《论语》。注者误。

49.《贻华阳柳少府》：“系马乔木间，问人野寺门。柳侯披衣笑，见我颜色温。并坐石下堂，俯视大江奔。火云洗月露，绝壁上朝暾。自非晓相访，触热生病根。南方六七月，出入异中原。老少多暍死，汗逾水浆翻。俊才得之子，筋力不辞烦。指挥当世事，语及戎马存。涕泪溅我裳，悲气排帝阍。郁陶抱长策，义仗知者论。吾衰卧江汉，但愧识玙璠。文章一小技，于道未为尊。起予幸斑白，因是托子孙。俱客古信州，结庐依毁垣。相去四五里，径微山叶繁。时危挹佳士，况免军旅喧。醉从赵女舞，歌鼓秦人盆。子壮顾我伤，我欢兼泪痕。余生如过鸟，故里今空村。”

“起予幸斑白”，言老人得之子，“起予”以为幸。

50.《七月三日亭午已后较热退晚加小凉稳睡有诗因论壮年乐事戏呈元二十一曹长》:“今兹商用事，余热亦已末。衰年旅炎方，生意从此活。亭午减汗流，北邻耐人聒。晚风爽乌匼，筋力苏摧折。闭目逾十旬，大江不止渴。退藏恨雨师，健步闻旱魃。园蔬抱金玉，无以供采掇。密云虽聚散，徂暑终衰歇。前圣慎焚巫，武王亲救暍。阴阳相主客，时序递回斡。洒落唯清秋，昏霾一空阔。萧萧紫塞雁，南向欲行列。欻思红颜日，霜露冻阶闼。胡马挟雕弓，鸣弦不虚发。长钺逐狡兔，突羽当满月。惆怅白头吟，萧条游侠窟。临轩望山阁，缥缈安可越。高人炼丹砂，未念将朽骨。少壮迹颇疏，欢乐曾倏忽。杖藜风尘际，老丑难翦拂。吾子得神仙，本是池中物。贱夫美一睡，烦促婴词笔。”

“晚来爽乌匼”。乌匼，巾名，乃方言，今折帽犹呼匾，匼音渴。

又，“贱夫美一睡”，与炼丹砂者言也。修真者戒睡，故题云“戏呈”。

51.《牵牛织女》:“牵牛出河西，织女处其东。万古永相望，七夕谁见同。神光意难候，此事终蒙胧。飒然精灵合，何必秋遂通。亭亭新妆立，龙驾具曾空。世人亦为尔，祈请走儿童。称家随丰俭，白屋达公宫。膳夫翊堂殿，鸣玉凄房栊。曝衣遍天下，曳月扬微风。蛛丝小人态，曲缀瓜果中。初筵裛重露，日出甘所终。嗟汝未嫁女，秉心郁忡忡。防身动如律，竭力机杼中。虽无姑舅事，敢昧织作功。明明君臣契，咫尺或未容。义无弃礼法，恩始夫妇恭。小大有佳期，戒之在至公。方圆苟龃龉，丈夫多英雄。”

《牵牛织女》诗，初无私合相从之疑，此事终朦胧。既不信俗说，第因戒女妇以礼法云尔。注谬。

52.《信行远修水筒》[①]:“汝性不茹荤，清静仆夫内。秉心识本源，于事少滞碍。云端水筒坼，林表山石碎。触热藉子修，通流与厨会。往来

① 一作《引水筒》。

四十里，荒险崖谷大。日曛惊未餐，貌赤愧相对。浮瓜供老病，裂饼尝所爱。于斯答恭谨，足以殊殿最。讵要方士符，何假将军盖。行诸直如笔，用意崎岖外。”

《信行远修水筒》：“讵要方士术，何假将军盖。”“盖”字不得所谓，殆用大树将军事，触热往来，不息树阴，嘉其勤也。树如盖，先主门前事。《枏树歌》：“浦上童童一青盖。”

53.《雨》：“峡云行清晓，烟雾相徘徊。风吹苍江树，雨洒石壁来。凄凄生余寒，殷殷兼出雷。白谷变气候，朱炎安在哉。高鸟湿不下，居人门未开。楚宫久已灭，幽佩为谁哀。侍臣书王梦，赋有冠古才。冥冥翠龙驾，多自巫山台。”

“峡云行清晓，烟雾相徘徊。”“行”字从“朝为行云”来，“相徘徊”因“行”字来，“峡云”从“阳台之下”来。知字所从来，乃知句法。

54.《雨》：“行云递崇高，飞雨霭而至。潺潺石间溜，汩汩松上驶。亢阳乘秋热，百谷皆已弃。皇天德泽降，焦卷有生意。前雨伤卒暴，今雨喜容易。不可无雷霆，间作鼓增气。佳声达中宵，所望时一致。清霜九月天，仿佛见滞穗。郊扉及我私，我圃日苍翠。恨无抱瓮力，庶减临江费。”

“恨无抱瓮力，庶减临江费”，言力不能抱瓮，未免倩人，既雨而减此费。注非。

55.《雨》：“山雨不作泥，江云薄为雾。晴飞半岭鹤，风乱平沙树。明灭洲景微，隐见岩姿露。拘闷出门游，旷绝经目趣。消中日伏枕，卧久尘及屦。岂无平肩舆，莫辨望乡路。兵戈浩未息，蛇虺反相顾。悠悠边月破，郁郁流年度。针灸阻朋曹，糠籺对童孺。一命须屈色，新知渐成故。穷荒益自卑，飘泊欲谁诉。尪羸愁应接，俄顷恐违迕。浮俗何万端，幽人有独步。庞公竟独往，尚子终罕遇。宿留洞庭秋，天寒潇湘素。杖策可入舟，送此齿发暮。”

“天寒潇湘素”，“素”字似难下，然素秋非隐。

56.《种莴苣》：“阴阳一错乱，骄蹇不复理。枯旱于其中，炎方惨如毁。植物半蹉跎，嘉生将已矣。云雷欻奔命，师伯集所使。指麾赤白日，澒洞青光起。雨声先已风，散足尽西靡。山泉落沧江，霹雳犹在耳。终朝纡飒沓，信宿罢潇洒。堂下可以畦，呼童对经始。苣兮蔬之常，随事艺其子。破块数席间，荷锄功易止。两旬不甲坼，空惜埋泥滓。野苋迷汝来，宗生实于此。此辈岂无秋，亦蒙寒露委。翻然出地速，滋蔓户庭毁。因知邪干正，掩抑至没齿。贤良虽得禄，守道不封己。拥塞败芝兰，众多盛荆杞。中园陷萧艾，老圃永为耻。登于白玉盘，借以如霞绮。苋也无所施，胡颜入筐篚。”

“野苋迷汝来，宗生实于此”，讽意甚明，犹云适从何处来，遽集于此。注失。

57.《八哀诗·赠秘书监江夏李公邕》：“长啸宇宙间，高才日陵替。古人不可见，前辈复谁继。忆昔李公存，词林有根柢。声华当健笔，洒落富清制。风流散金石，追琢山岳锐。情穷造化理，学贯天人际。干谒走其门，碑版照四裔。各满深望还，森然起凡例。萧萧白杨路，洞彻宝珠惠。龙宫塔庙涌，浩劫浮云卫。宗儒俎豆事，故吏去思计。眄睐已皆虚，跋涉曾不泥。向来映当时，岂独劝后世。丰屋珊瑚钩，骐驎织成罽。紫骝随剑几，义取无虚岁。分宅脱骖间，感激怀未济。众归赒给美，摆落多藏秽。独步四十年，风听九皋唳。呜呼江夏姿，竟掩宣尼袂。往者武后朝，引用多宠嬖。否臧太常议，面折二张势。衰俗凛生风，排荡秋旻霁。忠贞负冤恨，宫阙深旒缀。放逐早联翩，低垂困炎厉。日斜鵩鸟入，魂断苍梧帝。荣枯走不暇，星驾无安税。几分汉廷竹，夙拥文侯篲。终悲洛阳狱，事近小臣敝。祸阶初负谤，易力何深哜。伊昔临淄亭，酒酣托末契。重叙东都别，朝阴改轩砌。论文到崔苏，指尽流水逝。近伏盈川雄，未甘特进丽。是非张相国，相扼一危脆。争名古岂然，键捷欻不闭。例及吾家诗，旷怀扫氛翳。慷慨嗣真作，咨嗟玉山桂。钟律俨高悬，鲲鲸喷迢递。坡陀青州血，芜没汶阳瘗。哀赠竟萧条，恩波延揭厉。子孙存如线，旧客舟凝滞。君臣尚论兵，将帅接燕蓟。朗吟六公篇，忧来豁蒙蔽。”

李江夏之死，非刑哉。以小故而杖杀二千石，李猫[①]之腹剑何甚也！杜“易力何深哜”，言哜者何易为力，慨愕之语耳。注不达。

又，“萧萧白杨路，洞彻宝珠惠”，用庄子口中珠事，言含以珠不若谒其碑也。

58.《八哀诗·故秘书少监武功苏公源明》：“武功少也孤，徒步客徐兖。读书东岳中，十载考坟典。时下莱芜郭，忍饥浮云巘。负米晚为身，每食脸必泫。夜字照薪蒸，垢衣生碧藓。庶以勤苦志，报兹劬劳显。学蔚醇儒姿，文包旧史善。洒落辞幽人，归来潜京辇。射君东堂策，宗匠集精选。制可题未干，乙科已大阐。文章日自负，吏禄亦累践。晨趋阊阖内，足踏宿昔趼。一麾出守还，黄屋朔风卷。不暇陪八骏，虏庭悲所遣。平生满尊酒，断此朋知展。忧愤病二秋，有恨石可转。肃宗复社稷，得无逆顺辨。范晔顾其儿，李斯忆黄犬。秘书茂松意，溟涨本末浅。青荧芙蓉剑，犀兕岂独刬。反为后辈亵，予实苦怀缅。煌煌斋房芝，事绝万手搴。垂之俟来者，正始征劝勉。不要悬黄金，胡为投乳吠。结交三十载，吾与谁游衍。荥阳复冥莫，罪罟已横罥。呜呼子逝日，始泰则终蹇。长安米万钱，凋丧尽余喘。战伐何当解，归帆阻清沔。尚缠漳水疾，永负蒿里饯。”

“时下莱芜郭，忍饥浮云巘”，以莱芜、甑中尘相映。

59.《八哀诗·故司徒李公光弼》：“司徒天宝末，北收晋阳甲。胡骑攻吾城，愁寂意不惬。人安若泰山，蓟北断右胁。朔方气乃苏，黎首见帝业。二宫泣西郊，九庙起颓压。未散河阳卒，思明伪臣妾。复自碣石来，火焚乾坤猎。高视笑禄山，公又大献捷。异王册崇勋，小敌信所怯。拥兵镇河汴，千里初妥帖。青蝇纷营营，风雨秋一叶。内省未入朝，死泪终映

① 唐代负奸佞之名、被人称为“李猫”的有李义府、李林甫二人，此处应该是指李林甫。

睫。大屋去高栋，长城扫遗堞。平生白羽扇，零落蛟龙匣。雅望与英姿，恻怆槐里接。三军晦光彩，烈士痛稠叠。直笔在史臣，将来洗箱箧。吾思哭孤冢，南纪阻归楫。扶颠永萧条，未济失利涉。疲苶竟何人，洒涕巴东峡。"

杜"内省未入朝，死泪终映睫"，直笔。在史臣将来洗箱箧，叙李武穆事，可谓实录。"百万攻一城，献捷不云输"①，谓南诏丧师以捷闻也。"受谏无今日，临危忆古人"②，指张曲江事也。《尧典》《禹谟》以比高祖、太宗之际，殊得体。"楚筵辞醴日"③出太白，亦工。文人名相，齐则相嫉，其广隘不伦矣。

60.《遣怀》："昔我游宋中，惟梁孝王都。名今陈留亚，剧则贝魏俱。邑中九万家，高栋照通衢。舟车半天下，主客多欢娱。白刃雠不义，黄金倾有无。杀人红尘里，报答在斯须。忆与高李辈，论交入酒垆。两公壮藻思，得我色敷腴。气酣登吹台，怀古视平芜。芒砀云一去，雁鹜空相呼。先帝正好武，寰海未凋枯。猛将收西域，长戟破林胡。百万攻一城，献捷不云输。组练弃如泥，尺土负百夫。拓境功未已，元和辞大炉。乱离朋友尽，合沓岁月徂。吾衰将焉托，存殁再呜呼。萧条益堪愧，独在天一隅。乘黄已去矣，凡马徒区区。不复见颜鲍，系舟卧荆巫。临餐吐更食，常恐违抚孤。"

"黄金倾有无"，黄金可倾，不论有无也。

又，"百万攻一城，献捷不云输"，杜诗信史也。自非综核之主，安免此弊？乃有甘受其欺，而反喜其諂者矣。

61.《往在》："往在西京日，胡来满彤宫。中宵焚九庙，云汉为之红。解瓦飞十里，繐帷纷曾空。疚心惜木主，一一灰悲风。合昏排铁骑，清旭

① 杜甫《遣怀》。
② 杜甫《遣忧》。
③ 杜甫《寄李十二白二十韵》。

散锦幪。臣表逆节，相贺以成功。是时妃嫔戮，连为粪土丛。当宁陷玉座，白间剥画虫。不知二圣处，私泣百岁翁。车驾既云还，楹桷欻穹崇。故老复涕泗，祠官树椅桐。宏壮不如初，已见帝力雄。前春礼郊庙，祀事亲圣躬。微躯忝近臣，景从陪群公。登阶捧玉册，峨冕耿金钟。侍祠恧先露，掖垣迩濯龙。天子惟孝孙，五云起九重。镜奁换粉黛，翠羽犹葱胧。前者厌羯胡，后来遭犬戎。俎豆腐膻肉，罘罳行角弓。安得自西极，申命空山东。尽驱诣阙下，士庶塞关中。主将晓逆顺，元元归始终。一朝自罪己，万里车书通。锋镝供锄犁，征戍听所从。冗官各复业，土著还力农。君臣节俭足，朝野欢呼同。中兴似国初，继体如太宗。端拱纳谏诤，和风日冲融。赤墀樱桃枝，隐映银丝笼。千春荐陵寝，永永垂无穷。京都不再火，泾渭开愁容。归号故松柏，老去苦飘蓬。”

杜“俎豆腐膻肉，罘罳行角弓”，谓宫阙遭羯胡“排铁骑”也，语自明显。评乃谓“角弓”字无意谓，浅矣。杜又有句“臂悬双角弓”，“角弓”字唐诗鲜用，而杜喜用六经字也。今人见六经字以为头巾，此犹适越而弃章甫，不知其贵耳。

62.《园官送菜》：“清晨蒙菜把，常荷地主恩。守者愆实数，略有其名存。苦苣刺如针，马齿叶亦繁。青青嘉蔬色，埋没在中园。园吏未足怪，世事固堪论。呜呼战伐久，荆棘暗长原。乃知苦苣辈，倾夺蕙草根。小人塞道路，为态何喧喧。又如马齿盛，气拥葵荏昏。点染不易虞，丝麻杂罗纨。一经器物内，永挂粗刺痕。志士采紫芝，放歌避戎轩。畦丁负笼至，感动百虑端。”

《园官送菜》诗“丝麻杂罗纨”，与前语正称。评乃云牵强无味，盖未能拟作者心神，自茫昧耳。

又，杜诗：“清晨蒙菜把，常荷地主恩。守者愆实数，略有其名存。”此园官与子产校人相类，盖厮养辈常态，从古然也。每见官精明者则欺蔽不甚耳，于此可以观政。若曰渊鱼难察、乌攫吏肉，何以能察耶？亦不能用其明耳。

63.《园人送瓜》:“江间虽炎瘴，瓜熟亦不早。柏公镇夔国，滞务兹一扫。食新先战士，共少及溪老。倾筐蒲鸽青，满眼颜色好。竹竿接嵌窦，引注来鸟道。沈浮乱水玉，爱惜如芝草。落刃嚼冰霜，开怀慰枯槁。许以秋蒂除，仍看小童抱。东陵迹芜绝，楚汉休征讨。园人非故侯，种此何草草。”

《园人送瓜》诗，“爱惜如芝草”“种此何草草”，两“草”字意不同。古诗故多重用，不足异也。

64.《柴门》:“孤舟登瀼西，回首望两崖。东城干旱天，其气如焚柴。长影没窈窕，余光散唅呀。大江蟠嵌根，归海成一家。下冲割坤轴，竦壁攒镆铘。萧飒洒秋色，氛昏霾日车。峡门自此始，最窄容浮查。禹功翊造化，疏凿就欹斜。巨渠决太古，众水为长蛇。风烟渺吴蜀，舟楫通盐麻。我今远游子，飘转混泥沙。万物附本性，约身不愿奢。茅栋盖一床，清池有余花。浊醪与脱粟，在眼无咨嗟。山荒人民少，地僻日夕佳。贫病固其常，富贵任生涯。老于干戈际，宅幸蓬荜遮。石乱上云气，杉清延月华。赏妍又分外，理惬夫何夸。足了垂白年，敢居高士差。书此豁平昔，回首犹暮霞。”

“敢居高士差”。“差”，等也，字妥，浅识乃为一笑。

又，杜“敢居高士差”，“差”字用孟子“其禄以是为差”。

又，《柴门》诗，两用“回首”字，非谓大家不拘，偶未润耳。“回首犹暮霞”，工起，可易也。

又，“茅栋盖一床，清池有余花。浊醪与脱粟，在眼无咨嗟”。杜子有此，“足了垂白年”。差高士矣，未为甚穷也。如其不足，则“日食万钱无下箸处”[①]。玉卮无当[②]，何能厌哉!

① 语出《晋书·何曾传》:“日食万钱，犹曰无下箸处。”

② 语出《韩非子》卷十三《外储说右上》:“今有白玉之卮而无当，有瓦卮而有当，君渴将何以饮?”比喻玉杯无底，贵而无用。

65.《甘林》："舍舟越西冈，入林解我衣。青刍适马性，好鸟知人归。晨光映远岫，夕露见日晞。迟暮少寝食，清旷喜荆扉。经过倦俗态，在野无所违。试问甘藜藿，未肯羡轻肥。喧静不同科，出处各天机。勿矜朱门是，陋此白屋非。明朝步邻里，长老可以依。时危赋敛数，脱粟为尔挥。相携行豆田，秋花霭菲菲。子实不得吃，货市送王畿。尽添军旅用，迫此公家威。主人长跪问，戎马何时稀。我衰易悲伤，屈指数贼围。劝其死王命，慎莫远奋飞。"

《甘林》诗两具问答，居然古调。杜五言古诗多自风雅、乐府来，何可谓唐无古诗？

66.《郑典设自施州归》："吾怜荥阳秀，冒暑初有适。名贤慎所出，不肯妄行役。旅兹殊俗远，竟以屡空迫。南谒裴施州，气合无险僻。攀援悬根木，登顿入天石。青山自一川，城郭洗忧戚。听子话此邦，令我心悦怿。其俗则纯朴，不知有主客。温温诸侯门，礼亦如古昔。敕厨倍常羞，杯盘颇狼藉。时虽属丧乱，事贵赏匹敌。中宵惬良会，裴郑非远戚。群书一万卷，博涉供务隙。他日辱银钩，森疏见矛戟。倒屣喜旋归，画地求所历。乃闻风土质，又重田畴辟。刺史似寇恂，列郡宜竞惜。北风吹瘴疠，羸老思散策。渚拂蒹葭塞，峤穿萝茑幂。此身仗儿仆，高兴潜有激。孟冬方首路，强饭取崖壁。叹尔疲驽骀，汗沟血不赤。终然备外饰，驾驭何所益。我有平肩舆，前途犹准的。翩翩入鸟道，庶脱蹉跌厄。"

"登顿入矢石"①，谓贼盗出没，有戒心也。注以李广事，为用事之妙，恐未然。

67.《别李义》："神尧十八子，十七王其门。道国洎舒国，督唯亲弟昆。中外贵贱殊，余亦忝诸孙。丈人嗣三叶，之子白玉温。道国继德业，请从丈人论。丈人领宗卿，肃穆古制敦。先朝纳谏诤，直气横乾坤。子建

①"矢石"一作"天石。"

文笔壮，河间经术存。尔克富诗礼，骨清虑不喧。洗然遇知己，谈论准湖奔。忆昔初见时，小襦绣芳荪。长成忽会面，慰我久疾魂。三峡春冬交，江山云雾昏。正宜且聚集，恨此当离尊。莫怪执杯迟，我衰涕唾烦。重问子何之，西上岷江源。愿子少干谒，蜀都足戎轩。误失将帅意，不如亲故恩。少年早归来，梅花已飞翻。努力慎风水，岂惟数盘飧。猛虎卧在岸，蛟螭出无痕。王子自爱惜，老夫困石根。生别古所嗟，发声为尔吞。”

《别李义》曰“愿子少干谒”，曰“少年早归来”，《狄明府》曰“胡为飘泊岷汉间，干谒王侯颇历诋”，而虎之饥、蛟之横，两致意焉，可谓忠告矣。顷，京师屡禁游士，诏书甚严，而交衢肩比，虚往实归，无不如愿。辇毂之下，奸侠所窟，从古以然，匪独今也。

68.《敬寄族弟唐十八使君》：“与君陶唐后，盛族多其人。圣贤冠史籍，枝派罗源津。在今气磊落，巧伪莫敢亲。介立实吾弟，济时肯杀身。物白讳受玷，行高无污真。得罪永泰末，放之五溪滨。鸾凤有铩翮，先儒曾抱麟。雷霆霹长松，骨大却生筋。一失不足伤，念子孰自珍。泊舟楚宫岸，恋阙浩酸辛。除名配清江，厥土巫峡邻。登陆将首途，笔札枉所申。归朝跼病肺，叙旧思重陈。春风洪涛壮，谷转颇弥旬。我能泛中流，搪突鼍獭瞋。长年已省柁，慰此贞良臣。”

子美称唐十八为族弟，诗云：“与君陶唐后，盛族多其人。圣贤冠史籍，枝派罗源津。在今最磊落，巧伪莫敢亲。”可见其时之重谱牒，然不能无伪矣。吾郡尚门第，犹存古意。吾家自西汉末避新莽乱渡江，子孙世守坟墓，派分各省，谱系可稽。嘉隆以前，门中婚姻无非世族，虽甚贫窭，未旨自替也。万历以来，俗渐鲜耻，放利而已，遑恤其它。四维不张，国之忧也；先训不率，家之殃也。苟能长太息于是者，斯志士矣。

69.《早行》：“歌哭俱在晓，行迈有期程。孤舟似昨日，闻见同一声。飞鸟数求食，潜鱼亦独惊。前王作网罟，设法害生成。碧藻非不茂，高帆终日征。干戈未揖让，崩迫开其情。”

湖湘之间，网罟相比，从古已然。杜诗“前王作网罟，设法害生成”，又“白鱼困密网”[1]，过其地，诵其诗，则意中语也。泛览之，未觉其工，乃知作者触目应手皆妙境耳。搜索凑泊丑，可语此。

70.《宿凿石浦》：“早宿宾从劳，仲春江山丽。飘风过无时，舟楫敢不系。回塘澹暮色，日没众星嘒。缺月殊未生，青灯死分翳。穷途多俊异，乱世少恩惠。鄙夫亦放荡，草草频卒岁。斯文忧患余，圣哲垂彖系。”

“斯文忧患余，圣哲垂彖系”。作《易》者，其有忧患乎？圣哲犹不免，况鄙夫乎？语典雅乃谓肤引无当，不知己之浅乃以杜为深耳。是犹跛于履者，恶地之广也。

又，《宿凿石浦》诗“缺月殊未生，青灯死分翳”，“分翳”未觉工，似有误字。

71.《宿花石戍》：“午辞空灵岑，夕得花石戍。岸疏开辟水，木杂今古树。地蒸南风盛，春热西日暮。四序本平分，气候何回互。茫茫天造间，理乱岂恒数。系舟盘藤轮，策杖古樵路。罢人不在村，野圃泉自注。柴扉虽芜没，农器尚牢固。山东残逆气，吴楚守王度。谁能扣君门，下令减征赋。”

杜“木杂古今树”，“古今树”既拙，“木”“树”又叠，此不可效者。

又，“山东残逆气，吴楚守王度。谁能叩君门，下令减征赋”，言山东既残矣，守王度者又以征求残之，载胥及[2]矣。此古今所同叹，所宜鉴哉。

72.《次晚洲》：“参错云石稠，坡陀风涛壮。晚洲适知名，秀色固异状。棹经垂猿把，身在度鸟上。摆浪散帙妨，危沙折花当。羁离暂愉悦，羸老反惆怅。中原未解兵，吾得终疏放。”

---

①杜甫《过津口》。

②“载胥及”三字当是《诗经·大雅·桑柔》中“载胥及溺”一句的省简语：舍去“溺”字，仅保留前三字字面之义。方氏曾屡次称赞杜诗“用经语”，此亦一自我效法之例也。

《次晚洲》诗“危沙折花当”，言沙危欲倾而折花当之，经过偶然所见也。注“花当”乃花根，非。

又，《次晚洲》诗“坡陀风涛壮”，注以“坡陀”为泛滥状，非也。诗意谓风涛平涌坡陀间耳，故云“棹经垂猿把”“参错云石稠”，其景状宛然可见。

73.《早发》：“有求常百虑，斯文亦吾病。以兹朋故多，穷老驱驰并。早行篙师怠，席挂风不正。昔人戒垂堂，今则奚奔命。涛翻黑蛟跃，日出黄雾映。烦促瘴岂侵，颓倚睡未醒。仆夫问盥栉，暮颜靦青镜。随意簪葛巾，仰惭林花盛。侧闻夜来寇，幸喜囊中净。艰危作远客，干请伤直性。薇蕨饿首阳，粟马资历聘。贱子欲适从，疑误此二柄。”

“侧闻夜来寇，幸喜囊中净”，子美真僻于诗哉！盖即事皆可成句也，然囊中净未可幸，幸不幸有数焉耳[①]。

74.《苏大侍御访江浦赋八韵记异》[②]：“庞公不浪出，苏氏今有之。再闻诵新作，突过黄初诗。乾坤几反覆，扬马宜同时。今晨清镜中，胜食斋房芝。余发喜却变，白间生黑丝。昨夜舟火灭，湘娥帘外悲。百灵未敢散，风破寒江迟。”

《赠苏涣》诗，倾倒至矣。诗亦得意妙绝，涣后以从反诛，人固不可测也。乃谓题云记异有微旨，不亦佞乎？《赠哥舒翰》，颂赞盛矣，翰何以异于涣？

又，“今晨清镜中，胜食斋房芝。余发喜却变，白间生黑丝”，谓于镜

① 其后尚有一段文字，因无关于杜诗，下移为注释，其文云：“余自江右兵宪改广右督学，意其地书少，寄书二柜于余干，后以陆行不便，遣仆押回，戒之曰：‘鄱湖多寇，今付尔钥，傥至船，可令检之。’果遇寇，检无所有，曰：‘我误以为县中行李耳，尔好收拾，吾未持一册去也。’此囊净而幸者也。余宗人为瑞州太守，岁暮寄历二柜，散与故乡相识，盗发视之，怒其无获，遂斫其仆至死，此则以囊净而不幸者也。”

② 诗有序，云：“苏大侍御涣，静者也，旅于江侧，凡是不交州府之客，人事都绝久矣。肩舆江浦，忽访老夫舟楫，已而茶酒内，余请诵近诗，肯吟数首，才力素壮，辞句动人。接对明日，忆其涌思雷出，书箧几杖之外殷殷留金石声，赋八韵记异，亦见老夫倾倒于苏至矣。”

中见发变乃胜服灵芝耳。注者不达，乃曰“清镜中”指江上，尚未能读杜诗，何能注？又何以知其工？而专为谀辞，可厌也。

75.《奉赠李八丈曛判官》：“我丈时英特，宗枝神尧后。珊瑚市则无，騄骥人得有。早年见标格，秀气冲星斗。事业富清机，官曹正独守。顷来树嘉政，皆已传众口。艰难体贵安，冗长吾敢取。区区犹历试，炯炯更持久。讨论实解颐，操割纷应手。箧书积讽谏，宫阙限奔走。入幕未展材，秉钧孰为偶。所亲问淹泊，泛爱惜衰朽。垂白乱南翁，委身希北叟。真成穷辙鲋，或似丧家狗。秋枯洞庭石，风飒长沙柳。高兴激荆衡，知音为回首。”

《赠李八丈判官》诗，以反律看则工，然古诗也，此类故不宜效。夔州后诗不烦绳削者十之七八，不可效者十之二三，《二寺行》[1]可作七言排律看。

76.《幽人》：“孤云亦群游，神物有所归。麟凤在赤霄，何当一来仪。往与惠荀辈，中年沧州期。天高无消息，弃我忽若遗。内惧非道流，幽人见瑕疵。洪涛隐语笑，鼓枻蓬莱池。崔嵬扶桑日，照耀珊瑚枝。风帆倚翠盖，暮把东皇衣。咽漱元和津，所思烟霞微。知名未足称，局促商山芝。五湖复浩荡，岁暮有余悲。”

“内惧非道流，幽人在瑕疵”，言自惧已非道流，而幽人在所瑕疵也，承“弃我若遗来”[2]。“惠荀辈”，指惠远、许询是也。答问。

又，“知名未足称，局促商山芝”，言四皓隐商山而使汉朝知名，应聘侍太子，不已局促乎？未足称也。笔下高妙，注者不知，乃作二句解，使作者心徒苦。杜又云：“常怪商山老，兼存翊赞功。”[3]

① 当是指《岳麓山道林二寺行》。
② 通行本作“弃我忽若遗”。
③ 杜甫《秋峡》。

77.《客从》："客从南溟来，遗我泉客珠。珠中有隐字，欲辨不成书。缄之箧笥久，以俟公家须。开视化为血，哀今征敛无。"

杜《客从》诗，托意颇怪。"开视化为血"，盖以此珠不易得。民竭膏血以应征求，珠即血耳。

78.《送重表侄王砅评事使南海》："我之曾祖姑，尔之高祖母。尔祖未显时，归为尚书妇。隋朝大业末，房杜俱交友。长者来在门，荒年自糊口。家贫无供给，客位但箕帚。俄顷羞颇珍，寂寥人散后。入怪鬓发空，吁嗟为之久。自陈翦髻鬟，鬻市充杯酒。上云天下乱，宜与英俊厚。向窃窥数公，经纶亦俱有。次问最少年，虬髯十八九。子等成大名，皆因此人手。下云风云合，龙虎一吟吼。愿展丈夫雄，得辞儿女丑。秦王时在坐，真气惊户牖。及乎贞观初，尚书践台斗。夫人常肩舆，上殿称万寿。六宫师柔顺，法则化妃后。至尊均嫂叔，盛事垂不朽。凤雏无凡毛，五色非尔曹。往者胡作逆，乾坤沸嗷嗷。吾客左冯翊，尔家同遁逃。争夺至徒步，块独委蓬蒿。逗留热尔肠，十里却呼号。自下所骑马，右持腰间刀。左牵紫游缰，飞走使我高。苟活到今日，寸心铭佩牢。乱离又聚散，宿昔恨滔滔。水花笑白首，春草随青袍。廷评近要津，节制收英髦。北驱汉阳传，南泛上泷舠。家声肯坠地，利器当秋毫。番禺亲贤领，筹运神功操。大夫出卢宋，宝贝休脂膏。洞主降接武，海胡舶千艘。我欲就丹砂，跋涉觉身劳。安能陷粪土，有志乘鲸鳌。或骖鸾腾天，聊作鹤鸣皋。"

杜《送王评事使南海》，结句"鸾腾天""鹤鸣皋"，承上文自言其志耳。评谓"鸾比王，鹤自喻"[①]，非。

79.《入衡州》："兵革自久远，兴衰看帝王。汉仪甚照耀，胡马何猖狂。老将一失律，清边生战场。君臣忍瑕垢，河岳空金汤。重镇如割据，轻权绝纪纲。军州体不一，宽猛性所将。嗟彼苦节士，素于圆凿方。寡妻从为郡，兀者安堵墙。凋弊惜邦本，哀矜存事常。旌麾非其任，府库实过

① 语出《集千家注杜工部诗》卷十九《宿青草湖》行间注。

防。恕己独在此，多忧增内伤。偏裨限酒肉，卒伍单衣裳。元恶迷是似，聚谋泄康庄。竟流帐下血，大降湖南殃。烈火发中夜，高烟焦上苍。至今分粟帛，杀气吹沅湘。福善理颠倒，明征天莽茫。销魂避飞镝，累足穿豺狼。隐忍枳棘刺，迁延胝趼疮。远归儿侍侧，犹乳女在旁。久客幸脱免，暮年惭激昂。萧条向水陆，汩没随鱼商。报主身已老，入朝病见妨。悠悠委薄俗，郁郁回刚肠。参错走洲渚，舂容转林篁。片帆左郴岸，通郭前衡阳。华表云鸟埤，名园花草香。旗亭壮邑屋，烽橹蟠城隍。中有古刺史，盛才冠岩廊。扶颠待柱石，独坐飞风霜。昨者间琼树，高谈随羽觞。无论再缱绻，已是安苍黄。剧孟七国畏，马卿四赋良。门阑苏生在，勇锐白起强。问罪富形势，凯歌悬否臧。氛埃期必扫，蚊蚋焉能当。橘井旧地宅，仙山引舟航。此行厌暑雨，厥土闻清凉。诸舅剖符近，开缄书札光。频繁命屡及，磊落字百行。江总外家养，谢安乘兴长。下流匪珠玉，择木羞鸾皇。我师嵇叔夜，世贤张子房。柴荆寄乐土，鹏路观翱翔。”

《入衡州》诗称崔使亟矣，惜凋弊而节赐予，所以失军心也。注谓厚自奉养，不恤军旅，既不达诗意，又妄诬崔。

80.《题衡山县文宣王庙新学堂呈陆宰》：“旄头彗紫微，无复俎豆事。金甲相排荡，青衿一憔悴。呜呼已十年，儒服弊于地。征夫不遑息，学者沦素志。我行洞庭野，欻得文翁肆。侁侁胄子行，若舞风雩至。周室宜中兴，孔门未应弃。是以资雅才，涣然立新意。衡山虽小邑，首唱恢大义。因见县尹心，根源旧宫闷。讲堂非曩构，大屋加涂塈。下可容百人，墙隅亦深邃。何必三千徒，始压戎马气。林木在庭户，密干叠苍翠。有井朱夏时，辘轳冻阶戺。耳闻读书声，杀伐灾仿佛。故国延归望，衰颜减愁思。南纪改波澜，西河共风味。采诗倦跋涉，载笔尚可记。高歌激宇宙，凡百慎失坠。”

杜《新学堂》诗“耳闻读书声，杀伐灾仿佛”，暗用“子路鼓瑟有北鄙杀伐之声”①，因以叹时也。后云“南纪收波澜，西河共风味”，前云

①《孔子家语》。

“何必二千徒，始压戎马气”，义亦显矣，未可谓难晓也。

81.《聂耒阳以仆阻水书致酒肉疗饥荒江诗得代怀兴尽本韵至县呈聂令陆路去方田驿四十里舟行一日时属江涨泊于方田》：“耒阳驰尺素，见访荒江渺。义士烈女家，风流吾贤绍。昨见狄相孙，许公人伦表。前朝翰林后，屈迹县邑小。知我碍湍涛，半旬获浩溔。麾下杀元戎，湖边有飞旐。孤舟增郁郁，僻路殊悄悄。侧惊猿猱捷，仰羡鹳鹤矫。礼过宰肥羊，愁当置清醥。人非西喻蜀，兴在北坑赵。方行郴岸静，未话长沙扰。崔师乞已至，澧卒用矜少。问罪消息真，开颜憩亭沼。”

《聂耒阳》诗“义士烈女”，引聂政与其姊，不亦太远欤？唐以前太重谱学，恐遥遥华胄之诮，或所不免。李献吉家谱仿眉山苏氏，善矣。近见谱之侈者，乃有本纪、世家。若然，则凡荜门圭窦，孰非帝王之苗裔耶。

卷六　七言古诗

1.《送孔巢父谢病归游江东兼呈李白》："巢父掉头不肯住，东将入海随烟雾。诗卷长留天地间，钓竿欲拂珊瑚树。深山大泽龙蛇远，春寒野阴风景暮。蓬莱织女回云车，指点虚无是归路。自是君身有仙骨，世人那得知其故。惜君只欲苦死留，富贵何如草头露？蔡侯静者意有余，清夜置酒临前除。罢琴惆怅月照席，几岁寄我空中书？南寻禹穴见李白，道甫问讯今何如！"

杜《送孔巢父》诗诗旨，乃乱离以前语也。与太白称"竹溪六逸"，故因问讯。其谢病归游江东，正与太白同值永王之辟，乃诗后事也。无常之见，"掉头"之句，题兼呈李白，遂以为不能无微意，大误。"掉头"自谓谢病耳。千载下乃为二公生忮心哉！"楚筵辞醴日，梁狱上书辰"①，自长者语。"世人皆欲杀，吾意独怜才"②，诗中意气，真如弟兄矣。安有借孔以形其失，下井而挤之石者乎？

2.《今夕行》："今夕何夕岁云徂，更长烛明不可孤。咸阳客舍一事无，相与博塞为欢娱。冯陵大叫呼五白，袒跣不肯成枭卢。英雄有时亦如此，邂逅岂即非良图。君莫笑，刘毅从来布衣愿，家无担石输百万。"

"英雄有时亦如此，邂逅岂即非良图。"言博塞本非良图，英雄邂逅，偶一为之，未讵过耳。注非。以谋富贵为良图，杜安得此鄙语？

---

① 杜甫《寄李十二白二十韵》。

② 杜甫《不见》。

3.《兵车行》:“车辚辚,马萧萧,行人弓箭各在腰。耶娘妻子走相送,尘埃不见咸阳桥。牵衣顿足拦道哭,哭声直上干云霄。道旁过者问行人,行人但云点行频。或从十五北防河,便至四十西营田。去时里正与裹头,归来头白还戍边。边庭流血成海水,武皇开边意未已。君不闻汉家山东二百州,千村万落生荆杞。纵有健妇把锄犁,禾生陇亩无东西。况复秦兵耐苦战,被驱不异犬与鸡。长者虽有问,役夫敢申恨?且如今年冬,未休关西卒。县官急索租,租税从何出?信知生男恶,反是生女好。生女犹得嫁比邻,生男埋没随百草。君不见,青海头,古来白骨无人收。新鬼烦冤旧鬼哭,天阴雨湿声啾啾!”

杜《兵车行》“耶娘妻子走相送”,人必以为俚,故自注出处。出处未能尽注,达者能以意逆耳。今篇中浅浅者犹妄解,又妄云佳。

又,杜《兵车行》自注云:“古乐府:‘不闻耶娘唤子声,惟闻黄河之水流溅溅。’”然则《木兰诗》非唐人作,可以释向来之疑矣。

又,“边庭流血成海水”,或疑其过,非也。言穷兵之世纵流血成海而未已,犹《诗》之“靡有余民”也。

4.《高都护骢马行》:“安西都护胡青骢,声价欻然来向东。此马临阵久无敌,与人一心成大功。功成惠养随所致,飘飘远自流沙至。雄姿未受伏枥恩,猛气犹思战场利。腕促蹄高如踣铁,交河几蹴曾冰裂。五花散作云满身,万里方看汗流血。长安壮儿不敢骑,走过掣电倾城知。青丝络头为君老,何由却出横门道?”

“声价欻然来向东”,未读乐府,乃评其俚耳。

又,“安西都护胡青骢,声价欻然来向东”,评者不读乐府,故云俚。杜又有“宛马又从东”[①]之句。

5.《饮中八仙歌》:“知章骑马似乘船,眼花落井水底眠。汝阳三斗始朝天,道逢麴车口流涎,恨不移封向酒泉。左相日兴费万钱,饮如长鲸吸

① 杜甫《投赠哥舒开府二十韵》。

百川，衔杯乐圣称世贤。宗之潇洒美少年，举觞白眼望青天，皎如玉树临风前。苏晋长斋绣佛前，醉中往往爱逃禅。李白一斗诗百篇，长安市上酒家眠。天子呼来不上船，自称臣是酒中仙。张旭三杯草圣传，脱帽露顶王公前，挥毫落纸如云烟。焦遂五斗方卓然，高谈雄辩惊四筵。”

“知章骑马似乘船”。知章越人，不习鞍马，又用“阮咸醉骑马欹倾……如乘船行波浪中”[①]也。注乃云知章善乘船，安若骑马，而云骑马似乘船，乃倒用之法。谬。

6.《玄都坛歌寄元逸人》：“故人昔隐东蒙峰，已佩含景苍精龙。故人今居子午谷，独在阴崖结茅屋。屋前太古玄都坛，青石漠漠常风寒。子规夜啼山竹裂，王母昼下云旗翻。知君此计成长往，芝草琅玕日应长。铁锁高垂不可攀，致身福地何萧爽。”

“子规夜啼山竹裂”，用窦谊事“子规啼庭竹，是夕竹裂”[②]也，乃云山中恶其夜啼，爆竹以惊之。

“王母昼下云旗翻”，用周穆王事：会于瑶池，云旗霓裳，簇拥自天而下也。乃以为鸟名，正可与子规对，陋甚。子规王母，其对自工，然工不以此。

鸟有名王母使者，未闻有王母名也。岂误读杂俎耶？

7.《投简成华两县诸子》：“赤县官曹拥才杰，软裘快马当冰雪。长安苦寒谁独悲？杜陵野老骨欲折。南山豆苗早荒秽，青门瓜地新冻裂。乡里儿童项领成，朝廷故旧礼数绝。自然弃掷与时异，况乃疏顽临事拙。饥卧动即向一旬，敝裘何啻联百结。君不见空墙日色晚，此老无声泪垂血！”

“南山豆苗早荒秽”，杨恽以此语杀身矣，犹可袭用之耶？“青门瓜地”，则可也。

---

① 出自伪苏注，诸宋本杜集大多有之。查诸史籍，其实全无此记载。

② 窦谊事出自伪苏注。宋以前无所闻也，宋以后《蜀中广记》《四川通志》等书亦见称。伪书流传，遗祸如此。

8.《病后遇王倚饮赠歌》："麟角凤觜世莫识，煎胶续弦奇自见。尚看王生抱此怀，在于甫也何由羡。且遇王生慰畴昔，素知贱子甘贫贱。酷见冻馁不足耻，多病沈年苦无健。王生怪我颜色恶，答云伏枕艰难遍。疟疠三秋孰可忍，寒热百日相交战。头白眼暗坐有胝，肉黄皮皱命如线。惟生哀我未平复，为我力致美肴膳。遣人向市赊香粳，唤妇出房亲自馔。长安冬菹酸且绿，金城土酥静如练。兼求富豪且割鲜，密沽斗酒谐终宴。故人情义晚谁似，令我手脚轻欲漩。老马为驹信不虚，当时得意况深眷。但使残年饱吃饭，只愿无事常相见。"

杜《病后过[1]王倚饮赠歌》，蜀中作也，中有"瘴疠三秋"[2]及"残年老马"语可见。而置之长安诗中，盖以"长安冬菹酸且绿"句也，此物蜀中不可求耶？若在长安，则无俟求矣。且菹可放长安为之，不必长安来也。集解杜诗者，往往不解诗意，杜亦不胜见梦耳。

9.《魏将军歌》："将军昔著从事衫，铁马驰突重两衔。披坚执锐略西极，昆仑月窟东崭岩。君门羽林万猛士，恶若哮虎子所监。五年起家列霜戟，一日过海收风帆。平生流辈徒蠢蠢，长安少年气欲尽。魏侯骨耸精爽紧，华岳峰尖见秋隼。星躔宝校金盘陀，夜骑天驷超天河。欃枪荧惑不敢动，翠蕤云旓相荡摩。吾为子起歌都护，酒阑插剑肝胆露。钩陈苍苍风玄武，万岁千秋奉明主，临江节士安足数。"

杜"夜骑天驷超天河"，譬也。由《楚骚》《南华》来，然不宜效。杜"樽蚁添相续，沙鸥并一双"[3]，正应起"酒江"句，评未达。

10.《沙苑行》："君不见左辅白沙如白水，缭以周墙百余里。龙媒昔是渥洼生，汗血今称献于此。苑中騋牝三千匹，丰草青青寒不死。食之豪

---

① "过"又作"遇"。

② 通行本作"疟疠三秋"。按，"瘴疠三秋"于诗意不合。

③ 杜甫《季秋苏五弟缨江楼夜宴崔十三评事韦少府侄三首》其三。

健西域无，每岁攻驹冠边鄙。王有虎臣司苑门，入门天厩皆云屯。骕骦一骨独当御，春秋二时归至尊。至尊内外马盈亿，伏枥在垧空大存。逸群绝足信殊杰，倜傥权奇难具论。累累塠阜藏奔突，往往坡陀纵超越。角壮翻同麋鹿游，浮深簸荡鼋鼍窟。泉出巨鱼长比人，丹砂作尾黄金鳞。岂知异物同精气，虽未成龙亦有神。"

《沙苑行》，天厩云屯，骕骦当御，长鱼如人，丹砂之尾，黄金之鳞，固足咏也。而谓马以比禄山，鱼以比思明，注者好不通之思乃尔。殆以"诗史"二字茅塞其胸中耶？

又，《沙苑行》有"龙媒"句，因言其中巨鱼虽未成龙，亦异物同精气而有神者耳。鱼亦可咏也，总以咏马也。评谓解者失之，而评亦未得也。

11.《奉先刘少府新画山水障歌》："堂上不合生枫树，怪底江山起烟雾。闻君扫却赤县图，乘兴遣画沧州趣。画师亦无数，好手不可遇。对此融心神。知君重毫素。岂但祁岳与郑虔，笔迹远过杨契丹。得非悬圃裂，无乃潇湘翻。悄然坐我天姥下，耳边已似闻清猿。反思前夜风雨急，乃是蒲城鬼神入。元气淋漓障犹湿，真宰上诉天应泣。野亭春还杂花远，渔翁暝蹋孤舟立。沧浪水深青溟阔，欹岸侧岛秋毫末。不见湘妃鼓瑟时，至今斑竹临江活。刘侯天机精，爱画入骨髓。自有两儿郎，挥洒亦莫比。大儿聪明到，能添老树巅崖里。小儿心孔开，貌得山僧及童子。若耶溪，云门寺。吾独胡为在泥滓，青鞋布袜从此始。"

题画诗作惊愕状，无谓，"堂上不合生松树"等语是也。

又，话诗者以"堂上不合生枫树"为惊人之句，此不足以惊人，乃自惊耳。"云薄翠微寺"[①]"孤村春水生"[②]等语，老于诗者乃服其工。所谓惊人者也，庸人恶能惊，使庸人惊，定非佳句。

① 杜甫《重过何氏五首》其二。
② 杜甫《遣意二首》其一。

12.《去矣行》:“君不见鞲上鹰,一饱则飞掣。焉能作堂上燕,衔泥附炎热。野人旷荡无靦颜,岂可久在王侯间。未试囊中餐玉法,明朝且入蓝田山。”

杜《去矣行》,鲍以为在率府作,是也。鹤以为非,非也。“蓝水远从千涧落”①,乃真入蓝田山耳。杜诗编年多舛者,由未详诗中语意。

又,杜《去矣行》,一以为蜀幕中作,一以为在率府作,皆未玩诗中意。观“明朝且入蓝田山”之句,乃华州司功时耳。

13.《苏端薛复筵简薛华醉歌》:“文章有神交有道,端复得之名誉早。爱客满堂尽豪翰,开筵上日思芳草。安得健步移远梅,乱插繁花向晴昊。千里犹残旧冰雪,百壶且试开怀抱。垂老恶闻战鼓悲,急觞为缓忧心捣。少年努力纵谈笑,看我形容已枯槁。坐中薛华善醉歌,歌辞自作风格老。近来海内为长句,汝与山东李白好。何刘沈谢力未工,才兼鲍昭愁绝倒。诸生颇尽新知乐,万事终伤不自保。气酣日落西风来,愿吹野水添金杯。如渑之酒常快意,亦知穷愁安在哉。忽忆雨时秋井塌,古人白骨生青苔,如何不饮令心哀。”

薛华长歌,子美以太白并称,必非诬也。夫子美之评,岂不足为重者哉?而后世竟未知有华者,苦心何益!或疑子美扬薛以抑李者,此以忮心窥古人,固匪人机械之态,世信有之,子美岂有是哉。

14.《哀王孙》:“长安城头头白乌,夜飞延秋门上呼。又向人家啄大屋,屋底达官走避胡。金鞭断折九马死,骨肉不得同驰驱。腰下宝玦青珊瑚,可怜王孙泣路隅。问之不肯道姓名,但道困苦乞为奴。已经百日窜荆棘,身上无有完肌肤。高帝子孙尽隆准,龙种自与常人殊。豺狼在邑龙在野,王孙善保千金躯。不敢长语临交衢,且为王孙立斯须。昨夜东风吹血腥,东来橐驼满旧都。朔方健儿好身手,昔何勇锐今何愚。窃闻天子已传位,圣德北服南单于。花门剺面请雪耻,慎勿出口他人狙。哀哉王孙慎勿

① 杜甫《九日蓝田崔氏庄》。

疏，五陵佳气无时无。”

“长安城头头白乌，夜飞延秋门上呼”，纪乘舆幸蜀自延秋门出也。唐尧得天下，夜有飞鹊数百，皆集延秋西门，呼鸣至夜分方散[①]。世以鹊噪为喜，乌为不祥，岂然！天子乘舆西出不堪纪，此最得体，他人叙之必芜蔓难了，反自矜赡缛耳。

又，“慎勿出口他人狙”。“狙”，伺也，张良狙击始皇。

15.《题李尊师松树障子歌》：“老夫清晨梳白头，玄都道士来相访。握发呼儿延入户，手提新画青松障。障子松林静杳冥，凭轩忽若无丹青。阴崖却承霜雪干，偃盖反走虬龙形。老夫平生好奇古，对此兴与精灵聚。已知仙客意相亲，更觉良工心独苦。松下丈人巾屦同，偶坐似是商山翁。怅望聊歌紫芝曲，时危惨淡来悲风。”

诗有率尔之语，不字字工也。若字字求工，定非诗矣。“老夫清晨梳白头”，欧阳疑之。试读终篇，皆妙语，起乃似题目耳。质而不俚，何可易言！[②]

16.《逼仄行》：“逼仄何逼仄，我居巷南子巷北。可恨邻里间，十日不一见颜色。自从官马送还官，行路难行涩如棘。我贫无乘非无足，昔者相过今不得。实不是爱微躯，又非关足无力。徒步翻愁官长怒，此心炯炯君应识。晓来急雨春风颠，睡美不闻钟鼓传。东家蹇驴许借我，泥滑不敢骑朝天。已令请急会通籍，男儿信命绝可怜。焉能终日心拳拳，忆君诵诗神凛然。辛夷始花亦已落，况我与子非壮年。街头酒价常苦贵，方外酒徒稀醉眠。速宜相就饮一斗，恰有三百青铜钱。”

“实不是爱微躯，又非关足无力”，此信笔代柬，非存稿浪传者也，不可以为工，亦不可以此论杜诗。

---

① 编者按，此段文字出自伪苏注。

② 卷七“杂论”又有大意相近一条，因此条涉及全诗之理解，故而特编入卷六“七言古诗”，引入杜诗原作全文，便于读者理解方氏之评论。

又，杜《偪侧行》“东家蹇骡许借我”，又“白头拾遗徒步归”[①]，其时朝士之贫，虽以乱后用俭，亦由官常尚质也。

17.《瘦马行》[②]：“东郊瘦马使我伤，骨骼硉兀如堵墙。绊之欲动转欹侧，此岂有意仍腾骧。细看六印带官字，众道三军遗路旁。皮干剥落杂泥滓，毛暗萧条连雪霜。去岁奔波逐余寇，骅骝不惯不得将。士卒多骑内厩马，惆怅恐是病乘黄。当时历块误一蹶，委弃非汝能周防。见人惨澹若哀诉，失主错莫无晶光。天寒远放雁为伴，日暮不收乌啄疮。谁家且养愿终惠，更试明年春草长。”

《疲马行》，咏病马也。“愿试明年春草长”，即古辞“志在千里”，非无比兴。而以为房琯作，则不然。

18.《阌乡姜七少府设脍戏赠长歌》：“姜侯设脍当严冬，昨日今日皆天风。河冻未渔不易得，凿冰恐侵河伯宫。饔人受鱼鲛人手，洗鱼磨刀鱼眼红。无声细下飞碎雪，有骨已剁觜春葱。偏劝腹腴愧年少，软炊香饭缘老翁。落砧何曾白纸湿，放箸未觉金盘空。新欢便饱姜侯德，清觞异味情屡极。东归贪路自觉难，欲别上马身无力。可怜为人好心事，于我见子真颜色。不恨我衰子贵时，怅望且为今相忆。”

杜《姜少府设脍歌》，工极耳。觉非远庖之意，意当时放筯金盘，空令人戚戚腹腴。似不必解，乃待山谷解耶？《观打鱼歌》哀暴殄，乃见仁人之言。

19.《戏赠阌乡秦少公短歌》：“去年行宫当太白，朝回君是同舍客。同心不减骨肉亲，每语见许文章伯。今日时清两京道，相逢苦觉人情好。昨夜邀欢乐更无，多才依旧能潦倒。”

---

① 杜甫《徒步归行》。

② 一作《老马》。

杜《赠秦少府短歌》，注谓“不如去年之乐”[1]，似非。“乐更无”谓更无如此乐也，故云“苦觉人情好”。

20.《杜鹃行》：“古时杜宇称望帝，魂作杜鹃何微细。跳枝窜叶树木中，抢翔瞥捩雌随雄。毛衣惨黑自憔悴，众鸟安肯相尊崇。隳形不敢栖华屋，短翮唯愿巢深丛。穿皮啄朽觜欲秃，苦饥始得食一虫。谁言养雏不自哺，此语亦足为愚蒙。声音咽哕若有谓，号啼略与婴儿同。口干垂血转迫促，似欲上诉于苍穹。蜀人闻之皆起立，至今相效传遗风。乃知变化不可穷，岂知昔日居深宫，嫔妃左右如花红。”[2]

鲧化为熊，杜宇化为杜鹃，此盖落落之狂言，而《齐谐》者妄志之也。“谁言养雏不自哺，此语亦足为愚蒙”“毛衣惨黑貌憔悴，众鸟岂肯相尊崇”，子美固正言之矣。“岂思昔日居深宫，嫔嫱左右如花红”，聊以耽佳句云尔。

又，《杜鹃行》：“万事反复何所无，岂忆当殿群臣趋。”此咏杜宇事宜尔也，乃谓讥肃宗不迎明皇，使悒快化去。或又非之，以为专讥其为李辅国所间。二解俱谬，所谓齐失而楚未得也。鲍明远诗“岂忆往日天子尊”[3]，彼又何所讥耶？

21.《茅屋为秋风所破歌》：“八月秋高风怒号，卷我屋上三重茅。茅飞渡江洒江郊，高者挂罥长林梢，下者飘转沉塘坳。南村群童欺我老无力，忍能对面为盗贼。公然抱茅入竹去，唇焦口燥呼不得，归来倚杖自叹息。俄顷风定云墨色，秋天漠漠向昏黑。布衾多年冷似铁，娇儿恶卧踏里裂。床头屋漏无干处，雨脚如麻未断绝。自经丧乱少睡眠，长夜沾湿何由

---

① 语出《集千家注杜工部诗》卷四《戏赠阌乡秦少公短歌》尾注。

② 此诗宋初《文苑英华》题为司空曙作，但注又云“又见杜甫集”，可见其著作权一直有两说，所以宋代杜集版本中有不把该诗收入杜集的情况，如鲁訔编次、蔡梦弼笺注的《杜工部草堂诗笺》，今通行杜集中大都收入了该诗。按，杜集中其实有两《杜鹃行》，另一首为“君不见昔日蜀天子”云云，过去认为都是杜甫流寓夔州期间所作。仇兆鳌认为“君不见昔日蜀天子”作于初到成都时期，“古时杜宇称望帝”乃夔州时作品。

③ 鲍照《拟行路难十八首》其七。

彻！安得广厦千万间，大庇天下寒士俱欢颜！风雨不动安如山。呜呼！何时眼前突兀见此屋，吾庐独破受冻死亦足！”

《茅屋为秋风所破歌》，歌茅屋耳。辞旨明显，不烦解释，乃妄以时事傅会，谓句句字字皆有所指，托注家舛谬未有如此之甚者。说诗至此，诗之厄也；以此学诗，未抚诗矣。

22.《百忧集行》：“忆年十五心尚孩，健如黄犊走复来。庭前八月梨枣熟，一日上树能千回。即今倏忽已五十，坐卧只多少行立。强将笑语供主人，悲见生涯百忧集。入门依旧四壁空，老妻睹我颜色同。痴儿未知父子礼，叫怒索饭啼门东。”

“忆年十五心尚孩”，本《左传》“生十九年矣，而犹有童心”①。“一日上树能千回”，用齐騄谓“一日一百回亦须来往”②，然不纯用其语。读书万卷，下笔有神，非虚语也。李十年不下山，读书不少而曰“不必破万卷”，虽云戏之，实有妙理。盖水月镜花，得心应手，可悬解而不可迹求。轮扁有言③，固非糟粕以尽意也。要之，勤苦五车，岂徒腹笥；凝神三昧，匪恃冥搜。深造逢原，斯乃自得之耳。

23.《去秋行》：“去秋涪江木落时，臂枪走马谁家儿。到今不知白骨处，部曲有去皆无归。遂州城中汉节在，遂州城外巴人稀。战场冤魂每夜哭，空令野营猛士悲。”

杜《去秋行》遂州城中汉节在，遂州城外巴人稀”，言守者但能闭城自守，不能保障城外也。“汉节”暗用苏武节，不如是语而反其意④。

---

① 《左传》原文为：“昭公十九年矣，犹有童心。”

② “齐騄”云云，出自伪苏注，其人其事皆无他书记载。

③ 《庄子·天道篇》。

④ 此后有一段明万历年间倭寇侵袭徽州之记录，与杜诗无关，附录于下，可见大明一时历史细微末节处之状况：“顷，倭贼溃者五十人奔至境，郡城闭矣。余适在城中，请郡守出令，以五十金购一贼首，必有应募者，即费五百金贼当遁矣。令出贼遂出境，未敢伤一人，至南京官军大为所败，后用大师乃克之。”

24.《渔阳》："渔阳突骑犹精锐，赫赫雍王都节制。猛将飘然恐后时，本朝不入非高计。禄山北筑雄武城，旧防败走归其营。系书请问燕耆旧，今日何须十万兵。"

杜"系书请问燕耆旧，今日何须十万兵"，意以豪杰响应则王师可无敌也。韩"明天子在上可以出而仕矣"[①]，其旨同，其辞微而显。二公岂徒以诗文擅名者哉！

又，杜《渔阳》诗"系书请问燕耆旧，今日何须十万兵"，言耆旧中必有豪杰，岂甘为贼用而烦王师耶？

25.《丹青引赠曹将军霸》："将军魏武之子孙，于今为庶为清门。英雄割据虽已矣，文采风流今尚存。学书初学卫夫人，但恨无过王右军。丹青不知老将至，富贵于我如浮云。开元之中常引见，承恩数上南薰殿。凌烟功臣少颜色，将军下笔开生面。良相头上进贤冠，猛将腰间大羽箭。褒公鄂公毛发动，英姿飒爽来酣战。先帝御马玉花骢，画工如山貌不同。是日牵来赤墀下，迥立阊阖生长风。诏谓将军拂绢素，意匠惨淡经营中。斯须九重真龙出，一洗万古凡马空。玉花却在御榻上，榻上庭前屹相向。至尊含笑催赐金，圉人太仆皆惆怅。弟子韩干早入室，亦能画马穷殊相。干惟画肉不画骨，忍使骅骝气凋丧。将军画善盖有神，必逢佳士亦写真。即今漂泊干戈际，屡貌寻常行路人。途穷反遭俗眼白，世上未有如公贫。但看古来盛名下，终日坎壈缠其身。"

"圉人太仆皆惆怅"，言画马者赐金而养马者不与，叶公好龙之说也。

26.《古柏行》："孔明庙前有老柏，柯如青铜根如石。霜皮溜雨四十围，黛色参天二千尺。君臣已与时际会，树木犹为人爱惜。云来气接巫峡长，月出寒通雪山白。忆昨路绕锦亭东，先主武侯同閟宫。崔嵬枝干郊原古，窈窕丹青户牖空。落落盘踞虽得地，冥冥孤高多烈风。扶持自是神明力，正直原因造化功。大厦如倾要梁栋，万牛回首丘山重。不露文章世已

① 韩愈《昌黎先生文集》卷二十《送董邵南序》。

惊，未辞翦伐谁能送？苦心岂免容蝼蚁，香叶终经宿鸾凤。志士幽人莫怨嗟：古来材大难为用。”

李“白发三千丈，缘愁似个长”，句奇而非诬，缘愁故也。愁之长，虽三千丈可矣。若杜《古柏行》“四十围”“二千尺”，无乃过实乎？“锦江春色来天地”①，谓波浪兼天，天与地并耳。注自有天地已如此，则浅矣，与“江流天地外”②同，一言其来，一言其去。

27.《寄韩谏议》：“今我不乐思岳阳，身欲奋飞病在床。美人娟娟隔秋水，濯足洞庭望八荒。鸿飞冥冥日月白，青枫叶赤天雨霜。玉京群帝集北斗，或骑骐驎翳凤凰。芙蓉旌旗烟雾乐，影动倒景摇潇湘。星宫之君醉琼浆，羽人稀少不在旁。似闻昨者赤松子，恐是汉代韩张良。昔随刘氏定长安，帷幄未改神惨伤。国家成败吾岂敢，色难腥腐餐风香。周南留滞古所惜，南极老人应寿昌。美人胡为隔秋水，焉得置之贡玉堂。”

杜《寄韩谏议》诗本用韩事，而云“韩张良”，一篇恍惚语，可疑也。附会者：“不曰‘汉张良’而曰‘韩张良’，此春秋法也。”恐诗中无此意。

28.《可叹》：“天上浮云如白衣，斯须改变如苍狗。古往今来共一时，人生万事无不有。近者抉眼去其夫，河东女儿身姓柳。丈夫正色动引经，酆城客子王季友。群书万卷常暗诵，孝经一通看在手。贫穷老瘦家卖屐，好事就之为携酒。豫章太守高帝孙，引为宾客敬颇久。闻道三年未曾语，小心恐惧闭其口。太守得之更不疑，人生反覆看亦丑。明月无瑕岂容易，紫气郁郁犹冲斗。时危可仗真豪俊，二人得置君侧否。太守顷者领山南，邦人思之比父母。王生早曾拜颜色，高山之外皆培塿，用为羲和天为成，用平水土地为厚。王也论道阻江湖，李也丞疑旷前后。死为星辰终不灭，致君尧舜焉肯朽。吾辈碌碌饱饭行，风后力牧长回首。”

“风后力牧长回首”，与前羲和、尧舜等语正合，山谷所谓“不烦绳削

① 杜甫《登楼》。

② 杜甫《汉江临泛》。

者”也。评乃云“泛及”“无谓”[1]，难与言杜矣。夫不知杜者，亦恶能知唐诗哉！

又，《可叹》诗“抉眼去其夫”与“正色动引经”，仁与不仁，何其相远，所谓万事无不有可叹者也。仁人长回首于上古而不得用，于时尤可叹也。太白诗：“猰貐磨牙竞人肉，驺虞不踏生草茎。”[2]“河东女儿”“鄞城客子”，语意正称耳，乃谓全不相涉，恶能读杜诗！太白句警策易见，子美非不能也。可与知者道。

29.《君不见简苏徯》：“君不见道边废弃池，君不见前者摧折桐。百年死树中琴瑟，一斛旧水藏蛟龙。丈夫盖棺事始定，君今幸未成老翁，何恨憔悴在山中。深山穷谷不可处，霹雳魍魉兼狂风。”

杜诗“何幸[3]憔悴在山中”，世乱得在山中幸矣，虽憔悴犹苟免也。此语悲于痛哭矣，奈何安危！

30.《折槛行》：“呜呼房魏不复见，秦王学士时难羡。青衿胄子困泥涂，白马将军若雷电。千载少似朱云人，至今折槛空嶙峋。娄公不语宋公语，尚忆先皇容直臣。”

杜《折槛行》，以为为崔旰作，无谓。安知非自叹乎？娄、宋不同时，并称两见，疑误。

31.《寄狄明府博济》：“梁公曾孙我姨弟，不见十年官济济。大贤之后竟陵迟，浩荡古今同一体。比看叔伯四十人，有才无命百寮底。今者兄弟一百人，几人卓绝秉周礼。在汝更用文章为，长兄白眉复天启。汝门请从曾翁说，太后当朝多巧诋。狄公执政在末年，浊河终不污清济。国嗣初将付诸武，公独廷诤守丹陛。禁中决册请房陵，前朝长老皆流涕。太宗社

---

①《集千家注杜工部诗》卷二十《可叹》尾注。
② 李白《梁甫吟》。
③ 常见杜集版本皆作“何恨”。

稷一朝正，汉官威仪重昭洗。时危始识不世才，谁谓荼苦甘如荠。汝曹又宜列土食，身使门户多旌棨。胡为漂泊岷汉间，干谒王侯颇历抵。况乃山高水有波，秋风萧萧露泥泥。虎之饥，下巉岩，蛟之横，出清泚。早归来，黄土泥衣眼易眯。”

《狄明府》：“干谒王侯颇历诋。”注引息夫躬“历诋公卿”[①]，非。既飘泊干谒，恶能历肆诋毁，义不相当。“诋”当作“氐”。“氐”至也，谓贵胄之门无不至耳。

32.《寄裴施州》[②]：“廊庙之具裴施州，宿昔一逢无此流。金钟大镛在东序，冰壶玉衡悬清秋。自从相遇感多病，三岁为客宽边愁。尧有四岳明至理，汉二千石真分忧。几度寄书白盐北，苦寒赠我青羔裘。霜雪回光避锦袖，龙蛇动箧蟠银钩。紫衣使者辞复命，再拜故人谢佳政。将老已失子孙忧，后来况接才华盛。”

“紫衣使者辞复命”。裴施州赠裘，必使人来，辞而复命，再拜谢之，诗意甚显。乃云朝廷必遣使召之，徒妄解本句，而上下文义皆不达。

33.《晚晴》：“高唐暮冬雪壮哉，旧瘴无复似尘埃。崖沉谷没白皑皑，江石缺裂青枫摧。南天三旬苦雾开，赤日照耀从西来，六龙寒急光裴回。照我衰颜忽落地，口虽吟咏心中哀。未怪及时少年子，扬眉结义黄金台。洎乎吾生何飘零，支离委绝同死灰。”

“照我衰颜忽落地”，谓日中见影耳，然语未佳。

34.《后苦寒行二首》其一：“南纪巫庐瘴不绝，太古以来无尺雪。蛮夷长老怨苦寒，昆仑天关冻应折。玄猿口噤不能啸，白鹄翅垂眼流血，安得春泥补地裂。”

“南纪巫庐瘴不绝，太古以来无尺雪”。庐山在九江，非瘴乡也，未尝

① 班固《汉书》卷四十五《息夫躬》。

② 杜甫于题下自注云：“裴冕坐李辅国，贬施州刺史。”

无尺雪，“庐”字疑讹耳，不得引“巫□不见庐山远”[①]为解也。“庐山远”，太白、子美两用之，谓慧远耳。

35.《岁晏行》：“岁云暮矣多北风，潇湘洞庭白雪中。渔父天寒网罟冻，莫徭射雁鸣桑弓。去年米贵阙军食，今年米贱大伤农。高马达官厌酒肉，此辈杼轴茅茨空。楚人重鱼不重鸟，汝休枉杀南飞鸿。况闻处处鬻男女，割慈忍爱还租庸。往日用钱捉私铸，今许铅锡和青铜。刻泥为之最易得，好恶不合长相蒙。万国城头吹画角，此曲哀怨何时终？”

杜《岁晏行》，米贵阙食，米贱伤农，杼轴空矣。渔弋所有事，皆以还租庸也。“网罟冻”，鱼不可得；楚人不重鸟，枉杀飞鸿。而官事难完，则不得不鬻男女矣。上下空虚，私铸难禁，兵甲何由而息，故终之以“万国城头吹画角”也。评者不能意逆，乃谓杂乱无次，“老人语态，不可拘以常格”[②]，过矣。山谷专主此等，则不可。

36.《暮秋枉裴道州手札率尔遣兴寄近呈苏涣侍御》：“久客多枉友朋书，素书一月凡一束。虚名但蒙寒温问，泛爱不救沟壑辱。齿落未是无心人，舌存耻作穷途哭。道州手札适复至，纸长要自三过读。盈把那须沧海珠，入怀本倚昆山玉。拨弃潭州百斛酒，芜没潇岸千株菊。使我昼立烦儿孙，令我夜坐费灯烛。忆子初尉永嘉去，红颜白面花映肉。军符侯印取岂迟，紫燕騄耳行甚速。圣朝尚飞战斗尘，济世宜引英俊人。黎元愁痛会苏息，夷狄跋扈徒逡巡。授钺筑坛闻意旨，颓纲漏网期弥纶。郭钦上书见大计，刘毅答诏惊群臣。他日更仆语不浅，明公论兵气益振。倾壶箫管黑白发，舞剑霜雪吹青春。宴筵曾语苏季子，后来杰出云孙比。茅斋定王城郭门，药物楚老渔商市。市北肩舆每联袂，郭南抱瓮亦隐几。无数将军西第成，早作丞相东山起。鸟雀苦肥秋粟菽，蛟龙欲蛰寒沙水。天下鼓角何时休，阵前部曲终日死。附书与裴因示苏，此生已愧须人扶。致君尧舜付公

① 杜甫《大觉高僧兰若》。《千一录》此处原文不清，一般杜集都是“巫山不见庐山远”。
② 《集千家注杜工部集》卷十九《岁晏行》尾注。

等，早据要路思捐躯。”

杜“久客多枉友朋书，素书一月凡一束。虚名但蒙寒暄问，泛爱不救沟壑辱”，言空书不分惠也。又“厚禄故人书断绝”[①]，则并一行不寄矣。夫杜在穷途，不得不望之朋友也，犹可谅也。今高位厚禄者，故人书苟无侑缄，则自浮自沉，往往不答耳。苞苴重而意气轻，何云素交哉！余意道州若分俸，则此诗犹可寄；乃以素书之故，厌其纸长。“烦儿孙”“费灯烛”之语，颇近尤怨，亦乖大雅。子美所以坎轲于时，殆有由欤？

① 杜甫《狂夫》。

卷七　杂　论

1. 夷、齐不食周粟，不食其禄也。其采薇也，犹杜子美之采橡餐柏也，时乎饥乏耳。若叩马不从，遂尔辟稻谷，三五之日，不能兴矣，恶能登彼西山耶！

2. 杜工部善郑广文，广文之妻病，杜举其得意句谓可以疗之，词人之自喜云尔。彼妇人也，将惊其语而愈乎？将鬼能爱其工而不为祟耶？工部诗："三年犹病疟，一鬼不销亡。"[①]己不能疗，何以能疗人也？

3. 杜两用"哀壑"[②]，皆悼忘语也。近以之咏悲秋者，谬矣。

4. 山谷云："拾遗句中有眼，篇篇有之。"[③]非独拾遗也，句之工在一字，凡唐音皆然。然有无字可摘者，乃诗之化境，更为高古耳。"云薄翠微寺"[④]"孤村春水生"[⑤]"厨人具鸡黍"[⑥]，盛唐如此等句甚多，所以过于中、晚也。

---

① 杜甫《寄彭州高三十五使君适虢州岑二十七长史参三十韵》。

② 杜集中用"哀壑"者，共有四例。其一《铁堂峡》："威迟哀壑底，徒旅惨不悦。"其二《壮游》："秋风动哀壑，碧蕙捐微芳。"其三《王兵马使二角鹰》："悲台萧飒石巃嵸，哀壑杈枒浩呼汹。"其四《覃山人隐居》："征君已去独松菊，哀壑无光留户庭。"方氏所指，当是其二、其四。

③ 黄庭坚《豫章黄先生文集》卷十二《赠高子勉四首》其四。

④ 杜甫《重过何氏五首》其二。

⑤ 杜甫《遣意二首》其一。

⑥ 孟浩然《裴司士见访》。

5.杜五言古有从风、雅来者，李多从《骚》《选》。

6.有一缙绅颇负时名者，初读杜诗，妄改“荆门郑薛寄书近”[①]“门”为“朋”，盖以“蜀客”宜对“荆朋”也，见者以为笑。夫见书未多，安可轻改，圣人所以戒阙疑也。

7.王咏诗“深夜飞江鸟”[②]，杜“江鸟夜深飞”[③]；鲍明远诗“争先万里途，各事百年身”[④]，杜“长为万里客，有愧百年身”[⑤]。皆用旧语，觉胜之。

8.杜诗不能尽知其出处也，则阙所不知，可也。然其用意处，可以默会。昧者妄解，为可憎耳。

9.《游何将军山林》诗“将军不好武”[⑥]“雨抛金锁甲，苔卧绿沉枪”[⑦]等语，本以美之。然天宝盛时玩弛如此，宜乎渔阳一鼓而中原犹竹破也，可鉴也夫。

10.李、杜于孟浩然厚矣。“迷花不事君”[⑧]，足使儒夫立志，然非本分语。“短褐即长夜”[⑨]，乃实录，然此亦何足怜？锦衣短褐，本无分别。余尝惜其“泪湿薜萝衣”[⑩]之句，薜萝衣上，何当着泪也？

---

① 出自杜甫《赤甲》，该句通行本皆作“荆州郑薛寄书近”，下句为“蜀客郗岑非我邻”。

② 所谓“王咏诗‘深夜飞江鸟’”之说，出自伪苏注，他处全无记载。见《补注杜诗》卷三十二《夜》等。

③ 杜甫《夜》。

④ 鲍照《行药至城东桥诗》。

⑤ 杜甫《中夜》。

⑥ 杜甫《陪郑广文游何将军山林》其九。

⑦ 杜甫《重游何氏五首》其四。

⑧ 李白《赠孟浩然》。

⑨ 杜甫《感兴五首》其五。“短褐”又作“裋褐”，大约宋本杜集多作“短褐”，而清人杜集则又以“裋褐”为多。

⑩ 孟浩然《送友人之京》。

11. 歇后语以兄弟为友于，不可也。杜诗"山鸟山花吾友于"[①]，谓花鸟与居，如弟兄而友于之，未为不可。杜自云："赋诗新句稳，不觉自长吟。"[②]句稳乃工耳，求奇而不稳，焉得工？又云："悬崖置屋牢。"[③]非恃其牢，则悬崖缥缈安可居哉？此可以论诗，诗固有险韵、险句，如悬崖之屋者，安而不危乃可也。

12. 杜《七歌》，评者云："一歌唤子美，二歌唤长铲，岂不奇崛！"[④]夫杜之奇崛，宜不在此，此见其浅者也。

13. 诗字字工，而已非佳境也。良工独苦，乃不在篆刻。杜诗昧者谓有凡语，语似凡而质不俚，人所能道者所不能道者耳。"老夫清晨梳白头"[⑤]，乃初学所不道者，而宿学所不敢道者，解此者固不易，而欧阳子疑之，则不可解。

14. 谱杜诗者，每首必曰某年作，亦多事矣。《垂白》[⑥]诗"无家病不辞"，则谓公携妻孥入蜀而云无家，岂专以故乡为家者乎？殊为可笑。即使诗在蜀作，岂无有故独行时哉？又"楼迥独移时"，注云广德二年永泰元年皆未尝楼居，惟大历元年在夔州居西阁，故当为是年作也。夫楼何地无，诗中有楼者亦多矣，注者岂忘之耶？"行迟更觉仙"[⑦]，委蛇缓步，自有仙才，岂必御风凌云也。注非。

---

① 杜甫《岳麓山道林二寺行》。

② 杜甫《长吟》。

③ 杜甫《山寺》。

④ 高楚芳注《集千家注杜工部诗》卷六《同谷七歌》其二第一句"长镵长镵白木柄"句下注。

⑤ 杜甫《题李尊师松树障子歌》。

⑥ 一作《白首》。

⑦ 宋本杜集多如此，但清以后通行本大多作"行迟更学仙"。

15.《伤春五首》《春日江村五首》，略及春事耳。《秋兴八首》亦然。

16.古人惊人之句，非无来处。“斫却月中桂，清光应更多”①，本《世说》语②。“欲折月中桂，持为寒者薪”③，因粒玉薪桂之语④也。

17.以古诗为律诗，其调自高，太白、浩然所长，储侍御亦多此体。以律诗为古诗，其格易卑，虽子美未免也。然子美古诗有揍风雅之起、短曹、刘之墙者，今人耳视梦语，乃谓无古诗耳⑤。

18.鲁直谓夔州后诗“不烦绳削而自合”⑥，深于杜者也。朱子取其以前诗，自有见。盖前多正音，后多变体，学诗从正音入则不失。如“后人将酒肉”⑦句近俚，晚年作或有此。然明月之颣，无损其宝。

19.“七十”“寻常”，“西南”“十九”，对工矣。“羁栖愁”“二十四”，工之工者也。

20.数物以个，谓食为吃，非俗也。亦不俟奇语映带，俗人作诗，岂用二字？然何能不俗？“却绕井栏添个个”⑧“但使残年饱吃饭”⑨，皆佳句。

---

① 杜甫《一百五日夜对月》。

② 刘义庆《世说新语·言语第二》：“徐孺子年九岁，尝月下戏。人语之曰：‘若令月中无物，当极明邪？’徐曰：‘不然，譬如人眼中有瞳子，无此必不明。’”

③ 李白《赠崔司户文昆季》。

④《战国策·楚策三》：“楚国之食贵于玉，薪贵于桂。谒者难得见如鬼，王难得见如天帝。今令臣食玉炊桂，因鬼见帝。”

⑤ 这是对李攀龙《选唐诗序》中“唐无五言古诗”之说的批评。

⑥ 黄庭坚《与王观复书三首》其一。

⑦ 杜甫《上白帝城二首》其二。

⑧ 杜甫《见萤火》。

⑨ 杜甫《病后遇王倚饮赠歌》。

21. 唐人诗喜用方言，殆非雅调不足效也。“赤憎”“遮莫”，“好在”“藉在”，“生憎”“生情”，“性底”“心性”“有底”，余未悉数。

22. 方言谚语入唐人诗，今奉之若经典。乃六经字辄谓头巾，不亦乖事。

23. 《九日蓝田》诗[①]，时未入蜀，壮年也，遽云“老去”，又云“明年此会知谁健”，今人以为讳矣。送郑虔便与永诀，今亦以为不祥语也。古之达者，固以死生为昼夜。颜渊后，子曰：“吾以汝为死矣。”又曰：“朝闻道，夕死可矣。”畏牺忌鹏，聊以自宽，未为知道也。

24. 水万折而必东，当其折也，固无方矣。“水号北流泉”[②]，何谓恶其逆，比于叛臣耶？“清渭无情极，愁时独向东”[③]“桂江流向北”[④]，“北”非逆，“东”非顺也。“愁边有江水，焉得北之朝”[⑤]，“北”岂逆耶？

25. 杜律天字韵，“志在必腾骞”[⑥]，“骞”训马病；元字韵，“骞”训飞貌，则“腾骞”似误。“读书难字过”[⑦]，或未细检耶？

26. 刘廷芝诗：“愿作贞松千岁古，谁论芳槿一朝新。”[⑧]杜子美诗：“新松恨不高千尺，恶竹应须斩万竿。”[⑨]有二客谈艺，余举二诗问之，一客以杜为优，一客曰：“虽然，刘诗正音也，杜则启晚唐之阶矣。”余曰：

---

① 杜甫《九日蓝田崔氏庄》。
② 杜甫《秦州杂诗二十首》其十二。
③ 杜甫《秦州杂诗二十首》其二。
④ 杜甫《千秋节有感二首》其二。
⑤ 杜甫《又雪》。
⑥ 杜甫《寄岳州贾司马六丈巴州严八使君两阁老五十韵》。
⑦ 杜甫《漫成二首》其二。
⑧ 刘希夷《公子行》。
⑨ 杜甫《将赴成都草堂途中有作先寄严郑公五首》其四。

“二客之论皆是也。‘谢朝华之已披’[①]，毋乖其体；‘启夕秀于未振’，毋卑其调。其庶矣乎？”

27. 用修以“诗史”二字误人，以史为诗则误矣，而谓诗不可以陈事亦误也。“千家今有百家存”[②]，即诗之“靡有孑遗”也；“哀哀寡妇诛求尽”，即诗之“杼柚其空”也；“慎莫近前丞相嗔”[③]，则汉、魏以来乐府余音也[④]。用修所引诗皆兴也，而杜则赋体。诗固有六义，非相戾也。词人之作多胜质而失实，杜则不然。如“受谏无今日，临危忆古人”[⑤]等句可继风、雅，《八哀》等作史多可稽，故曰“诗史”，言录实而不溢也。鄙哉之诮，亦近于作丑矣。

28. 杜集中用经语叠出，盖志于经者也。太白多从《骚》《选》入，绝笔获麟，但佳句耳。

29. 杜喜用经语，间亦有不工处。要之，志于经者，词人以来惟杜子耳。痴人闻忌头巾气，乃避六经，谓与诗背矣。妄者乃目杜为“村夫子”[⑥]。

30. 杜诗中喜用六经字，自是大雅，而昧者以为头巾，然效颦者乃不免头巾耳[⑦]。

---

① 陆机《文赋》。下句同。

② 杜甫《白帝》。下一句杜诗同。

③ 杜甫《丽人行》。

④ 以上这段文字是杨慎相关论述的概括，其原文见杨慎《丹铅总录》卷二十一《诗史误人》。杨慎对宋人“诗史”说的内涵不以为然，批评云：“鄙哉宋人之见，不足以论诗也！”本条最后“鄙哉之诮”云云，表明方弘静对杨慎之说不以为然。

⑤ 杜甫《遣忧》。

⑥ 刘攽《中山诗话》：“杨大年不喜杜工部诗，谓为‘村夫子’。”

⑦ 方弘静《千一录》中与此相近文辞反复出现，一则见作者晚年著书，思力不继，难免于重复混乱之嫌；二则见子孙无人，疏于校对之功。

31. 以经语入诗，杜擅美耳。然不善效者，恐失步。苏长公“公独未知其趣耳，臣今时复一中之”[①]，漫尔戏作，非得意句也。乃云青出于蓝，则非得其门之语。

32. 杜《东狩行》[②]重用同字韵，诗在出入风雅耳。风雅中无后人拘忌限韵例也，亦无古诗、近体分别也。《酒中八仙》谓八人自为韵，故可重，恐未然。谓杜不能另拈一韵而为曲解耶？余意他人能不重韵耳，杜乃能重韵。重韵者，盖以可重也。

33. “灯影照无睡，心清闻妙香”[③]，此妙境也，易知也。“儿童汲井华，惯捷瓶在手。沾洒不濡地，扫除似无箒”，此化境也，不易知也。“天阴对图画，最觉润龙鳞”，此惊人句也。以“堂上不合生松柏”[④]为惊人，未矣。“泱泱泥污人，狺狺国多狗”[⑤]，于水精域谈之，殆非春雨时哉。金人有铭，那能不钳口也。“艰难世事迫，隐遁佳期后”，余懔懔此语耳。上人盖有心人，然非与上人言者。

34. 杜诗取材于齐、梁以后者有之矣，其文不尽存也，又方言或自注，未尽注也，宜关之耳。强解则谬，况未达作者意乎？

35. 话诗者云数物以个，谓食为吃，甚近鄙俗，杜屡用之，以篇中奇特，可以映带也。余意杜用字必有所本，非漫用方言也。“却绕井栏添个个”[⑥]“但使残年饱吃饭”[⑦]，自佳，不必映带。且诗不受疵，不可映带

---

① 苏轼《太守徐君猷通守孟亨之皆不饮酒以诗戏之云》。

② 杜集中未见以“东狩”命名者，当是《冬狩行》之讹误。

③ 杜甫《大云寺赞公房四首》其三。其后两例及本条最后一例杜诗同，分别为其五、其二、其二。

④ 杜甫《奉先刘少府新画山水障歌》。方氏引用杜诗时常有误，原句作“堂上不合生枫树”。

⑤ 杜甫《大云寺赞公房四首》其五。其后一句同。“狺狺”又作“听听”。

⑥ 杜甫《见萤火》。

⑦ 杜甫《病后遇王倚饮赠歌》。

耳。《秦誓》“一个臣”[①]，明堂“青阳左个”“右个”[②]。

36.诗赋中后二句续前二句，自是常体，而葛常之《韵语阳秋》以为杜甚多，太白亦有此格。又云此格起于灵运，其论赘矣。又谓杜多用“自”字，“自”字亦常用字耳。

37.杜绝句非谓不佳，然非正音也。好之者乃云：“每诵数过，可歌可舞，能使老人复少。”[③]余尝语友生，此真语也，老尚可少，奚有于愈疟？第刳心变体者，当不能使宋调为唐，晚为盛耳。

38.唐人好以古人同姓者称今人，亦其蔽也。太白《送白利从征》曰：“白起佐军威。”白起非令终，毋乃不祥乎？杜“谷口子真正忆汝”[④]，乍读似梦，聊举一二。

39.范云诗“昔去雪如花，今来花似雪”，言时之异也。张说诗“去岁江南梅似雪，今年蓟北雪如梅”，言地之异也。二诗调同而工亦同矣，而所以工者意不同也，张出于范而非袭范者也。又江总诗“不悟倡园花，遥同葱岭雪”，说诗“欲持梅岭花，远竞榆关雪”[⑤]，先后并工，故不嫌于相因也，其与拆洗杜诗者殊矣。

40.盛唐诗王、孟并称久矣，王司寇《序卢山人诗》过为二家优劣，失言哉！且所序乃藩篱外者耳，恶可与襄阳同日而评也。余尝评二家：王如清水芙蓉，孟如深山老柏，风韵骨力，各臻其趣矣。杜子美谓浩然诗句

---

① 常见本《尚书·秦誓》中是“一介臣”，非“一个臣”。

②《礼记·月令第六》有“天子居青阳左个”“天子居青阳右个”等语。

③《集千家注杜工部诗》卷七《江畔独步寻花七绝句》其一尾注。

④ 杜甫《江雨有怀郑典设》。

⑤ 即张说《冬日见牧牛人担青草归》。

句堪传，惜传者少，即“微云”“疏雨”二语[①]，自使作者搁笔，岂右卖菜佣求益哉？

41. 李诗“览君荆山作，江鲍堪动色”，谓文通、明远也。近贵州刻本“鲍”作“鲀”，意以为误耳，乃释之曰“鲀音屯”。选此诗者学宪也，校者其门人高等生。因忆浙中注李诗者，以“一忝青云客”“忝”作“黍”。注引杀鸡为黍，即此首诗也，注者御史某。二刻本皆广布，恐为四夷所笑。杜“流传江鲍体”[②]，江、鲍并称久矣。

42. 陈子昂力振六朝之衰，五言古诗质而不俚。李、杜集中其从风雅来者，不啻建安风骨也。此三家者，未可谓非古诗。李于鳞谓“唐无五言古诗”，此由汉无骚、唐无赋之论而广之者也。然贾谊、扬雄之拟骚，不可谓非骚。唐之赋未有入室者，其然矣。太白七言古诗豪宕之态，有不自知其所至者，非长语也。盖有之，亦其兴至泉涌，偶未及精耳，非不能精而欺人也。子美节制之兵，太白飞将也，正不容横加优劣。七言律取王、李，是矣。然二家风韵之美，杜集中具之；而杜之变态，色色具足，王、李或未尽也，七言律竟当以子美为宗耳。且于鳞所选中犹有可评者，辄谓“唐诗尽于此”，何其自矜而轻忽古人也！

43. 刘长卿诗诸体与五言未见优劣，而独以“五言长城”得名，盖一时之评也。杨子云深沉之思，时人好事者独能问其奇字耳。韩退之时仰之如泰山北斗矣，乃云“小好小惭，大好大惭”。杜子美独步一时，语必惊人，时非不知之，杜不许也，曰“得失寸心知”耳。阮光禄云：非独能言人不可得，正索解人，亦不得有以哉！夫能解者，必能言者也，何可易言也。

---

① 据文义，似举孟诗而言，然检索孟浩然诗集，一无所得。杜集《院中晚晴举杯西郭茅舍》：“幕府秋风日夜清，澹云疏雨过高城”之句，然似乎又与本段文义无涉。不能明方氏所指，特注出，以俟方家。

② 杜甫《赠毕四》。

44. 严沧浪云："诗有别材，非关理也。诗有别调，非关书也。"[①]其言似是而非。"读书破万卷，下笔如有神"[②]，子美岂欺人哉！其诗无一字不从古文来，注者不能发，乃妄云工耳。理之所无，恶得有才！陶诗所以佳者，其才真也，其趣真也[③]，其理真也。"白发三千丈"，乍疑无理，玩其意，乃以"缘愁似个长"非真谓发也。飞流直下，疑是银河，则奚翅三千尺矣，此何尝理外语哉！

45. 太白《游泰山六首》，首首逢仙人，子美必不尔。然太白之才岂不能别为绮语，由歆慕之甚津津不厌也，亦信笔之过。

46. 太白《寄远曲》"何时一相见，灭烛解罗衣"，太俚。子美不道也。

47. 苏、黄相得者也，山谷非不知诗者也，"僧卧一庵初白头"[④]，乃以"白"为"日"，又云"岂有用白对天"[⑤]，诚谬矣。岂传者溢言耶？将思深而惑耶？山谷好深思，故于杜偏喜夔州以后之作。

48. 白诗令老妪解之，过矣；而杜诗令士人不能解，亦过。然杜诗未尝不可解，第为解者妄解，又妄谓不可解。乃其有不可解者，必讹也；而强解之，乃不可解矣。

49. 胡宿"西北浮云连魏阙，东南初日满秦楼"[⑥]，对工，然诗之佳不

---

① 宋代严羽《沧浪诗话·诗辨》。"诗有别调"通行本作"诗有别趣"。

② 杜甫《奉赠韦左丞丈二十二韵》。

③ 原文"也"为"者"，据上下文改之。

④ 苏轼《龟山》。

⑤ 张耒《明道杂志》："苏公诗云：'身行万里半天下，僧卧一庵初白头。'黄九云'初日头'。问其义，但云：'若此僧负暄于初日耳。'余不然，黄甚不平曰：'岂有用白对天乎？'余异日问苏公，公曰：'若是黄九要改作日头也，不奈何。'"

⑥ 胡宿《津亭》。

在是。晋楚齐秦匹东西南北人，于鳞、元美集俱有之，使出苏、黄，则议之矣。“以文常会友，惟德自为邻”[①]，不宜效，然未妨正音也。杜“丹青不知老将至，富贵于我如浮云”[②]，则超然俊语，所谓转法华不为法华转也。

50. 七言律至沈云卿乃精绝矣。《古意》“九月”言“燕双栖”，《龙池篇》第五句稍不称，皆有微瑕。老杜八句，无一字可疑者，集中叠出，故当擅场。然学杜者效其正音，勿遽好变体，乃不逾矩度，从沈、宋入则不落蹊径也。要之，杜为彀率矣。于鳞主王、李，王、李非不超秀，杜集中所具耳。

51. 岑嘉州“满寺枇杷”[③]“回风细雨”[④]二首，一例近套，虽语意并工，然非大家所宜，杜无是也。韩集中序志篇，自为体耳。

52. 诗家好以古人同姓者赠，今人每不然之。陈子昂“兴尽崔亭伯”[⑤]犹可耳，至“结绶还逢育”[⑥]，是何语？题虽有萧四，不足效也。子美“勋业终归马伏波”[⑦]，风韵佳，不徒用姓。“陶潜菊”“袁绍杯”[⑧]，非其至者；“关羽”“寇恂”[⑨]，觉未雅称。浩然“支遁马”“右军鹅”[⑩]，余尝以为赝，非孟作也。

---

① 祖咏《清明宴司勋刘郎中别业》。
② 杜甫《丹青引赠曹将军霸》。
③ 岑参《赴嘉州过城固县寻永安超禅师房》。
④ 当即岑参《首春渭西郊行呈蓝田张二主簿》。原文作“回风度雨”。
⑤《秋日遇荆州府崔兵曹使宴》。
⑥《江上暂别萧四刘三旋欣接遇》。
⑦ 杜甫《奉寄别马巴州》。
⑧ 杜甫《秋尽》。原句云：“篱边老却陶潜菊，江上徒逢袁绍杯。”
⑨ 杜甫《奉寄章十侍御》。原句云：“湘西不得归关羽，河内犹宜借寇恂。”
⑩ 孟浩然《宴荣山人池亭》。原句云：“枥嘶支遁马，池养右军鹅。”

53.延清昆明池之作[①]，一时擅场，千载绝唱。然二“春”字，起句可易。“舟凌石鲸度”对下句，觉未称。子美“织女机丝虚夜月，石鲸鳞甲动秋风”，乃精绝矣。

54.诗家用事多误，由兴至挥毫，惟求句工，不暇检册子也。老杜“读书难字过”[②]，故能破万卷。古之称博览者曰涉猎，盖掇其菁华、嗽其芳润也。然以“周颙”为“何颙”，两用之，则不可。

55.杜子美“读书难字过”，苏子不检册子，用事多误。二子虽以真懒故，然考《说文》、检书笥，自儿子辈事。老人心力，安得复用于此？政当撮其大旨耳。余坐此二失，聊以自解。

56.自昔名家，文辞不以难字称奇，浅学者乃以文其陋耳。杜子“读书难字过”，所以破万卷也。好事者问字于扬雄，雄深湛之思，乃不在此。

57.七言律结构之精，变化曲中，老杜至矣。盛唐名家犹有可指，如嘉州“雨滋苔藓侵阶绿”[③]本言寂寞，右丞“草色全经细雨湿”[④]意感世情，然前后句未见映带，兴比颇疏。又“周文”“汉武”“尧尊”“舜乐”[⑤]，一首四君，杜无是也。钱、刘密矣，而格力盛、中之间，故当逊杜擅场耳。

---

① 即宋之问《奉和晦日幸昆明池应制》：“春豫灵池会，沧波帐殿开。舟凌石鲸度，槎拂斗牛回。节晦蓂全落，春迟柳暗催。象溟看浴景，烧劫辨沉灰。镐饮周文乐，汾歌汉武才。不愁明月尽，自有夜珠来。”又，这是一首五言六韵律诗，后来唐人扩展篇幅，有从六韵延续至数十乃至百韵者，元人杨士弘《唐音》首以“排律”名之，高棅《唐诗品汇》继承其事，明清两代遂成定名。

②《漫成二首》其二。

③ 岑参《秋夕读书幽兴献兵部李侍郎》。

④ 王维《酌酒与裴迪》。

⑤ 王维《大同殿生玉芝龙池上有庆云百官共睹圣恩便赐宴乐敢书即事》。诗云：“欲笑周文歌宴镐，遥轻汉武乐横汾。岂知玉殿生三秀，讵有铜池出五云。陌上尧樽倾北斗，楼前舜乐动南薰。共欢天意同人意，万岁千秋奉圣君。”

58.唐人诗中用经语，未尝不工也。其侍燕应制之作，如临若济，意挟风雅，不贤于年年庆寿者乎？后人见经语辄以为大忌，非经语害之，自其风韵不佳耳。老杜用经语，颇多从容而中，诗之圣者也。

59.严氏言诗非关理，世遂以理为诗病，惑矣。夫虞廷赓歌，以及五子之述戒，吉甫之作颂，其言有不本于理者哉！即宋之季如“山外青山楼外楼”之句，世所陋也，有中原之志者，可无取哉！夫诗有咏性情自得而不愿外者，陶是也；有述时事忠爱不忘而可称史者，杜是也。荆川之取《击壤》，则别有说。夫诗与其浮而靡也，宁质而俚。风云月露，无可以兴，奚取焉？作者毋徒曰骚耳赋耳。“诗人之赋丽以则”[①]者，胡可弗知也。

60.唐诗“门前便使觳觫乘”[②]，以牛为觳觫，非小疵也。“山鸟山花吾友于”，杜亦承用之，此必不可。

61.王右丞诗：“晚钟鸣上苑，疏雨过春城。”[③]唐人多于雨中言钟，盖雨则喧，寂寂故钟声清耳。雨骤则钟声反不易闻，故云“疏雨”。韦苏州：“楚江微雨里，建业暮钟时。”[④]又：“禁钟春雨细。”[⑤]“细”“微”“疏”，用意一例。杜拾遗“不劳钟鼓报新晴”[⑥]，则以久雨新霁钟鼓之声亮也。久雨甚，又宜于新霁也，故曰疏、微、细也。不得其才，则晚钟疏雨本不相属，奚取焉？

---

① 左思《三都赋》。

② 皎然《送顾处士歌》。

③ 王维《待储光羲不至》。

④ 韦应物《赋得暮雨送李胄》。

⑤ 韦应物《送汾城王主簿》。

⑥ 杜甫《院中晚晴怀西郭茅舍》。

62. 刘梦得言九日茱萸诗人，三道之子美为优。[①]余意王、杜句俱工，未可优劣，朱放则非其伦耳。杜“醉把茱萸仔细看”[②]，王“遍插茱萸少一人”[③]，朱“学他年少插茱萸”[④]。

63. 排律太繁，虽子美不能无累句，非大雅所尚也。“范叔已归秦”“聪明过管辂”“岂是池中物”[⑤]，以颂左相似不合；“霜蹄千里骏”[⑥]，亦疑非颂王者语。若曰微瑕不损白璧，则可耳。

64. 杜拾遗言“读书破万卷”，昔人谓读书万卷乃可读杜诗。杜诗不易解者，间固有之。能逆能得，非不跃如也。

65. 句有高古而鲜能观其微者，“仳离放红蕊”[⑦]之类也；本有错误而误解者，“山阴雪”为“阴山雪”[⑧]之类也；本不误而解误者，“醉仙桃”[⑨]“暖老玉”[⑩]之类也；有不知出处而句不觉佳者，“挟子翻飞还一丛”[⑪]之类也。黄太史深于杜，故云“不烦绳削”，然杜自有正音有变体，所当知耳。

66. 李、杜二集本难优劣，韩退之“李杜文章在”之句并称，宜矣。元稹以李之排律未窥杜之藩篱，非确论也。夫诗千言数百，铺成排比，古

---

① 今所见刘禹锡集中无与杜甫九日茱萸诗相关论述。
② 杜甫《九日蓝田崔氏庄》。
③ 王维《九月九日忆山东兄弟》。
④ 朱放《九日与杨凝崔淑期登江上山会有故不得往因赠之》。
⑤ 杜甫《上韦左相二十韵》。
⑥ 杜甫《赠特进汝阳王二十韵》。
⑦ 杜甫《一百五日夜对月》。
⑧ 杜甫《七月一日题终明府水楼二首》其一。原句云:“翛然欲下阴山雪,不去非无汉署香。”按,杜诗此句于诗意诗律本无错误之处,方弘静之前宋元杜集诸本皆作“阴山雪”,诸家注解亦无异辞。“山阴雪”云云,是用王子猷雪夜访戴事,与杜甫此诗诗意几无关涉。方氏故为此新论,乃明人杜诗接受中之常见做派,甚至有如杨慎伪造杜诗诗句、谢榛轻改杜诗者,多是妄言妄作。
⑨ 杜甫《奉和贾至舍人早朝大明宫》。
⑩ 杜甫《独坐二首》其一。原句为:“暖老须燕玉,充饥忆楚萍。”
⑪ 杜甫《暮春》。

未有其体也，杜始为之耳，未可以此为擅场。近时杨用修举李“朝辞白帝彩云间”与杜“朝发白帝暮江陵”之句为优劣，又可谓不揣其本者。即以一人之作，其能无得失哉，李于鳞又以李之歌行多长语，谓英雄欺人，欲以一时之见掩千古之定论，失言矣。人之于其所好恶而辟也，于古人尚尔，又何有于同辈者乎！

67. 严挺之与张九龄善，劝其绝佞人，此其人劲正者也。杜子美何以向其子轻之？其不为弥正平，幸矣！

68. 唐玄之昏也，宜亡而不亡，何以也？开元之政犹足系民心焉。杜子云：“不闻商周衰，中自诛妲姒。”[①]夫马嵬之事，岂其得已哉！六军之不行，天也。天犹存之，则由民心未失也。孟子言天下之得失，必归之民心，讵不信夫！嗟乎，民心胡可忽哉？忽其民是忽其国也！

69. 杜诗世谓穷而益工，又谓诗能穷人，此怼者之论也。不诵《天保》《卷阿》之什乎？穷愁乃能著书，则自古志之。然吾谓杜之穷，不徒工于辞而所以薄风雅之才者，实益邃矣。“朝回日日典春衣，每日江头尽醉归”[②]，朝士之怀，鸩毒若此，而宇内有久安者乎？乃其忧国造道之语，皆于蜀中见之，故杜之穷于一时而江河万古流者，在蜀不在朝也。

70. 杜《秋述》[③]云：魏子“所不至于道者，时赋诗如曹刘。”其思悲，其气增，殆以文章小伎矣，而僻于耽佳句，则不能自已也。士苟知诗，至曹、刘不至于道，则几矣哉。然曹、刘者，道宁限之耶？《三百篇》何非道耶？风、雅之后，陶元亮恶可谓未达也，彼特以诗与酒适耳，岂曰不惊

① 杜甫《北征》。原文作：“不闻夏殷衰，中自诛褒妲。”方氏引述，文字上稍有差误。
② 杜甫《曲江二首》其二。
③《秋述》是杜甫所作的送别之文，约作于天宝十载（据朱鹤龄《杜工部诗集辑注》之《年谱》）。又，《秋述》的文体归类向有争议，详见吴怀东《杜甫〈杂述〉〈秋述〉文体形态及其源流考论》（《中国文学研究》2021年第3期）一文。

人死不休耶？其诗篇中有真意，乃所以至于道者，独花鸟烟云、绮靡之语少耳。以是为枯槁耶？彼固所不屑也，杜子盖有激之辞欤？

71. 七言律至杜乃尽其变化，于鳞好为异论，颇误学者。

72. 王介甫过于自任，非独新法也。其论诗云："世之学者，至乎杜子美而后为诗，不能至，要之不知诗焉尔。"[①]品唐诗以子美第一，太白第四。夫子美诗，五、七言律擅场矣。"十二家[②]"皆雁行者也，而未如子美之诸体悉备也。歌行则与太白各有独至者，未易优劣。五言古，高参、风、雅，可短曹、刘墙者，允有之矣。然颇杂时调，未尽醇也。太白从《选》入，为近焉。绝句则逊太白，二王焉可诬也。杨用修右李而抑杜，其过于自任类介甫欤！

73. 文至江左，华而靡矣，昌黎振之。文至元季，质而俚矣，北地振之，北地之功伟矣。其曰"汉无骚"，贾生、子云之骚未可谓无也。曰"唐无赋"，则《三都》十年，李、杜、韩、柳未能肆力。《文粹》所载，信难以入相如之室矣。曰"宋无诗"，则苏、黄诸家有离合耳，未可尽无也。即紫阳理窟，有类伯玉者，有效子美者，何可轻訾哉！李于鳞才足继北地而欲掩其美，乃曰微吾长夜，学士非之。又曰唐无古诗，唐古诗则何可无？其盛者庶几风雅遗音矣。夫于鳞所谓古者，谓建安耳。建安、开元异调同工，仲默之论，余弗取焉，不敢雷同北地也。唐应德力能追古，早年妙解，已近化境。晚以"壮夫不为"讥刻子美，尧夫本非同声，盖失言

---

① 王安石《临川先生文集》卷八十四《老杜诗后集序》。

②"十二家"是明万历以后形成的一个唐诗学批评概念。其时书坊中先后以盛唐十二家、中唐十二家、晚唐十二家等名目出版了唐代不同阶段的代表性诗人文集合刻本，这种唐人诗集的传播形式，不单纯是书坊逐利行为，而是包含了相当的诗学含义，代表了明后期诗学批评领域对不同时期唐诗代表性作家群体的一种选择与凝练。

耳[1]。近乃有谓唐无诗，诗乃在宋、元。此其论益异，余不能知，乃不能不致疑于北地矣。夫言寡疑者，不亦难乎，圣人是以贵默识也。

74、王荆公以杜诗后来莫继，信矣。若子美第一，太白第四，无乃太远。子美“怜君如弟兄”[2]之句，正可为二家诗评耳。或谓杜称李太过，及为所诮，不然也。斗酒百篇，遗逸多矣。韩退之时已有泰山豪芒之叹，当时相赠答者可尽见耶？太白虽天仙之才，岂无心人？黄鹤楼推崔颢不啻已出，乃轻子美耶？或又以杜比李于庾、鲍为轻之，又不然也。庾、鲍岂可易者耶？文人齐名如李、杜之相得者，足为古今美谈，后人乃以浮薄意妄测前贤耳。

75. 沈宋、李杜、王孟，各齐名一时。至七言律，则宋不及沈，李不及杜，孟不及王，才固有所长短耶？诸家所长，杜无不具，所以为大成。

76. 词人大言，自东方生以来，世不为怪，然亦勿令人洗耳也。“气劘屈贾垒，目短曹刘墙”[3]，欲贾其勇而窥其好，可道者也。若扫梁园之群英，枚、马辈可易扫者哉！王逸少、张伯英，以为浪得名，今又千余载，孰齐之者？今之两司马兼杜、韩，匪阿所好，乃以相谩云尔。

77. 孔明自许管、乐，信优为之，其躬耕南阳，不可得而招也。夫优为管、乐者，不为管、乐者也。太白自许管、葛，空名适自误，幸为夜郎之行，才士大言可以为戒矣。子美自许稷、契，未敢知也，志则正焉。子瞻云：“‘舜举十六相，身尊道何高。秦时任商鞅，法令如牛毛。’[4]固稷、契辈口中语也。”知言哉。

---

① 唐顺之文集中同时将杜甫与邵雍(字尧夫)相提并论的情况，仅见于《与王遵岩参政》一文(见《荆川集》文集卷七，四部丛刊本)，但文中并无“以壮夫不为饥刻子美”之词，只是盛赞邵氏之诗罢了。

② 杜甫《与李十二白同寻范十隐居》。

③ 杜甫《壮游》。

④ 杜甫《述古三首》其二。

78.士不至饥饿，不能出门户，不宜言贫。杜子美囊惟一钱，食柏拾橡，则穷甚矣。及卜成都，草堂有高下亭台，酒有旧醅，鹅鸭长数，茗饮蔗浆，水槛扁舟，色色略具，亦足以耽咏遣愁，无忧沟壑也。

79.杜《八哀》去太冲《咏史》颇远，岂非以芜累乎？乐府《焦仲卿妻诗》非不长篇，别有体耳。然昭明不选，非无见也。诸家之评，余以叶氏为得。《八哀诗》中有琐细不必叙者，盖兼用乐府体，竟未为尽善，不宜效也。

80.杜《八哀诗》叙事觉稍烦，以为可以表里雅颂，谀辞也，杜自有自风雅来而媲美建安者。

81.杜《八哀诗》不惟表里雅颂①，语皆实录，无愧责矣。如姚崇之算张说，以文为市②，真秽笔墨耳。韩退之犹有谀墓中之诮，况夸浮者哉！

82.孔明之复汉，即“汉贼不两立”③一言，名正言顺，正统必归焉。三代之有天下，王畿不过千里，岂以广土众民为赖哉？晋、楚、齐、秦非不大于周，周虽衰犹为天下主也。“伯仲之间见伊吕”④，子美知孔明矣；

① 此前一条亦言及“表里雅颂”之说，意有否定，收于《千一录》卷十七；本条则持肯定意见，见于卷十八。二者当是写于不同时段。

② 此事见于《明皇杂录》卷上，其文云：“姚元崇与张说同为宰辅，颇疑阻，屡以其相侵，张衔之颇切。姚既病，诫诸子曰：‘张丞相与我不叶，衅隙甚深。然其人少怀奢侈，尤好服玩。吾身殁之后，以吾尝同寮当来吊，汝其盛陈吾平生服玩、宝带重器，罗列于帐前。若不顾，汝速计家事，举族无类矣；目此，吾属无所虞。便当录其玩用，致于张公。仍以神道碑为请，既获其文，登时便写进，仍先砻石以待之，便令镌刻。张丞相见事迟于我，数日之后当悔，若却征碑文以刊削为辞，当引使视其镌刻，仍告以闻上讫。姚既殁，张果至，目其玩服三四。姚氏诸孤悉如教诫，不数日文成，叙述核详，时为极笔。其曰：‘八柱承天，高明之位列；四时成岁，亭毒之功存。’后数日，张果使使取文本，以为词未周密，欲重为删改。姚氏诸子仍引使者，示其碑，乃告以奏御。使者复命，悔恨拊膺，曰：‘死姚崇犹能算生张说，吾今知才之不及也远矣。’”

③ 诸葛亮《出师表》。

④ 杜甫《咏怀古迹五首》其五。

而“汉祚终难复”[①]“志屈偃经纶”[②]之句，犹以利钝言，未得孔明之心。孔明固云“鞠躬尽瘁”而已，而成败利钝非所逆睹也。此其心在复汉之名义，而僭窃未平，则有数焉。仁人者正其义，不计其功，其斯以为孔明乎？百世而下，非朱子大书之，以继《春秋》之笔，则魏为帝汉为蜀，而孔明之志屈矣。史之三长，识为要。陈寿不足以言史也，而温公仍之，无亦千虑之一欤！

83.韩退之去李、杜未远也，其诗不传者已多矣，故云“流落人间者，泰山一豪芒”[③]。然则斗酒百篇，语不惊人不休，亦何为耶？薛考功五十后不作诗，有以也。

84.杜子《祭房相国文》：“曩者书札，望公再起。今来礼数，为态至此。州府救丧，一二而已。”自昔一贵一贱，一死一生，人情固然哉！又何可责之薄俗也。

85.杜集中当代事与方言皆可入，何损其工耶？夫文犹日月也，日月终古常新，以今日非昨日耳，岂得仅仅写葫芦甘残唾耶？善将者驱乌合市人可背水阵，何必如廉颇思用赵人也。此论出，斐然者必愕不然，异时当有以为然者。

86.杜子美之殁，旅殡岳阳四十余年，乃克襄事于首阳，元微之之志详矣。李太白卒于当涂，以集托邑令族叔阳冰，阳冰之序明矣，而稗家之说，乃云皆以溺死。夫自汨罗以来，固无伤于二公，何好事者之喜诬也！二公生同声而没亦同毁，岂相嫉者流言而志奇者不察？

① 同上。全句为“运移汉祚终难复”。
② 杜甫《谒先主庙》。
③ 韩愈《调张籍》。

87.杨用修好为李、杜优劣，然非笃论。“朝辞白帝彩云间”[①]与“朝发白帝暮江陵”[②]，岂可相提而论？绝句，太白擅场此作，又集中最工者若“负薪”“最能”二行[③]，自是夔府纪事，所用意乃在屈原宅、昭君村，足资博闻耳。太白《昭君咏》“昨日汉宫人，今朝胡地妾”，若以子美《咏怀古迹》之作较之，奚啻倍徒哉！要之，二家各负绝技，未易评也。近日于鳞《选唐诗序》，论疑愦愦。

88.李北海求识面子美，非不爱才，不知诗者也。崔颢之不遇，其所贽不能无疑焉。去之千载，斐然之士不以咎崔，而以疑李，何其果于不自反而过于望人也！

89.杨用修以议礼谪戍滇中，不能多蓄书，借阅过目，自难复检，《丹铅》所录多误，须后人为正之耳，无庸以为疵也。乃其于诗则喜右李而抑杜，论理学未得朱子之意，轻肆讥驳，则其蔽耳。朱集儒之成，杜集诗之成，论定久矣，即百用修不能易也。

90.文章喜用事，古昔所忌，恐其弥拘束而乖秀逸也。大方作者，破万卷而笔有神，则无不可。杜诗无一字无来处，宁有不秀之句耶？若徒用事而无风韵，则村塾对句矣。

91.子美在蜀，其草堂经营，有亭台敞豁，林泉连延，四松万竹，野航江槛，又佳客淹留，能备粗粝，老妻稚子，茗饮蔗浆，亦随所有，穷未甚哉。而万丈光焰，敛放笔端，千万年尚有生气。视当时王侯，奚啻泰山鸿毛，轻重不伦矣。

---

① 李白《早发白帝城》。

② 杜甫《最能行》。

③ 指杜甫《负薪行》《最能行》二诗。

92. 谢茂秦自称其歌行合李、杜为一，此其诞，自五子来也。王元美谓“一字不通”，“何不以溺自照”[①]，亦甚矣。元美尝刻其近体，称为一时之最。夫近体能最一时，而歌行遂不得一字耶？要之，毁誉皆由好恶，未可为定论也。

93. 诗可以兴，《三百篇》虽远，后之作者，须存风雅之意，乃可名家，杜工部所以独步词场也。王子安《春思赋》“因狂夫之荡子，成贱妾之倡家”，是何语？夫狂而妻可倡耶？宾王代女道士赠道士李荣，污翰墨矣。卢照邻亦有赠李荣诗，此可与游者哉？

94.《辋川集》，裴迪竭力而不逮。若无右丞在前，亦自楚楚，故知才情由于天赋，不可强也。王《戏赠》“猿吟一何苦”，杜亦云“知君苦思缘诗瘦”[②]，二诗盖实录哉！

95. 开元、天宝之盛，可谓治平。渔阳一鼓，宇内鼎沸，王孙乞为奴，人官骨肉不相待，广文窜，太白流，犹其幸者。子美得与老妻稚子优游草堂，故人供禄米，邻舍与园蔬，而兄弟晚亦相聚，非至幸者欤？剡不朽盛业，大半蜀地，不可谓穷也。余于子美有深感矣。

96.“《尔雅》注虫鱼，定非磊落人”[③]，此读书观大旨以自恕也。圣人固云“多识于鸟兽草木之名”[④]，学何可厌哉！虽然学有本末，匪惟德艺上下也。即以文艺言之，杜子“读书难字过”，其破万卷，固咀其英华耳。注虫鱼而矜博识，信非大方家所尚也。

---

① 王世贞《艺苑卮言》卷七称谢榛诗作“丑俗稚钝，一字不通”，对谢氏的高自称许，云“何不以溺自照”。

② 杜甫《暮登四安寺钟楼寄裴十迪》。

③ 韩愈《读皇甫湜公安园池诗书其后二首》其一。

④《论语·阳货》。

97.燕、许之文有太平气象，而子美备流离之状，此其时然耳。乃以学杜诗为非佳兆，则迂矣。杜《早朝》等作、《三大礼赋》，非太平气象耶？至于颜书，第见严正如其人耳，流离之状安在此？其论盖不习杜者也。又病颜书，何其过也。

98.杜集中于章梓州颇厚，严武杀章并欲及杜，似有之也。藩镇之横，视刺史如草芥，唐是以亡。今也惩之，督抚权太轻，仓卒不能令下，小有潢池之警，束手闭城耳。《易》之《萃》"戒不虞"，《丰》"宜日中"，斯其时也。

99.杜诗中叙其曾姑为尚书妇事，盖王与房、杜之于秦王，交久定矣。王为东宫官，则高祖所命，非若管、鲍分主而事者也，而责以死建成之难，不亦过乎？

100.子美为郭华州《进灭残寇形势图状》，及为王阆州《论巴蜀安危表》，不惟文类汉疏，其论破贼安人形势，如指诸掌，谓不能无韵之语，殆未得也。要之，用志不分，僻耽佳句，故其遗文寥寥耳。近者文士肆笔，乃谓二司马一不娴于赋，一不长于文。夫子长《史记》，尽一生精力，恶暇为《上林》等作；若长卿《封禅》《谕蜀》等文，则卓越可见矣，岂谓不善哉？又李、杜、韩、柳才有偏长，尤为谬论。韩、柳之诗，评者轻有轩轾；《南山》《石鼓》之什，后生毛颖尽秃，未可窥其宫墙也。

101.房次律其殷深源之流乎[1]？杜力救未为得，谓出于私情亦过。陈陶覆师，谁执其咎？罢贬非重罚也。然临败犹持重，而为中人所促，乃大败，有可悲者。其征还卒赠，盖棺论定，则众议固惜之，非独子美也。

---

① 次律为房琯之字。殷深源，即东晋大臣殷浩，早年有美名，后来轻率用兵北伐，大败，废为庶人。房琯仿春秋车战之例，以牛车与判军战于陈涛斜，大败被贬其事类乎殷浩。

102. 汉诏“将残吏未胜”[1]，句异，言吏未胜残也。杜诗句有类此者。

103. 司马畏蜀，非特才不逮也；汉贼两立，豪杰宁无动心？师直为壮，自反恶能不慊；食少事烦，聊以安部曲耳。而“汉祚运移”[2]，其言偶中。《魏志》述之，固未达也。宁静澹泊，泰宇自定，夫岂憧憧琐琐，以重伤者耶？杜子伊吕萧曹之评，确矣。“志决身歼军务劳”，盖沿《国志》而未察也。

104. 闻人说长安好则向西笑，然身未到长安，何由知其好？今注杜诗者，不知其出处，何以知其工？第知是杜诗，则极赞之耳。此何异闻长安而笑者？

105.《归去来辞》一篇，足辉映千古，余文可不必工也，渊明真能不为者。杨子云云，“壮夫不为”，乃终身未忘篆刻耳。杜子美云“诗是吾家事”，然骥子辈似未能绳武也。“有子贤与愚，何其挂怀抱”[3]，殆托以自咏，非不知渊明者也。过庭面墙之训，岂必远其子哉！多识前言而不逆其志，必弗达矣。

106. 渊明不入莲社，更高于去彭泽。彭泽之去，节气之士或能之。于时天下之士胥溺于佛老，而渊明独不屑，斯达道者也。杜诗非确论，惟其莲社不入，故能去彭泽，乃贫士之咏，则采薇之节也。乞食饿矣而未死，则故人颜延之辈能周之，靖节之谥孚矣，其近伯夷哉！

107. 用修谓杜“骥子莺歌”“高凤聚萤”为“偏”枯，[4]殊不然，杜正

① 刘秀《忧旱诏》，见《后汉书》卷一《光武本纪》。

② 杜甫《咏怀古迹五首》其五。原句为：“运移汉祚终难复，志决身歼军务劳。”

③ 杜甫《遣兴五首》其三。

④ 杨慎《升庵集》卷五十七《羊肠熊耳》云：“庾开府诗‘羊肠连九坂，熊耳对双峰。’鲍照诗‘二崤虎口、九折羊肠’，比之杜工部‘高凤聚萤、骥子莺歌’之句，则杜觉偏枯矣。”

以假对为工耳。羊肠熊耳，九坂双峰，恐骥子知之，杜集中岂少此等语？

108.药栏，右丞、工部皆谓花药之栏，用修以为不通，以今花栏票为证。余意花栏票之义，正以栏之刻画文饰加花字耳。王、杜非误也。

109.人生四十九日而七魄全，其死四十九日而七魄散，是以有七七之说。盖为之说者也，生死者，气之聚散，不散不死，礼之有复也。孝子[①]之情也，致其情而止矣。严挺之宁不作相不见李林甫，宜其有仆射也。子美寄命于人而妄轻其父，其免幸矣。或曰登床之语，挂缨之事，皆诬也。观其诗，则始终全矣，其然欤？

110.李、杜交谊之厚，杜集中可见，李则寥寥，盖偶逸耳。“为问缘何太瘦生，总为从前作诗苦”[②]，乃善谑，非薄也。“为人性僻耽佳句，语不惊人死不休”，杜自道固云尔。其寄裴迪“知君苦思缘诗瘦”[③]，所谓同病相怜，以诗瘦岂凡流哉？近世好相欺谩，以薄为厚耳。乃妄以窥高人之度，遂有李、杜相轻重之论，陋矣。

111.子美客蜀，方逾艾耳，熟食日示儿：“令节成吾老，他年见汝心”“汝曹催我老，回首泪纵横”[④]。适来适去，何其不能忘也。贾生赋鹏则少年耳，靖节达生者也，乃谓其揭怀抱，不亦过乎？夭寿不贰，修身俟之，君子所以流命，又何必曰彭夭而殇寿也。此非达生者之言也，悦生者之言也。畏牺忌鹏，班氏其知言哉。贾生早夭，子美不及耆，盖兆之矣。

112.《庄子》：“羿工于中微而拙于[⑤]使人，无已誉。”不读《孟子》，

① 原文为“予”，不通，据上下文之义改之。
② 李白《戏赠杜甫》。
③ 杜甫《暮登四安寺钟楼寄裴十迪》。
④ 此四句诗，前二句出于《又示两儿》，后二句出自《熟食日示宗武宗文》。
⑤ “于”字《庄子》原文为“乎”。

安知其语之工？凡读古文，皆宜以意逆之。杜子夔州以后诗，惟黄太史深契其才耳。

113. 诗须用易见事。子美虽破万卷，未尝有僻语也。间有稍僻事，辄为后人妄解，解者以其为杜诗耳。若不云杜作，必不能称佳，是以解人不易索也。

114. 杨子云教人作赋，令读赋千首，意当时所传作者几千人矣。今其传者不能百，不知其何谁也，况其不传者乎！文章亦小技，杜子美知之矣。而“语不惊人死不休”，何其僻也！今乃倩人为文，或窃人所作云，百年后谁辩者？其汲汲于求名若是，不虞其覆瓿耳。

115. 宋功烈之卑以议论多，而诗格之卑亦以议论。虽然，议论何可废也！不曰好谋而成，执两端而用其中乎？杜子美诗集大成，即议论何损风韵？余谓宋诗所不能为唐者，非专以议论故也，自其风韵不称耳。

116. 孟浩然以“不才明主弃”取忤，崔颢以“十五嫁王昌”见讥，诗之穷无妄之灾也[①]。然未尝上书而诬明主，辞涉于怨，浚恒之凶[②]，其以之矣。北海求子美识面，岂不爱才者？文苑所存，非不能也；后生行卷，宁无雅咏？而以轻艳语为先资，责之非过。此才士所宜戒，未宜为崔不平也。元美序潘生诗，则失余意，其偶误耶？

117. 杜子美志于风雅哉，其称人也不溢美。高岑鲍谢，太白庾鲍，彼此无怍，可谓知言。“曹刘不待薛郎中”[③]，为薛据耶？则若过犹可也。

---

① 此句意稍不可解，或文字有缺漏。据前后文意，“诗之穷”后或漏“人多”二字。
② 语出《易·恒》：“初六，浚恒贞凶，无攸利。”
③ 杜甫《解闷十二首》其四。

“先生有文过屈宋”[①]，以许广文屈、宋可更过者。盖“吟诗许更过”[②]，推让前辈，斯厚矣。宋公者，信未易过也。

118. 刘庭芝者，所传诗不多，多牵羊就肆之语，其人定宜夭耳。谓之问杀之，余尝以为枉。宋同时沈、杜，俱高名敌手，杜尤狂诞，可得而杀乎？且使庭芝不死，才可似舅，亦足张也，何以忌之？若其有他故也，则非所知耳。或曰：“子美过宋公池馆云‘吟诗许更过’，谓不许更过也，似暗指庭芝事，则又罗织之辞，酷矣。”

119. 紫阳论陶、韦诗云：“苏州直是自在气象，近道……陶欲有为而不能，又好名”。[③]此非定论，当传录者失之。韦学陶而近之者也，陶可谓不近名矣，自在矣，有道矣。象山[④]云：“李白、杜甫、陶渊明皆有志于吾道。”[⑤]此于尚论未有见。李之于诗则仙才也，非志于道所当。异日论者，杜其因诗见道者乎？渊明深矣，风雅之后一人，宜自为一编，西山乃知言哉！

120. 俗之好夸也，士也而称不佞，居丧而称孤，不知其不可也，犹可也。而曰不谷，则侯王之自称者矣，不亦倍乎？乃其称人则夏后，玄圭以赐治河之臣，《关雎》窈窕以诔在位之妻，西伯作述以寿执政之父，至以苍苍者为寿，以天人至人为寿。铸颜回，伧曹植，不曰从来未有，则曰数千载一人，李、杜文未优，韩、柳诗未粹，以下无论也。居之不疑，言之不怍，此风也德、嘉之间未甚也。

121. 礼义廉耻，国之四维。四维不张而不乱者，未之有也。夫是四

---

① 杜甫《醉时歌》。
② 杜甫《过宋员外之问旧庄》。
③ 朱熹《朱子语类》卷一百四十《论文下·诗》。
④ 原文作“象出”，误，径改之。
⑤ 见陆九渊《象山集》卷三十四。

者，耻为要：未有有耻而无礼、无义而寡廉者也，未有耻为非而好作乱者也。耻也者，其进德之基乎？其治乱之阶乎？故曰："耻之于人大矣"[①]，"知耻近乎勇"[②]。《易》曰："困于酒食。"酒食人所欲，曷言困？肉胜食气，酒及乱，则困矣。杜诗："野人对腥膻，蔬食常不饱。"[③]予喜诵之，盖都会宾筵，方丈皆腥膻耳。予归田，乃与所好为真率之会，使蔬胜于肉，饱而不困，自是里闬宴集，食前有蔬食矣。此非徒崇俭也，以免困也。

122. 食无求饱，衣不耻恶，乃可言志矣。志士不志在沟壑，况未至是乎？杜子美拾橡栗自给，布衾如铁，冻馁矣。幼子之夭未必以饥也，而一夕乃以醉饱死。夫冻馁不死而死于醉饱，此生岂不有涯耶？懦夫可以立志矣。

123. 杜集中于岑嘉州厚矣，而十余年无一书，犹可也。出守江城，草堂相接，不能一存故人，何耶?可懒于要津，不可懒于故人也。

124. 论文者："昭明《文选》精矣，古文赖以传。近者则真氏之《正宗》，唐氏之《文编》。"知言哉！若曰"古文亡于韩"，曰"宋无文"，吾弗敢知也。吾于是尚唐氏之识，其以杜、邵之诗合而言之则弗伦，殆有激之论欤？唐氏非不知诗者也。

125. 杜子美立朝之日殊浅。其献赋时，思沾微禄买薄田而不得。将军不好武，苔卧枪，雨抛甲，天下晏然，岂虑危亡哉？及为拾遗，逍遥供奉，其时上皇在蜀，京邑初复，干戈方事，而掖垣诸作，[④]宛贞观、开元

---

① 孟轲《孟子·尽心上》。
② 《礼记·中庸》。
③ 杜甫《赠李白》。
④ 当指《题省中院壁》《春宿左省》等诗，其诗句中有"掖垣竹埤""花隐掖垣"等语，皆是任职拾遗期间作品。

间耳。方从容语笑，未有四郊多垒之忧，有喜无补也。乃至艰难奔走，皮骨空存，而裁诗遣闷，无非忧国忠君之辞矣。孟子所谓“空乏拂乱”所以增益人者，不既多乎？然则子美之穷，非徒益工于诗也。君子观于此，可以固穷矣，可以读《西铭》矣。

126. 杜子美志其姑墓云：昔卧病姑家，姑之子又病，女巫曰：“处楹之东南隅者吉。”姑遂易子之地以安甫，甫存而姑之子卒，以是铭之曰“义姑”也[①]。夫死生有命，命有主之而不可移者，东南隅果吉哉？胡不并处其侄与子而俱存之？盖其姑有明识，不信巫言而嫌于不利其侄，故易其地耳。其子之不存则命也，非巫之验也。子美之云，毋[②]乃滋世人之惑乎！余于是知笃信善道之难，而立言之不易也。

127. 杜子美既依严武，在其幕中，乃登床斥其父，各[③]使被杀，非其自取哉？武犹是可人耳。子美比身稷、契，羞为悠悠子者，醉后犹有此失，轻俊后生，其可不戒！

128. 董仲舒对策若有神助，此自下帷不窥园得之。杨子云教人作赋，云熟读古赋千篇。杜子美云“读书破万卷”[④]，又云“须读五车书”[⑤]。自古文章宗工，更无别法。

129. 唐人云：“（许）浑诗（李）远赋，不如不作。”[⑥]非谓不工，谓无益风教耳，斯言文士所当服膺。又，文人无行之语，尤宜书之座右。

① 事见杜甫《唐故万年县君京兆杜氏墓碑》，其原文曰：“甫昔卧病于我诸姑，姑之子又病间，女巫至，曰：‘处楹之东南隅者吉。’姑遂易子之地以安我，我是用存，而姑之子卒。”

② 原为为“母”字，于文意不通，当是“毋”字之形误，径改之。

③ 当是“几”字。

④ 杜甫《奉赠韦左丞丈二十二韵》。

⑤ 杜甫《柏学士茅屋》。

⑥《太平广记》卷二百五十六“嘲诮”《李远》。

“文章亦小技，于道未为尊”[①]，杜子之见，所以独超辞人之表也。

130.李空同不读六朝以下之书，此羿之彀率、大匠之规矩也。杜工部五车万卷，多闻而择。淮阴所将，多多益善，非徒能十万者耳。薛考功五十后不复作诗，此善全其天者。然高常侍五十始有诗名，庾开府文章老更成，自昔晚成益工者未可悉数，而考功未得中寿，文章亦未尝损性灵哉。然《西原集》自足传，奚以多为？余二十而僻于诗，三十而羸，儿弃铅椠。六、七十后，乃稍理旧业，则以体气渐克也。然亦不能肆力，多遗忘矣。造物者其有所限予者耶？孔子云：“不有博奕者乎，犹贤于饱食终日，无所用心者。”[②]宰予昼寝，则曰“予何诛”。子路曰“何必读书”[③]，则深恶之。圣门之教，所以讲学修德者居，可知矣。夫文以载道，开卷有益，其贤于博奕万万矣。

131.君子不患莫已知，求为可知也。太白上李邕、哥舒大夫，大言不怍，无可知而望人知，不亦难乎？子美诗“李邕求识面”[④]，则非无心者，后世责其求识了美，不宜弃崔颢。然颢以轻薄语贽，不能寡疑。太白所上语，类有望大鹏九万，谁则征之？士之居身，不可不反求也。

133.士未遇则曰“岂是蓬蒿人”[⑤]，得位则曰“何由返初服”[⑥]，左迁则曰幸兹谪。夫云霄与蓬蒿，有宰之者；初服欲返，则由己耳。何曰何由？谪以为幸，胡不早退？此言之不近义、不由衷者，非君子之言也。君子于其言毋苟哉！“何日沾微禄，归山买薄田”[⑦]，杜以稷、契自许者，亦

① 杜甫《贻华阳柳少府》。

②《论语·阳货》。其原文云：“饱食终日，无所用心，难矣哉！不有博弈者乎？为之，犹贤乎已。”

③《论语·先进》。其原文云：“有民人焉，有社稷焉，何必读书，然后为学？”

④ 杜甫《奉赠韦左丞丈二十二韵》。

⑤ 李白《南陵别儿童入京》。

⑥ 李白《朝下过卢郎中叙旧游》。

⑦ 杜甫《重过何氏五首》其五。

为此语，可谓失言矣。士如干禄买田而已，何以尽职？志士不忘沟壑，非为处约也。锦衣可褐，肉食可藿，操不可拔也。饥附饱飞，士也鹰乎？

133.谢康乐与庐陵王笺，劝其遗一介以存嘉遁，谓为千载盛事。范云知名江左，固早州牧，一顾惊疑，其非在位与在野，势不同而道遂异，其来久矣。杜扉养疴，目之曰："简简固圣门所许。"若违礼同俗，扶曳而要附，君子耻之矣。士之居身将曷从乎？且夫世俗之所谓简，君子之所谓礼也。苟知有礼，恶能徇众。杜"常时往还人，记一不识十"[①]，盖在率府作，未老也。余亦早患此，每以自解，无亦疏简之过，后生宜戒之。然余非敢忽慢也，善忘耳，而相尤者屡矣。

134.杜子美飘泊远游，陶元亮固穷三径，称贫宜矣。今或厚积深藏，自陈窭乏，终岁干谒，曾无厌足，殊甚于墦间之乞。方且施施得意，不止私骄其妻妾而已，安得齐人之室，犹能讪其若此羞而泣乎？秦以来，士日益贱。苟能惕然于平旦，可与立矣。后生称先辈字以为古，此近日浮夸之习。宋人称某丈，礼也，乃谓非古。吴明卿与孙兆孺书云："诗不及前人，而徒以称谓过之，何益？"可谓忠告矣。

135.韩仲卿梦曹子建求序，非情也。子建之诗，岂俟仲卿而传？今曹诗孰不知诵，而仲卿序有无，焉能为重？子厚之智，非不及是也，何以异而志之？苏长公遗恨吞吴之论，非也，而以梦杜为解，盖卮言善谑云尔。平魏自吞吴，尺土皆汉也，此诸葛出师大义，苏意亦成一说耳。杨用修梦宋玉索赠诗，吾意子美千秋怅望之作难继，无庸更索耳。

136.退之之子昶不辩金根，通人固有遗忘，不足为訾。遂改根为银，

① 杜甫《送率府程录事还乡》。

乃可诮矣。书既未能博览，安可妄改？太白“一忝青云客”[①]，改“忝”为“黍”；子美“荆门”，郑薛改“门”为“朋”；“江鲍堪动色”，改“鲍”为“鲀”。三子者一为侍御，一为学宪，一为比部，当世若论胄胤，不以为名家克肖耶？何以诮昶？

137.《三百篇》后有风人之思者，其惟子美乎？《李监宅》独取味而曰：“且食双鱼美，谁看异味重。”《送高书记》云：“人实不易知，更须慎其仪。”盖所从者哥舒也。言之无罪而足以戒，故可尚也。长公好杜，以诗史危身，则远于白圭之义矣。

138.伏日读杜诗，憾其才高而不遇也。然不遇乃所以益昌其诗大矣远矣，百年千古，孰轻重哉！抑犹有大幸者，当其时，右丞、广文之才名未在子美右也，二子以才名不免，子美为时相所抑，时相所不知，贼固不知也，是以免也。使早为拾遗，与二子同列，贼其舍诸？不污则死矣。太白为永王迫胁，空名自误，是以为子美幸也。嗟乎，祸福之倚伏，信不可预期，君子行法以俟之而已矣。向使子美如退之三上宰相书，宰相即知之，安知其福耶祸耶？余适有感而书此。

139.邢象玉：“忽闻有奇客，何姓复何名？”[②]客不通名，亦太奇。当是寓言，殊非佳致。“不通姓字粗豪甚，指点银瓶索酒尝”[③]，市肆中可过此客耳。

140.“草色全经细雨湿”[④]，以为感慨语，不显。“宠光蕙叶与多碧，

① 李白《经乱离后天恩流夜郎忆旧游书怀赠江夏韦太守良宰》。下句“江鲍堪动色”一句，同出。

② 邢象玉《古意》。

③ 杜甫《少年行》。

④ 王维《酌酒与裴迪》。

身过花间沾湿好”[①]，自是佳景，雨何负于草乎？“花枝欲动春风寒”[②]，则称矣。

141. 右丞“重门朝已启，起坐听车声”[③]，拾遗“午时起坐自天明”[④]，一有待而不至，一许邀而不果，叙情事各臻其妙。“新妆可怜色，落日卷罗帷”[⑤]，春眠迟起之态宛然，工在“落日”字。试咏之，则卧稳慵起之句，犹觉未超耳。

142. 词人大言，自东方生以来世不为怪，然亦勿令人洗耳也。“气挥屈贾垒，目短曹刘墙”[⑥]，欲贾其勇而窥其好可道者也。若“扫梁园之群英”[⑦]，枚、马辈可易扫者哉？王逸少，张伯英，以为浪得名[⑧]，今又千余载，孰齐之者？今之两司马兼杜韩，匪阿所好，乃以相谩云尔。

143. 韩公赠崔立之，朝为百赋，暮作千诗，乍览之可愕，盖非一朝一暮也。杜《八仙歌》斗酒百篇，皆酒中作可也，未必一饮一斗而百篇已成也。民无孑遗，以意逆志，其来远矣。

144. 古之作者言犹近信，迁史杜诗所以为实录也。杜集中韦韶州诗追二首[⑨]，乃盛唐名家，“新诗锦不如”，不溢美矣。其在严幕和寄者，无此语也。韩退之惧鬼责志元宾，仅数语志子厚。死者可作，生者不愧，庶几哉。风乎百世，苏长公匪阿耳。

---

① 杜甫《江雨有怀郑典设》。
② 王维《酌酒与裴迪》。
③ 王维《待储光羲不至》。
④ 杜甫《崔评事弟许相迎不到应虑老夫见泥雨怯出必愆佳期走笔戏简》。
⑤ 王维《晚春归思》。
⑥ 杜甫《壮游》。
⑦ 李白《鸣皋歌送岑征君》。
⑧ 语出李白《草书歌行》，原句云：“王逸少，张伯英，古来几许浪得名。”
⑨ 即《送魏二十四司直充岭南掌选崔郎中判官兼寄韦韶州》《酬韦韶州见寄》二首。下句“新诗锦不如”，出自《酬韦韶州见寄》。

145.《素园存稿》涉杜材料五条。

卷二《楚贤篇并序》："昔杜子美《春陵行》不必寄元，元时犹在道也。余因作《楚贤篇》，亦无所寄也。"诗末云："我作楚贤篇，以拟《春陵行》。"

卷四《仲月观梅十首》其十："杜子蜀江边，朝夕催发白。胡不索花笑，自令忧不释。"

卷五《有述》其三："早效唐音唐太史，晚耽击壤和尧夫。杜陵癖爱惊人句，可道工同调未殊。"

卷五《庚子九日》其一："王杜重阳曾有句，诗人不复咏茱萸。三秋群卉那堪采，黄菊东篱无乃孤。"篇末自序云："刘宾客言诗人九日三用茱萸，以杜为优。余以王、杜句并工，而朱未可鼎立也。"

卷十七《刻十家诗序》："文之盛衰关诸国运，殆不易之论也。唐之盛，其高、玄之除乎？李杜二氏集，齐成者也。十二家，传者广矣。其外则二张、二李、苏、王、崔、储、常、祖十家者，皆与前诸家比肩而同声者也，盖唐之正音焉。其外有余力，则无可择而诵焉。"

附录　方弘静唐诗话汇编

1. 诗之教可以兴，其感人也，有遗音者矣。西汉乐章，犹存古意；魏晋作者，未忘继响。虽江左绮靡，唐一振之。其盛也，风人之韵未泯也，晚务推敲。宋烦论议而风韵衰焉，是以不能超诣耳。使风韵可玩，彀率不违，则推敲论议，未乖诗道。推敲之精，乃造自然；论议之平，足征大雅。试览古昔名家，何尝废此二端也。

2. 乐府题入新事，君子所许也。可以兴，可以戒，可资多识，诗之亡而未尽亡者也。

3. 唐之盛，御制送朝集使诗，廷臣咸和，重矣，犹云领郡辄无色。曹彬为大帅，贵矣，见朝绅引车避之，重内轻外如此。所与治平者，非二千石乎？西汉之治近古，重循吏也。

4. 唐沿江左所习，用沈约韵，今之士自宜用洪武韵耳。夫既曰正之矣，而不遵，何以曰同文也？此可谓习而不察者也。

5. 唐人以词章为业，其于《诗》《骚》以下，六代之菁华，采之必不遗矣。顾所传者泰山毫芒，今未尽见也。乃欲字字尽出于唐，而不务探其所未发，苟非唐人所用字，辄以为非正音，何以称远览高步耶？

6. 今之君子，肆口成韵，罔恤讥弹，曹、刘、李、杜，数见凌驾，乃有王、李铸颜回之句矣。二君闻此，喜耶怍耶？

7.盛唐律诗，四声不大拘也，而音律自调。音律苟调，则平仄末耳。

8.诗中引事，须映带沉着，使可复也。若惟语之工而神意不符，亦明月之纇耳。盛唐大家，亦时有之。如“别妇留丹诀，驱鸡入白云”[①]，驱鸡用拔宅事也。鸡既可驱，妇何用别？与前后语皆戾矣，读者第击节佳句而未深玩也。

9.晚唐诗非无佳者，而选者多谬，故益不足观，如《三体》《鼓吹》是也。盛唐以前选者，惟恨其遗而未尝厌其选之不当。何也？由其风韵无不佳者，所谓信手拈来，头头是道耳。

10.近体诗用唐礼部韵甚严，余尝疑之。唐以此试士，为唐士应试自宜遵耳，无关于诗道也。余谓近体特不宜用叶耳，其通用如支微，庚青，真元等韵，何不可用耶？且唐之士自遵唐韵耳，今何以不遵正韵？即以正韵为唐律，岂为不工耶？太白鹦鹉洲诗庚青韵并用，其见超矣。至于起句韵不拘，以起句可不用韵故可不拘，则又不然。如其拘也，则首句何非律也？如勿拘也，则太白先之矣。太白唐士也，犹不拘礼部例；今非唐士也，非应试也，乃正韵则王制也。同文不倍之义，未之思耳。

11.苏长公云：唐人为诗，视已力量，积精思数十年，各自名家。今人未有小得，即高视前人，以为无敌[②]。余喜诵之，乃知夸矜之习，自昔已然。人人随珠，家家荆璧，敝帚千金，固文士之恒态也。

12.自北地言“宋无诗”，今始操笔者以宋为诟矣，而未能辩其为唐为

① 王维《送张道士归山》。
② 检索苏轼文集，东坡似未有此论。又，“高视”据前后文义，似当为“卑视”。

宋也。余颇厌之。试举宋诗佳者示之，曰："此当代名卿之作，视古何如？"皆以为不减唐音，远过宋调也。余笑曰："此宋诗也，聊以相试耳。"自是不敢言宋无诗。学诗者断自开元以上，毋使格下，此确论也。大历以下非所取法，而未可遽诋为无也。今后生岂惟无宋，且谓退之于诗本无解处矣，不知山谷失言也。试掩石鼎联句，令高谈者觅数十韵较之，当孰工耳？

13.唐时，大使考所部官，刺史五品以上劾治，六品以下杖讫奏。以高适之贤，杜赠诗云："脱身簿尉中，始与捶楚辞。"韩退之诗："判司卑官不堪说，未免捶楚尘埃间。"夫士不可辱，可贫可贱耳。

14.薛少保"白云自高妙"[①]，句之疵也。白云何容赞？

15.乔知之《羸骏篇》，俊语不鲜，而远道力尽，字俱重出，盖未定之稿，或传者之讹耳。

16.杜审言诗"酒中堪累月，身外即浮云"，下句本《论语》，上句亦非无所本也，盖暗用阮嗣宗托醉辞司马昭事。诗不必用事，亦未尝不用事耳。

17."独有宦游人，偏惊物候新"[②]，中四句言物候之新也。结应"惊"意，"归思"应"宦游"。物候之新人，所喜而独惊，故曰"偏"，此学诗蹊径也。其化境，则非言所示。示儿辈。

18."旌旆朝朔气，笳吹夜边声"[③]，军中日夕警备，"朝""夜"二字

① 薛稷《早春鱼亭山》。
② 杜审言《和晋陵陆丞早春游望》。
③ 杜审言《送崔融》。

无可疑，亦无可更，东桥误评。

19.四杰律体已纯，足以冠冕盛唐诸家，选者往往以律置古诗中，则与作者远矣。无论建安，安可令江、鲍动色乎？昔人所以索解人不易得也。

20.王勃滕阁之文，宾王武氏之檄，雄映千古，何病于俳？俳非古也，作者左右宜之，时而出之，非不可也。登山者东西蹊径，皆陟其巅。苟力不足，中道而废，则无所与于大观耳。

21.卢照邻《五悲文》既不足观，其为《三氏问答》鄙陋已甚。小慧畔道，有才无识，宜其见弃于时也。王子安年二十二而有坎壈之叹，杨炯年十一侍制弘文馆，后二十年去。古人强仕，非晚也。而遽以为拙者之效，欲速不达，大器晚成，固未之有闻哉！

22.宾王《咏怀》云："宝剑思存楚，金锤许报韩。"又："阮籍空长啸，刘琨独未欢。"盖指从李敬业事，其不死信矣。虽然，忠义乾坤之正气，即其《代女道士》①之篇，正气安在？武氏一檄，文则可观耳。夫能檄武氏者，安能狎女道士，又与道士荣者游哉？文人无行，昔以为讥，今以自恕。诗非关理，斯言也大误后生。夫言不顾行，邪诐之辞也。其言传，其秽乃章，是不幸也。诗不志于《三百》，奚可与言诗？文之三长，识其要乎？词人之识寡矣，是以其风日靡也。

23.骆宾王集中赠宋五之问诗凡三首，其交密矣。而宋集无答，盖以从敬业檄武氏，惧株累而削之也。"楼观沧海日"之句，谓宾王为僧而之问不识，谬矣。余读《咏怀》之篇，悲其志。子房之锤，越石之啸，盖举兵后语，足明其不死也。武后读其檄文，以责宰相，英略哉。当时之臣，

① 其诗全名为《代女道士王灵妃赠道士李荣》。

才固不逮，宜其甘心事之也。

24.《诗三百》一言以蔽之，曰思无邪。后世词人之作，劝百讽一，未敢尽倍是道也。卢照邻“得成比目何辞死”、万楚“却令今日死君家”，何足入选？而于鳞以尽唐诗，谬矣。

25.沈佺期《古意》一首，七言近体绝唱也。然深秋之作，安得海燕双栖？作者偶忽之耳。《郁金香》“香”当为“堂”字无疑，王维、贾至诗中，皆有郁金堂。

26.绀色有绀红、缥紫、流黄。沈佺期诗“却教明月照流黄”，机中所织也。

27.“杜陵贤人清且廉”①，或疑清廉之义一也，且字近赘。不然，清之为言也广，廉专指其贫。宅近青山，门垂碧柳，清也。花鸟以当歌舞而盘中无所有，贫也，廉故也。

28.《晦日昆明池》②，沈、宋二作优劣易见，何迟回始定也？然二“春”字犹可疑，“春豫”似可易耳。

29.刘希夷“年年岁岁”之作，未遂胜之问也。谓之问杀之，殆未然。之问固匪人，受诬千载，亦谓失平。同时文士非乏，可得而杀乎？世多忌才，“白也诗无敌”③“世人皆欲杀”④，是以有此诬也。观此子诗，必死于色，无俟之问杀之。盖其死卒然，疑不得其死，而之问之为人又可疑者，君子是以恶居下流也。

---

① 李白《题东溪公幽居》。
② 指宋之问《奉和晦日幸昆明池应制》与沈佺期《昆明池侍宴应制》。
③ 杜甫《春日忆李白》。
④ 杜甫《不见》。

30.陈伯玉《酬晖上人》有二首，一云“岩庭交杂树”，一云“岩泉流杂树”，岂不能别作一句？偶然拈出，不觉耳。

31.自阮公《咏怀》，咏怀之作难以为俦其语。谓陈胜阮耶？夫拾遗横制颓波，为唐音正宗，然矣。咏怀微妙，殆未易俦，其犹堂室之间。皎然知推康乐，宜未知嗣宗也。

32.子昂《感遇》“荒哉穆天子，乃以蛾眉怨”，旷责之。夫王者不恤万姓之瘼而游豫无度，《祁招》之所为作也。罗帷白发，奚足咏哉？虽云有风，吾无取焉尔。

33.徐彦伯“树栖双鸳鸯鸳”，鸯水鸟，何云树栖？

34.赵冬曦“鸿归鹤舞送”，语稚不足选，恐误初学。

35.王丘《咏史》，东山妓何足称伟？安石伟人，非止明月之颣也。王右军为天下惜之，乃知言矣。至以苏门、东山相优劣，尤为谬语，一言以为不智，何谓诗不关理耶？僧皎然云子昂《感遇》出。[①]

36.词人一时希遇，乃不虑千载贻笑也，自昔然矣。《公主宅》云：“幸愿一生同，草树年年岁。”[②]岁乐于斯，乃至欲问津织女，寓意明，何当时不靦面目？盖士而鲜耻，则十目所视罔顾，何云不愧衾影也？

37.诗人误用事，有不可误者。张九龄“天与三台座”，中台可耳，上

① 此句疑有字词脱漏，或是错行而混入。
② 赵彦昭《奉和幸安乐公主山庄应制》。

台可与人臣耶[①]？今人不能取材前昔，律诗非唐人所用字则刺目耳。苟出于唐，虽知其误，犹或袭之，尤非达识。

38.“莫道秋江离别难，舟船明日是长安。吴姬缓舞留君醉，随意青枫白露寒。”[②]言舟抵京师，舍舟之明日即长安矣，何其不难也。第二句奇而显。

39.孟襄阳“八月湖水平”句，或疑水平与“波撼”“混太虚”不称。不然也，秋水时至，百川灌注，言其盈耳，岂谓平为落耶？《易》：“坎不盈，秖既平。”盈，乃平也。王湾诗“潮平两岸阔”，平乃阔也，可明平字矣。

40.“枥栖支遁马，池养右军鹅”[③]，此小学对句，非孟诗也。即为孟作，亦其偶然漫语，不足称名家。非无漫语，是以多闻而择也。

41.孟浩然《晚春》诗“二月湖水清”，下七句皆不照，则起似可易，或传之讹耳。又“竹引携琴入，花邀载酒过”，妄改为稽琴、戴客，其校阅者亦一时文士也，既诬作者，复误后人。如此类，具眼者无从改定，则阙之可耳。

---

① 方弘静以上台、中台、下台这样含有等级意味的区分来解释诗句中“三台座”一词，似乎与诗作原意相违。按，此诗题为《奉和圣制送尚书燕国公赴朔方》，是一首排律，其前八句云：“宗臣事有征，庙算在休兵。天与三台座，人当万里城。朔南方偃革，河右暂扬旌。宠锡从仙禁，光华出汉京。”燕国公张说赴朔方事当是指开元八年北上平定阿布思等部叛乱之事，此前张说已经两登相位，遍领尚书、中书、门下三省，封国公，诗中所谓“三台座”当指张说遍历要职，身份尊荣，与前二句中“宗臣”“庙算”云云正好相符合。当然，唐代有太尉、司徒、司空等加赏荣衔，号“三公”，“三台座”若指三公荣衔而言，于诗意亦可通。又，中国古代上台、中台、下台之说似乎仅见于道教典籍，如《无上黄箓大斋立成仪》卷五十二“神位门”云：“上台虚精开德星君，中台六淳司空星君，下台曲生司禄星君。”主要是指天上星象而言，本无等级区分之意；检索典籍，也未见古代有人以“上台”比附君王者之例。所以，方氏之说不妥。

② 王昌龄《重别李评事》。

③ 孟浩然《宴荣二山池》。又，“池养”二字中原有一“岸”字，衍出，径删之。

42.“一丘常欲卧”①八句，第如寄简，自是名士语，篆刻者退舍耳。

43.“一丘尝欲卧”等，作自是高人语，犹市南弄丸而戎行退舍，不俟“微云”“疏雨”句阁笔也。

44.《襄阳旅泊》②，非浩然诗也，似太白。

45.“白日依山尽，黄河入海流”，徒以为登楼之景耳，而作者则有逝者如斯之感，始称佳句，盖意中语也。至“欲穷千里目，更上一层楼”，未足为工，乃往往击节矣，韩子所谓小好小惭者也。里子某左迁，殊戚戚，余与论孟浩然诗：“‘微云淡河汉’，使词人阁笔，何其壮也。‘泪湿薜萝衣’，失意于归山，又何惫也。孟子曰：‘人人有贵于己者，弗思耳。’夫内者重则外者轻矣，古之矜者一语惊人，万钟不易，况有道者乎？”里子惕然。

46.唐明皇令僧教康昆仑琵琶，僧云：“且遣昆仑不近③乐器十年，使忘其本领，然后可教。”有乡人请学诗者，余以此语之。

47.祖咏《江南旅情》二“寄”字，必误耳。结句字，可易也。

48.盛唐诗“以文常会友，惟德自为邻”④，今以为头巾语，非知者也。而学此等句未有不头巾者也，其得失乃在作者寸心知耳。

---

① 孟浩然《秦中感秋寄远上人》。

② 诗全名作《襄阳旅泊寄阎九司户桂水》，常用题名为《湖中旅泊寄阎九司户防》。诗云：“桂水通百越，扁舟期晓发。荆云蔽三巴，夕望不见家。襄王梦行雨，才子谪长沙。长沙饶瘴疠，胡为苦留滞？久别思款颜，承欢怀接袂。接袂杳无由，徒增旅泊愁。清猿不可听，沿月下湘流。”方氏所论，当是指此诗颇有民歌风味，类似李白五古格调。

③ 原文缺“近”字，据《乐府杂录》补上。

④ 祖咏《清明宴司勋刘郎中别业》。

49.《龙池篇》五用“龙”字、四“天”字，《黄鹤楼》三“黄鹤”字，《鹦鹉洲》三“鹦鹉”字，《凤凰台》三“凤”字，并绝妙。然诗之工不在是，未可作意拟之也。

50.《黄鹤楼》《凤凰台》《鹦鹉洲》三作似一手，结语各有所指。谓以此胜崔，谀也，非太白意也。律中自宜有此，无论非律。《凤凰台》可谓非律乎？本拟作也。

51.《黄鹤楼》诗三“黄鹤”字，《鹦鹉洲》诗三“鹦鹉”字，太白仙才而取善之，公可则也。然二作自是绝唱，不必作意效之。沈云卿《龙池篇》五用“龙”字，又二诗所从来也。崔诗刻本多作“乘白云去”，非。

52.王元美才似苏长公，故自云于宋独喜之，乃以为似不曾食宋粟。噫，甚矣，宋人何可若是侮也！长公[①]苏、李《别言》与《黄鹤楼》诗，如元美所驳，盖长公千得之失，亦忽易过也。“晴川历历汉阳树”，非独长公不能道，此未易言[②]。

53.太白“吾从黄绮翁”，用陶诗，且当从黄绮注处，句乃佳耳。

54.太白初至，已有《蜀道难》之作，为贺知章所称矣。乃云以讥严武，殊谬。

55.李诗“酣歌一夜送泉明”[③]，豪宕之气与前句相称，作“泉声”非也。“送泉声”非不佳，自可入别调耳。此可为知者言。

---

① 此处当脱漏一“论”字。

② 王世贞之相关评论，见《弇州四部稿》卷一百二十九《书苏长公、司马长卿三跋后》。

③ 李白《送韩侍御之广德》。

56. 太白读书匡山，十年不下山，浔阳狱中犹读《留侯传》。以彼仙才，苦心如此。

57. 太白酒仙也，《宫怨》诗亦云“鹔鹴换美酒”，得无非宜。

58. 孔林楷木以为杖，曰孔杖。太白诗“留我孔子琴”，或亦孔杖之类耶?若曰所弹之琴，未必然也。

59. 汉武之多欲，犹云弃妻子如敝屣。太白孜孜慕仙，“拙妻好乘鸾，娇女爱飞鹤”[①]，乃欲举家俱仙，仙可易求若此乎？过屠门而大嚼，贵且快意耳。

60. 太白《去妇辞》本五言古诗，“自从结发日未几”，“自从”二字必衍也。后云“自从离别久”，岂得重用？

61. 太白《白头吟》二首，颇有优劣。其一，盖初本也，天仙之才不废讨润，何必不加点？今人落笔便刊布，纵云挥珠，无怪多颣耳。太白耻为郑、卫之作，律诗故少，编者多以律类入古中，不知其近体犹存雅调耳。集中五言仄律亦多。

62. 太白赋《新莺百啭》[②]与《白云歌》，无咏物句，自是天仙语。他人稍有拟象，即属凡调。

63. “将军出使拥楼船”[③]，当是近体八句而逸五六也。今以为古诗，或谓六句律耳，未易为言。

---

① 李白《题嵩山逸人元丹丘山居》。
② 即《侍从宜春苑奉诏赋龙池柳色初青听新莺百啭歌》。
③ 李白《送羽林陶将军》。

64.太白云“毋碓石楠花”，假对，工。又石楠花、女贞林。

65.太白诗“春申一何愚”承以“贤哉四公子”，似不伦。此信笔未经思也，不可以式。

66.太白《谢朓楼饯别》诗，“欲上青天览明月”之下，疑有逸简。

67.太白《通塘曲》“浦边清水明素足”，又云“双垂素足扬素波”，虽云醉仙信笔，亦明月之颣也。

68.太白“山花异人间，五月雪中白”，真仙人语，他人第云花开如雪耳。

69.太白《游泰山》六首，首首逢仙人，子美必不尔。然太白之才，岂不能别为绮语？由歆慕之甚，津津不厌也，亦信笔之过。

70.太白“学道三千春”[①]之作中，易一“波”字，以为排律则古调也。若以古体，则远谢建安，近让《感遇》，使后生大言者谓无古诗矣。

71.张碧、李赤之慕太白，犹司马长卿之慕蔺也。今人非有所慕，喜字古人字以为古，杂然相呼，真若点鬼矣。夫好古者岂是谓哉？……碧字太碧，太白星也，太碧何谓？赤乃为厕鬼所魅，二子之所蕴可知矣。夜台有李白，恶能不哂之。

72.太白《寄远曲》“何时一相见，灭烛解罗衣”，太俚，子美不道也。

① 即李白《酬王补阙惠翼庄庙宋丞泚赠别》。诗中有诗句云：“勿踏荒溪坡，朅来浩然津。”方氏所称“易一波字”云云，当是指此句而来。

73. 太白《游白笴陂》“天借一明月”，《登太白峰》“太白与我语”，语近俚，后生效之则误。

74.《南涧》诗工矣妙矣，始至有得，疲且忘矣。君子忧乐有时，何遽泪垂耶？诚若有得而犹泪垂，则“涕泗涟”如何时可释？此长戚戚者，寿命安可永耶？太白坎轲非不甚，然其诗平生不下泪，乃称旷士怀矣。

75. 太白《焦炼师》云“游行若飞”，可也。若倏忽万里，谁则征之？非轻信则漫语，而昧者谓太白岂欺耳。乃或借以诬世，言不可不慎也。

76. 太白《归石门旧居》两用“山”字，前“山”字叶可也，然“仙”字韵更妥。欲入一字游仙上，而去“山”字可否？

77. “脚着谢公屐，身登青云梯”①，“青云梯”即用谢句，此作者心神也。聊举一隅。

78. 太白好为仙语，不能仙也。“且放白鹿青崖间，须行即骑访名山”，仙矣。又云“安能摧眉折腰事权贵”，是未能忘，安能仙？若许宣平“闲居三十载”之作，太白一见，知为仙人，知言矣。彼胸中安有所谓权贵者！

79. 太白开口语仙，又欲振大雅，而篇中不离酒色，多淫辞，此其远逊子美者。孰谓诗不关理耶？乃其才则无庸优劣诸作，意抑扬者之所好而辟焉耳。

80. 太白《白头吟》有二首，颇有优劣。以彼仙才，犹不废改润，孔

① 李白《梦游天姥吟留别》。

子所以善郑之为命也。

81.太白《送范山人归泰山》诗，“初行若片雪，杳在青崖间”，乃用《封禅记》语“久之白者移过树，乃知是人也”[①]。

82.太白《金门答苏秀才》“缘溪见绿筱，隔岫窥红蕖”，形容山水之间。“月出石镜间，松鸣风琴里”，风入松若琴，月在石若镜。又蜀有石镜也，“西巡歌石镜，更明天上月”[②]。

83.太白《答黄山胡翁赠白鹇》“请以双白璧”买之，亦谓素爱此鸟耳。近有好事三四子，由樵径登其巅，宿岩洞中数日而下。云山高处无他鸟兽，惟白鹇无数，群飞如雪，然山下人未有能畜之者。太白虽好寻山，未能登巅玩此鸟也。山上雾气云甚香，其下有潭龙所宅也。雾之香岂龙涎耶？

84.太白《山鹧鸪词》有所述，盖偶有其事，非无因而作。太白卖眼字，即楚骚目成也，而雅俗分矣。

85.诸葛孔明好为《梁甫吟》，盖古有是调也。一桃三士之句，未必为孔明所作。注者又谓三士以拟孔融、杨修、祢衡，穿凿甚矣。操所害天下士亦多矣，岂独三人哉？计孔明南阳抱膝时，正平或未死也。注家每如此，使祖龙见而火之，讵为过。因忆李白诗“一忝青云客，三登黄鹤楼”，少时见一先辈谈及李白诗，曰：“近浙中有注李诗者颇评，且刻本甚佳。”书正在案上，余偶阅之，“一忝”改为“一黍”，注引杀鸡为黍。余请正于先辈曰：“此句‘忝’字颇明，别本多不误而以为‘黍’，又从而注之，何耶？”先辈云：“彼或有据。”余不敢对，唯唯而退。

---

① 范晔《后汉书》卷二十。
② 李白《上皇西巡南京歌十首》其五。

86.《永王东巡歌》辞旨勤王，桓文之举[①]，虽永王非其人，而太白固出于迫胁也，可谅也。独中一首，以祖龙、汉武大皇为比，则大谬。其辞殊陋，与前后不类，必非太白之作。岂当时欲杀之者为此以成狱？

87.太白诗中好言仙，非能仙也，“仙人殊恍惚，未若醉中真”，乃真语。

88.“窗中三楚尽，林外九江平”[②]，清远妙语。“到江吴地尽隔岸越山多”，非其伦也。不得相援罗隐，乃与僧争此句。而至今评者未定，亦愦愦耳。

89.王右丞《送钱少府还蓝田》云“手持平子赋”，谓《归田赋》也，此易见事。以“平子”对“老莱”，工矣。若所引，僻，则不可。

90.张谓诗“百人会中身不与”[③]，用《世说》伏滔语。

91.或疑“长河落日圆”[④]有缺，日何必言圆？余为咏“青山欲衔半边日”[⑤]，乃见其工矣。“三年落日低”[⑥]，亦以江上见其沉故也。后人诗须一读了了，不复可玩索耳。作者勿以解人不可得，使风雅绝响也。

92.右丞诗“方将与农圃，艺植老丘园”，“方将”字对，“艺植”字对，乍看不觉也，第以为律中古意耳。

① 陈寿《三国志·魏志》卷十《荀攸传》：“（董卓）实一匹夫耳，今直刺杀之，以谢百姓。然后据崤函，辅王命，以号令天下，此恒、文之举也。”
② 王维《登辨觉寺》。
③ 有误，乃王维《不遇咏》中句，“身不与”作“身不预”。
④ 王维《使至塞上》。
⑤ 李白《乌栖曲》。
⑥ 杜甫《畏人》。

93. 右丞诗“白社”“青门”“青菰”“白鸟”[①]，二青二白，虽云不拘，非不可易，佳句偶然未加点耳。

94.《梅道士水亭》而云“傲吏”，此别有指，非引梅福也，须自注。

95. 右丞诗“似舅即贤甥”，自可解，不可注，不必注。

96.“秦川一半夕阳开”[②]，日向西返照正得一半。题固云和温泉寓目也，中二联皆寓目成画，右丞诗中有画，信然。今乃谓宫得秦川，半为四百里，而以露台寓讽；又谓诗人失实，误矣。“青山尽是朱旗绕”，亦寓目一望所见耳，岂谓遂尽秦山哉。

97.“当令外国惧，不敢觅和亲”[③]，“须令外国使，知饮月支头”[④]，“当令犬戎国，朝聘学昆邪”[⑤]，三结句颇近套。以上六句皆称，故不令人厌耳。

98.“脱貂贯桂醑”[⑥]，诗人每以为佳致。解龟典衣，咏之不厌矣。然驸马家何得乏酒？貂之脱无乃非情乎？

---

① 王维《辋川闲居》：“一从归白社，不复到青门。时倚檐前树，远看原上村。青菰临水拔，白鸟向山翻。寂寞於陵子，桔槔方灌园。”

② 王维《和太常韦主簿五郎温汤寓目之作》：“汉主离宫接露台，秦川一半夕阳开。青山尽是朱旗绕，碧涧翻从玉殿来。新丰树里行人度，小苑城边猎骑回。闻道甘泉能献赋，悬知独有子云才。”

③ 王维《送刘司直赴安西》。

④ 王维《送平澹然判官》。

⑤ 王维《送宇文三赴河西充行军司马》。

⑥ 王维《过崔驸马山池》。

99.《归辋川作》[①]何以用"惆怅"字，五六"菱蔓弱难定，杨花轻易飞"，大有慨耳，不得其意则不得二句之佳。

100."柳条疏客舍，槐叶下秋城"[②]，秋之为气可悲也，结以"语笑且为乐，吾将达此生"则无悲矣。唐人佳句每工于语外，而右丞尤所长，盖风人之致也，亦深于禅者也。"催客闻山响"[③]须后有"松风"句，乃响耳。长松响，梵声响，字乃工。

101."青菰临水映，白鸟向山翻"[④]，言物各得其所，有道者自得之语。青白字重，奚足论。

102.王摩诘何如人也，其诗类淡泊于世味者，终身蔬食，类有得于如来之教者。如来之教，无论种种空华，即死生幻泡，无足以入其心。而维也始以王门伶人进，晚而污于禄山，幸免大僇。犹自名颇好道，何也？其论陶渊明耻折腰五斗米而自令乞食，以为一惭之不忍而终身惭。斯言也，使陶家漉酒童子闻之，定洗其耳，而如来善之耶？嗟乎，今之佞佛者类维也。苟能充蔬食之心，不以饥渴之害为心害，斯无事于佛矣。

103.客有言："高达夫'岩际窟中藏鼹鼠，潭边竹里隐鸬鹚'[⑤]，此足称佳致乎？"余曰："田家老翁,诗兴正尔尔。试诵上句!"客悟而喜。

---

① 王维作。其全诗云:"谷口疏钟动,渔樵稍欲稀。悠然远山暮,独向白云归。菱蔓弱难定,杨花轻易飞。东皋春草色,惆怅掩柴扉。"

② 王维《与卢象集朱家》。

③ 王维《过感化寺昙兴上人山院》。

④ 王维《辋川闲居》。

⑤ 高适《寄宿田家》:"田家老翁住东陂,说道平生隐在兹。鬓白未曾记日月,山青每到识春时。门前种柳深成巷,野谷流泉添入池。牛壮日耕十亩地,人闲常扫一茅茨。客来满酌清尊酒,感兴平吟才子诗。岩际窟中藏鼹鼠,潭边竹里隐鸬鹚。村墟日落行人少,醉后无心怯路歧。今夜只应还寄宿,明朝拂曙与君辞。"

104.嘉州“长安雪后”诗[1]，“曙晖”“晓骑”连用，偶未润耳，非谓不忌。

105.岑嘉州“满寺枇杷”[2]“回风细雨”[3]二首，一例近套，虽语意并工，然非大家所宜。杜无是也，韩集中序志篇自为体耳。

106.顾况诗“南山对明镜”[4]，若不读“水木相辉映”之句，则难解。

107.李端“枕石待云归”[5]，又云“高眠竹挂衣”，思非不佳，而枕宕高眠，自觉犯重。盖觅句苦吟，不若天然风韵，是以为中、盛之别也。

108.卢纶“岂念在贫巷，竹林啼鸟声”，送从叔，用南阮事。律诗重用字不厌，而有不可重者。卢纶“风云翔上军，空中指瑞云”，“云”一也，不得作两句。

109.韦苏州诗“禁钟春雨细”，又演为二句“楚江微雨里，建业暮钟时”[6]。一语妙矣，二句正音，要之盛、中之界。

110.韦苏州“采菊露未晞，举头见秋山”，演陶句耳，不足为工。而谈者乃云真得渊明诗意，余恐苏州如昌黎氏大惭也。且菊亦何不可采，露未晞，无乃沾衣耶？裛露掇其英以泛酒，故非悠然时也。二句景象自殊，当逆其志耳。裛露字非虚下，泛酒欲其鲜，方倾壶时，亦不能俟露晞耳。

---

① 岑参《和祠部王员外雪后早朝即事》。

② 原句为“满寺枇杷冬著花”，见岑参《赴嘉州过城固县寻永安超禅师房》。

③ 原句为“回风醒别酒，细雨湿行装”，见岑参《虢州送天平何丞入京市马》。

④ 顾况《长安窦明府后亭》：“君为长安令，我美长安政。五日一朝天，南山对明镜。鸟飞青苔院，水木相辉映。客至南云乡，丝桐展歌咏。吏人何萧萧，终岁无喧竞。欲识明府贤，邑中多百姓。”

⑤ 李端《题崔端公园村》：“上士爱清辉，开门向翠微。抱琴看鹤去，枕石待云归。野坐苔生席，高眠竹挂衣。旧山东望远，惆怅暮花飞。”

⑥ 韦应物《赋得暮雨送李胄》，前一句出自韦应物《送汾城王主簿》。

111.李颀《送魏万》[①]诗“朝曙夜晚”，似犯，然起二句叙别，五六指长安行乐，意不重也。此诗第三句承第二句，第四句应起句，言客中朝暮之所闻见如此。五六言长安昼夜皆行乐处，然勿泥于行乐而令岁月蹉跎也。蕴藉不露而神情跃如，是以为唐音之盛也。

112.李颀诗“坐卧闲房春草深”，客有疑房中深草非情者。诗意不然，谓不出房而不知草之深耳。

113.李颀诗“第五之名齐骠骑”，用何骠骑充弟准语，准为充第五弟也。

114.“远公遁迹庐山岑”[②]，以远公比璇公，而以璇公为远公，唐人每多是体，遂以为例，亦诗之一蔽也。二王以“开山”为“开士”，似得而绎之，未然，作者勿效此体可也。结句玄度误耳，而注者以为远公友。注如此者亦多，乃知阙所不知之为君子也。题曰“山池开山”，非误。

115.刘长卿诗，诸体与五言未见优劣，而独以“五言长城”得名，盖一时之评也。杨子云深沉之思，时人好事者独能问其奇字耳。韩退之时仰之如泰山北斗矣，乃云小好小惭大好大惭。杜子美独步一时，语必惊人，时非不知之，杜不许也，曰“得失寸心知”耳。阮光禄云：“非独能言人不可得，正索解人亦不得。”[③]有以哉，夫能解者必能言者也，何可易言也！

116.韩翃“衣香楚山橘”，严维“绿苹香客船”，钱起“荷气香童仆”，

① 全名《送魏万之京》，诗云：“朝闻游子唱离歌，昨夜微霜初渡河。鸿雁不堪愁里听，云山况是客中过。关城曙色催寒近，御苑砧声向晚多。莫见长安行乐处，空令岁月易蹉跎。”

② 李颀《题璇公山池》。

③ 刘义庆《世说新语·文学第四》。

三“香”字俱佳，觉韩为胜。

117.孟东野在当时称“孟诗韩笔”，而昌黎赠文属意亦殊不浅，至身后之名则相远矣，论固久而定哉。

118.“霸王迷路处，亚父所封城”[①]，调卑，然有感慨。盖亚父在则不至是也，此诗意也。

119.白诗令老妪解之，过矣。而杜诗令士人不能解，亦过。然杜诗未尝不可解，第为解者妄解。又妄谓不可解，乃其有不可解者，必讹也。而强解之，乃不可解矣。

120.刘宾客云诗要用易晓事，亦不尽然。语不涩，意不晦，即事稍僻，知者自知耳。白传诗使老媪能解，则妄语也。予意白亦非昧者耳语，有可使老媪解者，岂尽然也？

121.刘梦得云：“作诗用僻字，须有出处。”[②]然则有出处者，僻无嫌也。今人非唐诗中所见字不敢用，则风、雅、骚、选可废矣，是自陋也。要之，意惬句妥耳。

122.苏子由令人学刘禹锡诗，刘诗非不佳，然唐诗可学者岂其至乎？吕氏又指其“霸王迷路处，亚父所封城”[③]为难继，非惟不知诗，且不知刘诗矣。以此论诗，安得不卑！

---

① 刘禹锡《历阳书事七十韵》。

② 刘禹锡《刘宾客嘉话录》，见陶敏等整理《刘禹锡全集编年校注》第1317页，岳麓书社2003年版。

③ 刘禹锡《历阳书事七十韵》。

123. 山谷谓“退之于诗本无解处”[①]，又谓康乐不能窥彭泽数仞之墙[②]，后山谓渊明之诗不文，可谓易其言者。紫阳谓陶好名，殆录者之误。东坡谓陶诗曹、刘、鲍、谢、李、杜诸人皆莫能及，则亦之所好而过者也[③]。

124. 陶诗之佳，以其情景真也。诵其诗，可以知其人矣。柳柳州之诗乃曰“幸此南夷谪”，非情哉！素夷狄行乎？夷狄不失，故吾斯君子矣，何幸为柳？固中竞而语澮者也。

125. 柳柳州寄四州刺史诗[④]，不减盛唐，抑何愁思之甚也！二千石与天子共图治理，胡可薄之？即桐乡之业，岂下麟阁耶？无论崇卑也。“春明门外即天涯”[⑤]，从来长安久矣，谅志士不宜尔。

126. 柳诗“寒月上东岭，泠泠疏竹根”[⑥]，非读“石泉远逾响”之句，则泠泠者何物耶？清思入微，是餐霞人语。

127. 柳子《酬杨侍郎》诗“冶长不独以缧绁”[⑦]，盖杨氏甥，故用冶长事。注未及。

128. 柳子文不下韩，诗乃过之，而反躬则不逮。南夷之谪，不自知其罪也，乃以为幸，岂由衷之言邪？韩子不然也，“臣罪当诛”[⑧]，可以继风

---

① 苏轼语。见陈师道《后山诗话》。

② 出自黄庭坚《山谷外集》卷九《论诗》，原文云：“谢康乐、庾义城之于诗，炉锤之功不遗力也。然陶彭泽之墙数仞，谢、庾未能窥者何哉？盖二子有意于俗人赞毁其工拙，渊明直寄焉耳。”

③ 此句或有错讹缺漏。

④ 当是指《登柳州城楼寄漳汀封连四州》，“四川”为“四州”之误。

⑤ 刘禹锡《和令狐相公别牡丹》。

⑥ 柳宗元《中夜起望西园值月上》。下一句同。

⑦ 柳宗元原作为六言诗，其句本云“冶长虽解缧绁”。

⑧ 韩愈《琴曲歌辞·拘幽操》。原句为“臣罪当诛兮天王圣明”。

人矣。"好收吾骨瘴江边"，气不馁而语不怼，庶几哉见道者欤！是以有《原道》之篇也。《原道》之篇，非惟柳文无之，汉以下文人皆退舍矣。……夫诗之教不曰温柔敦厚乎？必得此意，乃可言薄风雅矣。

129.古之风人不能无怨，而圣人曰可以怨，谓其怨而不至于怼也。虽局天蹐地，犹不失温厚之度焉。柳子之辞曰：贪愚皆贵，险狠皆老，谓吊宜贺，谓天反荣。人之君子，天必厄之；人之小人，天必佑之。怨且尤已甚矣，其何以免？

130.子厚谪永州，构西亭，高广方丈者二，取诸官之禄秩。唐之体臣，亦不薄矣。而退之为国子先生，冬暖而妻号寒，年丰而儿啼饥，毋乃非情欤？士喜称贫乏，所谓志于道而耻恶衣恶食，孔子所不与议也。然文士之辞，往往过其实，犹不饮者称醉耳。

131.余读《河东集》所志段宏古者，云刚峭少合，然所干抵多矣，非无知之者，而辄踬是其数奇也。一不礼于桂守，遽愤怒发病，不肯治，宁埋道边，将以为怼耶？此其人匹夫之下者，至无足取，而子厚与诸贤豪犹称引之有其人焉，将以为曹丘生者耶？曹丘生若是者耶？《南涧》诗苏长公以为妙绝古今，长公非不知诗，非妄谀者。今乃谓唐无古诗，亦闻长安而西笑者耳，未至长安也。

132.子厚诗"幸兹南夷谪"，谪何幸耶？幸矣，泪何垂耶？皆非有得者语也。素夷狄素患难，君子亦顺应之耳。子厚矫哉强者，胡不能进于是焉？

133.李贺诗"杯阑玉树斜"[①]，须接"琴堂沽酒客"，乃可解。杯阑，

① 李贺《答赠》，下一句同。其全诗云："本是张公子，曾名萼绿华。沉香熏小像，杨柳伴啼鸦。露重金泥冷，杯阑玉树斜。琴堂沽酒客，新买后园花。"

酒阑也。玉树斜，醉也，犹云玉山颓。

134.“东风不与周郎便，铜雀春深锁二乔”[①]，诗意甚显，以为费解说者，何也？殆不知二乔事。

135.杜牧之诗“娉娉袅袅十三余，豆蔻梢头二月红”，注引《本草》“豆蔻未开者谓之含胎花”，是也；谓少而脤[②]，非耳。若如用修止言花未开，则凡花皆可，不必豆蔻。少妓虽未脤，固有含胎具耳。

136.杜诗“忍过事堪喜”[③]，此阅历世变之语，有味哉。

137.罗隐有《江东集》，罗绍威师之，自名其集为《偷江东》。绍威武臣也，父子能诗，美矣。而不背师，不自欺，犹足称也。异乎入室操戈，饱余炙而凌前薪者哉！

138.夫唐盛矣其诗也，犹今之举子义也。盖比户无不为也，而传者万一矣，乃其体裁不汉不魏也，时使然也。建安、开元，降格易调，其工苦作者自知之矣，而漫曰唐无古诗，此好奇者之过也[④]。

139.四杰才当六代雄，钱刘未替盛唐风。词家彀率应难废，天宝之前立数公。[⑤]

140.古诗中敝有唐诗，织女机中五色丝。休言古体唐亡是，依样葫芦政可疑。[⑥]

---

① 杜牧《赤壁》。
② “脤”当是“娠”，下句同此。
③ 杜牧《遣兴》。
④《素园存稿》卷十七《刻十家诗序》。
⑤《素园存稿》卷五《有述》其五。
⑥《素园存稿》卷五《有述》其九。

后　记

书稿定稿后，写此后记，不能不有所感叹也。

本书之缘起，和十年前承担的国家社科项目“明代杜诗传播与接受研究”有关。当时为了能完成项目，曾“上穷碧落下黄泉”式地对有明一代与杜甫其人其诗有关的一切资料极尽收罗之力，因而就“发现”了方弘静《千一录》中的大量杜诗评说文字，并为学界无人一言及之而且叹且喜：叹则为其近于湮没无闻，喜则以为自己或可有所作为。在项目后来的推进中，一度计划以“区域文化视野下的杜诗接受”为题，为方弘静氏的杜诗言说专拟一节内容，但直到项目结项，乃至书稿出版，相关设想都并未能最终成文。因此，不能说没有一些遗憾甚至于自责的情绪存在心间。不曾想，数年后以“明清时期安徽杜诗学”为题申报省社科规划项目，并得以获准立项，方弘静之杜诗评说自然成了项目研究中的应有内容，此前中断的念头又得以重新拾起，就最初“发现”《千一录》论杜文字时以为将有所作为之“初心”而言，可以说是一幸运也。

省社科规划项目展开期间，对于以何者为具体的研究主体，也曾几度游移，但最后还是确定了以“方弘静杜甫诗话校注”为目标，将《千一录》中原本散见全书、混乱无序的论杜文字搜罗整理、校注错讹，析出为“新”的专门性杜诗评点之作，为乡邦杜诗学研究整理出一本规范可靠的文献来。但“新造”一书，难免忐忑；加上方氏虽然仕宦至巡抚一方、交游有文坛领袖如王世贞辈，著述颇丰（存世的有文集《素园存稿》、杂著《千一录》、文学选本《文选拔萃》等三种，轶失未传的有《复古编》《史诠》等），但也并非明中后期诗坛引领风气者，对编校此书之举的意义与价值颇有些自疑。犹豫之下，竟一度又生中止其事的念头。后某日，友人考槃居士邀游溧陵，见山中有树挺拔，繁枝密叶，遮蔽暑热，清风徐徐，鸟语嘤嘤，休息其下，大感畅美。居士因有言道："世间诸事，譬如此树：有枝有干，有叶有根，方成其全树，方得其畅美。设若止巨干秃立，即挺然百丈，也不成其树，难得其美。"心底之纠结，遂豁然而解：治学一道，高蹈通达之俊才自然可据其条干，占其紧要；憃懒粗劣如我辈者也不妨寻其旁枝，探其偏叶。如此之后，条干昂然，枝叶蔚然，此树之貌乃得全见。于是返家伏案连月，终于完成全部的编校工作。其后，敝帚自珍，又谋求出版，但项目经费不足以支撑其事，恰好安徽师范大学中国诗学中心的胡传志先生、潘务正教授等师友闻知此事，慨然将此小书纳入中心拟订的杜诗学项目之中，允诺补足出版费用的缺额。编校此书，困难之际，能得师友如此之开解与襄助，得成其事，当称又一幸运也。

此小书算是我的第四本专著。记得第一本书出来时，曾回乡省亲，在门廊下与先母聊天，先母询及我的状况，言语之间，有所期待焉。然而当时的状态其实有不堪言处，只能默然无应。现在新书又将出版，而母亲已过世经年。此时灯下写此后记，追忆起幼年时母亲的教训督促，后来的期待鼓励，心中的思念之情与愧疚之意相交织，不能或止！我读大学时，正处时代大潮逐渐高涨之际，同学皆纷纷然以致用当世为志，大家都不屑于读研读博做一学究。记得当时程千帆先生八十大寿，举办庆祝活动，程先生在礼堂台上讲话，说自己大学时代就立志做名教授，台下面的同学有不少人都有点不以为然，以为其事无益于普罗大众、无关乎国计民生也——以今日眼光回看，那时的想法自然是幼稚可笑的。后来大学毕业，同学大都从事了"致用"的职业，我因身体限制之故，虽心向往之但却实不能之，只好稀里糊涂地去了苏州大学读研，师从王永健教授学习明清小说与戏曲。王先生温润醇厚，我是他的最后一个研究生，所以在学习和生活上更是多有包容和支持，上课与指导论文时，可谓倾囊相授。临毕业前往先生府上话别时，鼓励再三，甚至帮我拟定了今后发展的步骤和目标。先生面带微笑、反复叮咛的模样，直到今天，依然仿佛就在眼前。如今，倏忽之间，已是中年而后，马齿徒长，驽性加生，养家糊口而外，别无所成。往昔慈亲之期望，师尊之规训，皆愧付流水。所以，今小书初成，虽只是毫厘之进，锱铢之积，于我辈末流而言，亦勉强算是一幸运也。先贤有云：“苟日新，日日新，又日新。”

此为记。

金生奎

辛丑初夏于淮上